LA FILLE DU RUISSEAU

LES AUSTRALIENS PERDUS TOME 1

CAITLYN LYNCH

SHENANIGANS PRESS

TABLE DES MATIÈRES

Un

Les relevés bancaires étaient étalés sur la table de la cuisine, les débits surlignés en rose vif, les crédits en vert citron. Le solde n'était même pas proche. Zara a suivi chaque chiffre d'un rose agressif du bout du doigt, comme si le contact pouvait les effacer. Autrefois, elle prenait un autre stylo pour surligner ce qu'elle pouvait supprimer. Abonnement Netflix, salle de sport. Mais il n'y avait plus rien à couper. Les chiffres roses l'indiquaient clairement : elle en était réduite au strict nécessaire. Eau. Électricité. Taxes municipales. Crédit immobilier. Nourriture. Et pas beaucoup de ça, ces derniers temps.

La maison en bois grinçait, se dilatait dans la chaleur du jour. Trois semaines. Trois semaines avant que la banque débite à nouveau l'échéance du prêt. Elle a appuyé le bout des doigts contre ses tempes, a pris une inspiration qui n'a pas tout à fait atteint le bas de ses poumons, et elle a ouvert son ordinateur portable.

L'écran de connexion de YouTube Studio s'est affiché en grand. Elle a hésité avant d'appuyer sur Entrée. Il y avait un temps, pas si lointain, où elle abordait ces statistiques avec enthousiasme. Chaque nouveau mois apportait des chiffres plus élevés, plus d'abonnés, plus de revenus. Les Australiens Perdus progressait régulièrement depuis cinq ans, jusqu'à…

La page s'est chargée. Les épaules de Zara se rapprochaient de ses oreilles à mesure que les chiffres se matérialisaient. Encore un mois de baisse. Vues en baisse de 18 % par rapport au mois précédent, qui lui-même était déjà en baisse de 22 % par rapport à celui d'avant. Revenus : 1 487,32 $. Pas même de quoi payer l'échéance du prêt, encore moins les charges, la nourriture, l'assurance. Les revenus de Spotify et des autres plateformes de podcast devaient ajouter environ 500 $ de plus, mais ce n'était pas suffisant.

Elle a posé les paumes à plat sur la table, a senti le veinage du bois sous sa peau. Son corps s'est soudain senti creux. La petite cuisine soignée autour d'elle, jadis une fierté quand elle a acheté cette maison, semblait maintenant se moquer d'elle avec sa peinture qui s'écaillait et ses équipements dépassés. La pile de factures à côté de son ordinateur portable grossissait au fil des mois : électricité, eau, assurance.

Zara a ouvert la feuille de calcul qu'elle a créée il y a six mois, quand la chute est devenue impossible à ignorer. Elle l'a intitulée « PLAN DE SURVIE » dans un moment d'humour noir. Les lignes descendaient sur l'écran, chacune représentant une semaine de ses ressources restantes. À ce rythme, elle avait huit semaines avant l'effondrement financier total. Huit semaines avant de devoir vendre la maison, retourner chez ses parents à Brisbane, admettre que leur scepticisme sur son choix de carrière était justifié depuis le début.

— Trouve-toi un vrai boulot, a dit sa mère il y a deux ans, après l'affaire. Après Little Girls Lost. Après qu'internet s'est retourné contre elle. Après que ses sponsors ont fui. Après que sa crédibilité journalistique s'est brisée.

Une latte du plancher a grincé dans le couloir. Dev est apparu dans l'embrasure de la cuisine, sa silhouette longiligne semblant trop grande pour l'endroit. Ses cheveux partaient dans tous les sens, mais ses yeux derrière des lunettes rectangulaires étaient vifs malgré l'heure matinale.

— Salut, a-t-il dit. Il s'est dirigé vers le plan de travail. Il a commencé à faire le café. — Tu es levée depuis longtemps ?

Zara a fermé la feuille de calcul et a basculé sur son onglet mail.

— Un peu.

Dev a fait un signe du menton vers son ordinateur portable.

— Tu travailles sur le nouvel épisode ?

— Un truc comme ça. Elle a gardé une voix neutre, ne voulant pas que son locataire se rende compte à quel point la situation était devenue critique. Dev louait sa chambre d'amis depuis près d'un an. Son loyer de 300 $ par semaine était une bouée de sauvetage financière. Elle ne pouvait pas risquer de le faire fuir en lui disant la vérité.

La machine à café gargouillait et soufflait. Dev s'est appuyé contre le plan de travail et a croisé les bras sur sa poitrine. Son t-shirt affichait une référence de jeu vidéo obscure qu'elle ne comprenait pas.

— Euh, hier, j'ai réécouté une partie de tes anciens épisodes, a-t-il dit. Il a poussé ses lunettes sur son nez. — La série sur le tueur de Bellwood était brillante. La façon dont tu as relié ces trois affaires non résolues que personne n'a jamais reliées avant toi ? C'était... Il a fait un geste d'explosion avec les mains. — Ça, c'était du journalisme, tu vois ? Un vrai travail d'enquête.

La gorge de Zara s'est serrée. La série Bellwood a été son déclic, celle qui a propulsé son podcast parmi les meilleurs contenus criminels. 300 000 téléchargements dès la première semaine. Des sponsors qui l'appelaient, et plus l'inverse. Un bref moment glorieux où elle a cru qu'elle y était arrivée. Les revenus de streaming de cette série ont payé l'apport de sa maison.

— Merci, a-t-elle réussi à dire.

Dev a versé le café dans deux mugs et a fait glisser l'un vers elle. Il a sorti une enveloppe de sa poche et l'a posée à côté de son mug.

— Le loyer du mois prochain, a-t-il dit. Désolé, c'est avec un jour de retard, je ne suis pas passé à la banque avant hier soir.

— Pas de souci. Elle a pris l'enveloppe. Elle a essayé de ne pas avoir l'air trop pressée. Ces 1 200 $ allaient payer la plupart des factures en cours. Toutes celles en rouge, en tout cas. Elle allait peut-être même s'offrir autre chose que des nouilles instantanées pour le dîner.

Dev a hésité en remuant du sucre dans son café.

— Alors, euh, tu as du nouveau de prévu ? Après la dernière saison, je veux dire ?

La dernière saison, un sujet bâclé sur un meurtre résolu des années 1970 qu'elle a réussi à étirer sur quatre épisodes, a attiré moins d'un quart de son audience habituelle. Elle a publié le dernier épisode il y a trois semaines et, depuis, elle n'avait rien en préparation.

— Je travaille sur quelques pistes, a-t-elle dit. La phrase lui laissait un goût amer. — Rien de solide pour l'instant.

Il a hoché la tête, sincère et confiant. Dev était comme ça, authentique d'une façon qui la rendait à la fois protectrice et envieuse. Entre sa thèse de doctorat en génie électrique et son activité annexe de récupération de données sur des appareils endommagés, il était bien occupé, mais il trouvait encore le temps d'être son plus fidèle soutien.

— Quoi que tu fasses après, ce sera génial, a-t-il dit, la conviction dans la voix. Ta voix est, genre, nécessaire, tu vois ? Dans le milieu des podcasts criminels. Il y a trop de trucs sensationnalistes, n'importe quoi, là-dehors.

L'ironie ne lui échappait pas. Il y a deux ans, on l'a accusée exactement de ça : sensationnalisme, exploitation, imprudence. L'affaire Little Girls Lost. Trois jeunes filles ont disparu sur six ans dans une petite ville rurale. Dès le départ, l'affaire lui paraissait étrange, et elle a suivi une théorie qui s'est finalement révélée juste mais qui a eu des conséquences auxquelles elle ne s'attendait pas. L'auteur s'est suicidé quand il a compris qu'elle le tenait, échappant à la justice et emportant avec lui les secrets de ce qu'il avait fait des corps.

Privées de leur chance de trouver des réponses, les familles se sont retournées contre elle. La presse s'est retournée contre elle, un journaliste de l'un des grands quotidiens nationaux a écrit un papier à charge sur « des détectives amateurs en mal de reconnaissance qui ruinent des enquêtes menées depuis des années ». L'enquête était close depuis des années, bien avant qu'elle ne s'en mêle. Ses sponsors ont fui du jour au lendemain, et depuis, ses revenus mensuels baissaient.

— Merci, Dev, a-t-elle dit. Les mots lui paraissaient bien faibles.

Il a fini son café en trois longues gorgées et a rincé le mug dans l'évier. — J'ai une récupération de données ce matin, a-t-il dit. Ça ne devrait pas être long, je serai de retour vers midi, je pense. Elle a hoché la tête en le regardant attraper son sac à dos posé près du réfrigérateur. — Pas de cours aujourd'hui ? Il lui a lancé un regard étonné. — On est samedi. Les week-ends n'avaient pas beaucoup de sens quand on n'avait ni travail ni argent. Elle a hoché la tête de nouveau, en sentant une légère chaleur lui brûler les joues.— Ah oui. J'ai oublié.

Quelque chose manquait dans la pile de factures à côté d'elle. La facture Internet, arrivée à échéance hier. Elle a ouvert la bouche, puis elle l'a refermée quand Dev a passé son sac à dos sur une épaule.

— Des projets pour aujourd'hui ?, a-t-il demandé en s'arrêtant sur le pas de la porte.

Zara a haussé les épaules.— Des recherches, surtout. J'essaie de trouver quelque chose qui vaille le coup.

Quelque chose qui sauverait sa carrière. Sauverait sa maison. La sauverait de l'humiliation de l'échec.

— Cool. Bon, bonne chance.Il a esquissé un demi-signe de la main, un peu gauche, et il a disparu dans le couloir.

Zara a de nouveau regardé la pile de factures. La facture Internet manquait bel et bien. Elle l'a posée là hier soir, au-dessus de la pile. Dev a dû la prendre. Pas pour la voler ; elle le savait, il allait la payer. Il avait besoin d'Internet pour ses études, pour son job d'appoint.

Elle devrait courir après lui, lui dire qu'elle savait gérer ses propres factures. Mais l'idée d'admettre à quel point elle était au bord du gouffre lui paraissait pire que d'accepter son aide silencieuse. Elle a siroté son café. Amer et corsé, comme la réalité qui l'attendait. Huit semaines de marge de manœuvre. Peut-être moins si quelque chose d'inattendu arrivait.

Il lui fallait un sujet. Pas n'importe lequel ; un gros. Assez percutant pour rappeler aux gens pourquoi ils ont écouté sa voix au départ, avant que tout ne dérape. De quoi la ramener du bord du gouffre.

Zara a ouvert un nouvel onglet.

Il était temps de retrouver sa voie.

Les doigts de Zara couraient sur le clavier. La base de données des affaires non élucidées de la Queensland Police Service se chargeait lentement ; la version publique était volontairement poussive, conçue davantage pour l'apparence de transparence que pour une réelle accessibilité. Elle était là-dessus depuis des heures, filtrant méthodiquement disparitions non résolues et morts suspectes, à la recherche de quelque chose qui lui parle. Pas n'importe quelle affaire. Il lui en fallait une avec des fils qui dépassent, des questions sans réponse, assez d'éléments consignés pour bâtir dessus. Une affaire qui méritait un second regard et avait le potentiel narratif de reconstruire sa réputation.

Elle sirotait un café froid et faisait défiler une autre page de résultats. Randonneurs disparus dans des parcs nationaux. Accidents de voiture suspects. Dossiers de violences conjugales avec preuves insuffisantes. Rixes de bar qui ont mal tourné, deals de drogue qui ont foiré, disputes amoureuses finies aux couteaux, aux poings ou au pistolet. À chaque fois, une vie fauchée.

Ses filtres étaient précis : affaires vieilles de cinq à quinze ans, assez récentes pour avoir des témoins vivants, assez anciennes pour être refroidies ; affaires avec au moins une partie de preuves matérielles ; affaires dont la documentation était accessible par demandes d'accès aux documents publics. Elle a ajouté un autre paramètre : des affaires hors des grandes aires métropolitaines. Les isolées, là où les moyens étaient limités et où des détectives ont pu être tentés de couper les coins.

La base s'est actualisée. Vingt-trois résultats. Mieux.

Elle faisait défiler en balayant les noms d'affaires et les résumés. Rien ne l'a accrochée jusqu'à la troisième page, quand un nom lui a sauté aux yeux :

ZHANG, IRIS (17) – Salt Creek, QLD – 15 octobre 2014

Zara a cliqué sur l'entrée. L'écran s'est rempli d'un résumé d'affaire et d'une photo de classe : une adolescente aux longs cheveux noirs, regard sérieux derrière des lunettes rectangulaires. Traits chinois, peau brun clair. Quelque chose dans la stabilité de ce regard a happé Zara, l'a retenue.

Elle a lu le résumé :

Sujet retrouvée décédée à Salt Creek le 16 octobre 2014. Position : à plat ventre dans environ 15 cm d'eau. Cause du décès : noyade. Enquête close le 27 octobre 2014. Conclusion : mort accidentelle. Affaire classée.

Deux semaines. Ils ont bouclé l'affaire en deux semaines.

La main de Zara s'est portée sans y penser à son propre visage, ses doigts ont appuyé contre sa joue. Quinze centimètres d'eau. Ça fait à peine six pouces. Comment une adolescente de dix-sept ans, en bonne santé, peut-elle se noyer dans quinze centimètres d'eau ?

Elle a cliqué sur les détails de l'affaire, en parcourant les informations. Iris Zhang était une excellente élève à Salt Creek High School. Elle était candidate à une admission anticipée au Queensland College of Art. Aucun antécédent de dépression ni de troubles de santé mentale. Les analyses toxicologiques n'ont révélé ni drogue ni alcool. Corps découvert par un joggeur matinal à 6 h 23. Dernière fois vue vivante vers 22 h la veille au soir, quittant le restaurant de ses parents pour parcourir à pied la courte distance jusqu'à leur domicile ; l'heure du décès a été estimée entre 22 h et minuit.

— Ils n'ont même pas essayé, a-t-elle chuchoté dans la pièce vide.

Elle a cliqué sur les photos de scène, légalement obligatoires dans la base publique mais souvent de qualité médiocre. La première montrait une vue large d'un lit de ruisseau peu profond, à peine un filet d'eau coulant sur des galets polis. Des plots jaunes d'indices parsemaient la zone. La seconde présentait un plan plus rapproché de l'endroit où le corps avait été retrouvé, un léger creux dans le lit où l'eau s'accumulait, peut-être jusqu'à la cheville.

Zara s'est penchée vers l'écran, en répertoriant les incohérences. La position n'avait aucun sens. Le rapport officiel indiquait qu'Iris a été retrouvée à plat ventre. Même sur la photo granuleuse, Zara voyait bien que, allongé dans une eau aussi peu profonde, on pouvait facilement tourner la tête de côté et prendre sa respiration. On ne serait pas à plat ventre, on ne serait pas submergé. À moins d'être inconscient. Ou maintenu sous l'eau.

Elle a cliqué sur d'autres photos, prises cette fois de plus loin. Le ruisseau traversait ce qui semblait être le centre d'une petite ville, avec des bâtiments visibles à l'arrière-plan. Une passerelle en bois enjambait le cours d'eau en amont du lieu de découverte. L'endroit n'avait pas l'air isolé ni dangereux, juste un ruisseau ordinaire dans une ville ordinaire.

Salt Creek. Le nom lui disait vaguement quelque chose. Elle a vérifié sur Google Maps. Une petite ville sur la Bruce Highway, quelque part au nord de Bundaberg. Un endroit que la plupart traversaient en allant ailleurs, un ensemble de bâtiments au bord d'une route poussiéreuse. Le genre d'endroit où tout le monde connaît tout le monde, où l'on remarque les étrangers, où une famille chinoise peut détonner.

Zara s'est arrêtée. Elle-même était d'un quart vietnamienne ; sa grand-mère maternelle était originaire de Hanoï. Même si, au premier regard, Zara pouvait passer pour blanche, ses cheveux étaient un peu trop noirs, trop lisses et brillants, et ses yeux sombres laissaient deviner un léger pli épicanthique. En grandissant à Brisbane, elle vivait les formes subtiles de racisme qui existaient sous la surface multiculturelle de l'Australie. Les a priori. Les questions sur l'endroit d'où elle venait « vraiment ». La surprise quand elle n'avait aucun accent.

Est-ce que ces mêmes ressorts étaient à l'œuvre dans le dossier d'Iris ? Une fille chinoise dans une petite ville du Queensland. Une enquête expédiée. Une conclusion commode. Affaire classée.

Ce n'était plus seulement une potentielle histoire de retour. Quelque chose de plus profond l'attirait. Un sentiment de lien, de responsabilité. L'impression de se reconnaître dans ces yeux sérieux derrière des lunettes rectangulaires.

Elle est revenue à la photo d'Iris, étudiant le visage de la jeune fille. Il y avait dans son expression quelque chose de déterminé, une fermeté qui laissait entendre des principes, des limites. Pas le genre de fille à se noyer par accident dans un ruisseau à deux minutes de chez elle, un ruisseau qu'elle avait sans doute franchi mille fois. Pas une mort à expédier en deux semaines d'enquête.

Zara a ouvert un nouveau document et elle a commencé à prendre des notes. Les questions se formaient plus vite qu'elle ne pouvait les taper :Pourquoi était-elle au ruisseau la nuit ? Qui était l'ami(e) qu'elle a visité(e) ? Y a-t-il eu des témoins de son départ du restaurant ? Des signes de lutte sur les lieux ? Le niveau de l'eau était-il normal cette nuit-là ou influencé par de récentes pluies ?

Plus elle lisait, plus elle était certaine qu'il y avait un problème dans la version officielle. L'autopsie a confirmé la noyade comme cause du décès, mais a noté des « ecchymoses inexpliquées » sur le haut des bras de la victime. Le rapport de police mentionnait cela comme « potentiellement compatible avec des activités normales d'adolescents ».

— N'importe quoi, a grommelé Zara.

Elle a brièvement fermé les yeux, le temps de se ressaisir. Quand elle les a rouverts, la photo de classe d'Iris Zhang était toujours à l'écran, ces yeux graves semblant la fixer droit. Comme une demande. Une exigence.

La vérité.

Zara a lancé une nouvelle recherche, cette fois sur tout ce qu'elle pouvait trouver à propos de Salt Creek, Queensland. À propos de la famille Zhang. À propos de ce qui s'est passé le 15 octobre 2014, et pourquoi personne ne semblait se soucier assez pour creuser davantage.

Elle a trouvé son sujet. Il ne lui restait plus qu'à se convaincre que ses motivations étaient purement professionnelles.

Zara a refermé l'ordinateur portable. Le bruit a fait l'effet d'un signe de ponctuation. Iris Zhang méritait plus que quinze centimètres d'eau et une enquête de deux semaines. Elle méritait mieux que de devenir une statistique de plus dans une base de données que personne ne prenait la peine d'explorer. Et si Zara voulait être honnête avec elle-même, elle avait besoin de cette affaire autant que cette affaire avait besoin d'elle. Elle a repoussé sa chaise de la table de la cuisine et s'est levée, le corps soudain léger, traversé d'un but, d'une direction.

Salt Creek. Le nom, à lui seul, lui semblait une destination qui l'attendait depuis toujours.

Elle a traversé la maison, en rassemblant ce dont elle aurait besoin. D'abord, son carnet en cuir patiné, rechargeable. À l'ancienne, mais elle faisait confiance au papier. Le contact d'un stylo l'aidait à réfléchir, l'aidait à relier des points qui, autrement, seraient restés épars. Puis est venu son matériel d'enregistrement : deux microphones de haute qualité, sa caméra vidéo, des trépieds, des batteries de rechange, des cartes SD. Les outils de son métier, restés en sommeil trop longtemps. Elle a ajouté des batteries externes et des câbles de recharge à la valise en aluminium et elle l'a refermée.

Dans sa chambre, elle a sorti un sac à dos du placard et a commencé à y ranger des vêtements. Combien de temps allait-elle rester ? Une semaine ? Deux ? Salt Creek était petite ; elle l'a confirmé dans ses recherches. Un pub, deux motels, un restaurant chinois qui devait être celui des Zhang. Il lui faudrait être prudente dans son approche. Les petites villes avaient la mémoire longue et des fidélités tenaces. Surtout quand des gens de l'extérieur posaient des questions sur des filles du coin retrouvées mortes.

Zara s'est arrêtée, une chemise à demi pliée dans les mains. Il lui faudrait réserver une chambre. Payer les repas. L'essence pour la route vers le nord. Son compte épargne contenait 8 872,43 $, son dernier matelas avant l'effondrement financier total. Ce voyage dévorerait au moins le tiers de cette somme, peut-être plus si l'enquête prenait du temps. Et ça prendrait du temps. Ce genre d'affaires en prenait toujours.

L'alternative était impensable. Rester ici, regarder ses économies fondre jusqu'à zéro, perdre la maison, admettre la défaite. Au moins, comme ça, elle tomberait en se battant.

Elle a fini de plier ses vêtements et est allée dans la salle de bains prendre des produits de toilette. Dans le miroir, son reflet la regardait : des yeux sombres que son grand-père disait « en train de tout scruter », les cheveux tirés en une queue de cheval pratique, les angles vifs de ses pommettes plus marqués qu'ils ne l'étaient il y a un an. Le stress et un budget alimentaire limité l'ont amaigrie. Mais autre chose la regardait aussi depuis le miroir, une étincelle qui manquait depuis des mois. Le sens du but.

De retour dans sa chambre, elle a compté des billets dans l'enveloppe de Dev. La moitié, s'est-elle dit. Elle mettrait le reste à la banque ; ajouté à ses revenus de diffusion en ligne, cela couvrirait les factures les plus urgentes et la prochaine échéance du prêt immobilier, au moins, tandis que les autres devraient attendre encore un peu. Six cents dollars ne laisseraient pas de trace numérique et suffiraient pour démarrer. Elle en a glissé la moitié dans une poche intérieure de son sac, l'autre moitié dans la sacoche qui faisait à la fois sac pour ordinateur et sac à main, puis elle s'est assise à son bureau pour les dernières préparations.

Son téléphone a vibré avec une notification. Un paiement d'un soutien sur Patreon, l'un des rares qui sont restés fidèles pendant sa chute et le silence qui a suivi. Dix dollars avec un message : « *Ta voix me manque. J'espère que tu vas bientôt revenir.* »

Elle a fixé la notification un long moment. La culpabilité pour ces mois de silence. La gratitude pour cette fidélité. La peur de décevoir encore. Mais, surtout, un sens du devoir ravivé. Des gens attendaient qu'elle retrouve sa voix. Attendaient qu'elle raconte des histoires qui comptaient.

Zara a ouvert son carnet et a commencé à écrire :

Iris Zhang, 17 ans, retrouvée morte à Salt Creek, QLD, le 16 octobre 2014 ; décès survenu la nuit précédente. Affaire classée en deux semaines comme noyade accidentelle. 15 cm d'eau — impossible ? Famille chinoise dans une petite ville — facteur raciste ? Ecchymoses sur la partie supérieure des bras — incompatible avec un accident. Pourquoi était-elle au ruisseau après la tombée de la nuit ?

Elle a souligné la dernière question deux fois. Elle commençait toujours par là : le pourquoi. Pourquoi Iris Zhang, d'après tous les témoignages une fille studieuse et ambitieuse avec une admission anticipée à l'université en vue, se trouvait-elle près d'un ruisseau après la tombée de la nuit un soir d'école ?

Zara a regardé l'heure. Presque midi. Elle pouvait être à Salt Creek le soir si elle partait maintenant. Elle a rassemblé son matériel, ses notes, ses vêtements, puis elle s'est tenue au milieu de sa chambre, faisant un dernier inventaire mental. Un coup sec sur l'encadrement de la porte l'a fait sursauter.

Dev se tenait sur le seuil, sa grande silhouette le remplissant presque.— Tu vas quelque part ?, a-t-il demandé en jetant un coup d'œil au sac plein sur son lit.— J'ai besoin de te parler, en fait, a dit Zara. Elle a refermé la fermeture éclair du sac à dos.— Je pars vers le nord quelque temps. Voyage de repérage. Les sourcils de Dev ont dépassé la monture de ses lunettes.— Pour le podcast ?, a-t-il demandé.— Peut-être. Je ne suis pas encore sûre. Je serai partie au moins une semaine, sans doute plus. Ça ira pour toi tout seul ?— Bien sûr, a dit Dev en hochant la tête. Je fais une grosse récupération de données pour un cabinet d'avocats la semaine prochaine, des fichiers corrompus dont ils ont besoin pour une affaire. Bons honoraires. Je peux m'occuper de tout ici.

Zara a hoché la tête, soulagée. Elle faisait confiance à Dev autant qu'elle faisait confiance à qui que ce soit, ces temps-ci. Il était fiable, responsable, et surtout, il n'avait aucun lien avec son travail d'avant. Il avait été un fan, oui, mais jamais impliqué dans ses enquêtes. Jamais éclaboussé par le scandale qui a englouti sa carrière.

— Quelque chose d'intéressant ?, a demandé Dev, les yeux brillants de curiosité derrière ses lunettes. La recherche, je veux dire.Zara a forcé un sourire, essayant de trouver l'équilibre entre franchise et prudence.— Peut-être. Tu seras le premier au courant. Garde la maison pour moi.Dev a acquiescé, passant son poids d'un pied sur l'autre.— Ça marche. Et, euh, bonne chance. Pour... quoi que ce soit.

Elle a reconnu l'inquiétude derrière ses mots malhabiles. Dev ne s'inquiétait pas seulement pour elle ; il s'inquiétait aussi pour sa propre situation. Si elle ne payait pas les mensualités du prêt, si elle perdait la maison, lui aussi perdrait son foyer. Son loyer abordable. Sa base stable pendant qu'il terminait son doctorat. Elle n'était pas la seule à avoir quelque chose en jeu.

— Merci, a-t-elle dit en le regardant enfin droit dans les yeux. Je pense que ça peut donner quelque chose de bien.

Elle le pensait. Il ne s'agissait pas seulement de sauver sa carrière ou sa maison, même si ces motivations étaient réelles et urgentes. Il s'agissait d'Iris Zhang. De quinze centimètres d'eau. D'une affaire classée trop vite dans une petite ville où une famille chinoise avait peut-être manqué d'alliés.

Dev lui a adressé un petit sourire et s'est retiré du seuil. Elle a entendu des pas s'éloigner dans le couloir, vers sa chambre où des piles de disques durs et de cartes électroniques formaient une forteresse technologique.

Zara a passé son sac à dos et sa sacoche à l'épaule et a pris sa valise de matériel. À la porte, elle a hésité. Était-ce une nouvelle erreur ? Se jeter dans une affaire qui ne mènerait peut-être nulle part, brûler ses dernières ressources sur une intuition ? Le souvenir des yeux sérieux d'Iris sur cette photo de classe l'a raffermie.

Non. Ce n'était pas une erreur. C'était ce qu'elle faisait, ce pour quoi elle était faite. Trouver des histoires que d'autres avaient négligées. Donner une voix à celles et ceux qui ne pouvaient pas parler pour eux-mêmes.

Elle a fermé la porte derrière elle. Le poids familier de la détermination s'est posé sur ses épaules.

Salt Creek l'attendait.

Deux

LA PLUIE CINGLAIT L'AUTOROUTE, chaque goutte éclatait sur le pare-brise plus vite que les essuie-glaces ne pouvaient les balayer. Zara s'est penchée en avant, plissant les yeux à travers ce voile d'eau. Les jointures blanches sur le volant. Au nord de Bundaberg, une petite averse s'est mise à tomber ; en quelques minutes, elle s'est transformée en déluge subtropical, la visibilité tombait à quelques mètres. Elle pensait arriver à Salt Creek avant la soirée. Ridicule, maintenant.

La voiture a fait de l'aquaplanage. Elle a relâché l'accélérateur, une décharge d'adrénaline lui a traversé la poitrine. Soixante kilomètres à l'heure paraissaient dangereusement rapides. Les quelques autres véhicules sur la route avaient les feux de détresse allumés et avançaient dans la tempête comme des bêtes blessées. Un train routier a déboulé en sens inverse et a projeté une vague d'eau sur son pare-brise qui l'a aveuglée pendant plusieurs secondes à vous couper le souffle.

— Bon sang. Elle a réglé les essuie-glaces au maximum. Ils couinaient en protestant. La météo parlait de possibles orages, mais rien de tel. Le ciel s'assombrissait en un violet-gris meurtri alors qu'il était à peine quatre heures de l'après-midi.

Des éclairs ont lacéré le ciel devant elle. Le tonnerre a claqué presque aussitôt, fort même par-dessus la pluie qui martelait le toit de la voiture. Ses épaules la faisaient souffrir. Ses yeux la brûlaient à force de chercher les marquages au sol.

Un panneau vert est apparu hors de la pénombre : CHILDERS 5 km. Elle a soufflé. Ce n'était pas là où elle comptait s'arrêter, mais la perspective d'un bon plat chaud faisait envie. Peut-être une chambre. *Fallait vérifier le radar*, a-t-elle pensé, tandis qu'un autre train routier passait en grondant et projetait de l'eau sur sa voiture. Une erreur de débutante à la fin de l'été du Queensland, quand un orage de fin d'après-midi éclatait un soir sur deux. Il restait encore deux heures avant Salt Creek, et ce chiffre grimpait sur le GPS à chaque coup d'œil ; Zara a pris sa décision. Si elle trouvait une chambre à Childers, elle y passerait la nuit.

La ville est apparue en lumières floues derrière les vitres striées de pluie. Elle a ralenti, scrutant l'averse à la recherche d'un hébergement. La rue principale était presque déserte, les gens sensés restaient à l'abri. Une enseigne au néon clignotait : HIGHWAY REST MOTEL. Le voyant « LIBRE » s'allumait en rouge vacillant. Ce n'était pas le Ritz, mais ça ferait l'affaire.

Elle a mis son clignotant et a tourné sur le parking. Le gravier a crissé sous ses pneus. La pluie martelait le toit. Elle a coupé le moteur et elle est restée un instant immobile, rassemblant son courage pour le sprint jusqu'à la réception. L'eau dévalait le pare-brise en nappes.

La réception se trouvait à une vingtaine de mètres. Même avec un parapluie, elle allait être mouillée. Zara a attrapé son porte-feuille et son téléphone, les a enfoncés au fond de ses poches, a extirpé le parapluie qu'elle gardait sous son siège et s'est élancée. Quand elle a atteint l'auvent du petit bâtiment d'accueil, elle était trempée de la taille aux pieds.

Une clochette a tinté quand elle a poussé la porte. L'air froid de la climatisation lui a fouetté la peau mouillée. Elle a frissonné. Le hall était petit et fatigué, mais raisonnablement propre. Des affiches touristiques passées pour la distillerie de rhum de Bundaberg et le site de ponte des tortues de Mon Repos ornaient des murs lambrissés. Derrière le comptoir, un homme d'une soixantaine d'années a levé les yeux de son roman de poche et l'a dévisagée par-dessus ses lunettes de lecture.

— Pas joli, dehors, a-t-il dit.

— Un vrai déluge. Zara a essuyé ses chaussures sur un paillasson qui avait déjà trop servi aujourd'hui et a posé le parapluie trempé sur une serviette clairement installée là pour ça. — Vous avez une chambre pour ce soir ?

— Vous avez de la chance, la dernière. Il a appuyé sur un bouton à côté du comptoir. Du coin de l'œil, Zara a vu le voyant « LIBRE » s'éteindre, remplacé par « COMPLET ».

Il a poussé un formulaire vers elle. — J'aurai besoin d'une pièce d'identité. Quatre-vingt-cinq pour la nuit. Départ demain avant dix heures. Pas de petit-déjeuner, désolé.

Zara a tiqué au prix, mais elle savait qu'il ne servait à rien de marchander. Elle a signé le formulaire, a montré son permis de conduire, a tendu sa carte bancaire.

— Chambre sept, a dit l'homme en lui passant une clé accrochée à un lourd porte-clés en plastique. Au bout de l'alignement, vous pouvez vous garer juste devant. Le bar en face sert des plats corrects jusqu'à vingt heures si vous avez faim.

— Merci. Elle a glissé la clé dans sa poche et s'est préparée à un nouveau sprint sous la pluie.

Quand elle a rejoint sa voiture, ses cheveux étaient plaqués sur son crâne malgré le parapluie. Elle a parcouru la courte distance jusqu'à la chambre sept et s'est garée au plus près de la porte. Deux allers-retours affolés plus tard, elle avait tout rentré, trempée jusqu'aux os.

La chambre correspondait à ses attentes : petite, basique, propre. Un lit une place avec un couvre-lit fleuri délavé jusqu'à des pastels fantomatiques. Une table de chevet avec une lampe sans abat-jour. Un petit bureau. Une télé qui, les bons jours, devait capter trois chaînes correctement. La salle de bains, visible par une porte ouverte : des carreaux blancs jaunis par l'âge, une douche au-dessus d'une baignoire.

La pluie martelait le toit en tôle ondulée. Le goutte-à-goutte régulier d'une gouttière qui fuyait ajoutait la percussion, l'eau s'accumulait en une flaque sous sa fenêtre.

Elle a vérifié d'abord son matériel : les micros coûteux et le matériel photo. Tout était sec ; la mallette faisait son office. Ses vêtements, beaucoup moins. Elle a sorti ce dont elle avait besoin pour la nuit et elle a étendu les pièces humides sur la barre de douche.

La douche est devenue bien chaude après une minute de gargouillis inquiétants dans les tuyaux. Elle est restée sous le jet plus longtemps que nécessaire, laissant la chaleur imprégner sa peau refroidie. Son esprit repassait les informations qu'elle possédait déjà sur Iris Zhang et Salt Creek. Demain, elle commencerait le vrai travail. Ce soir, il s'agissait de se regrouper, de se préparer.

En vêtements secs, elle s'est assise sur le lit et a écouté la pluie. Son estomac a grogné. Le gérant du motel parlait d'un bar. Elle a vérifié l'heure : un peu après dix-huit heures. Largement le temps avant la fermeture de la cuisine.

Elle a regardé par la fenêtre. En face, une lumière jaune se déversait des fenêtres du bar, chaleureuse contre le rideau gris de pluie. Son estomac a de nouveau grondé, plus fort. Décision prise.

Zara a attrapé son parapluie, son portefeuille et son téléphone, et a ouvert la porte. La pluie l'a frappée aussitôt, soufflée de côté par le vent. Elle a déployé le parapluie, qui a immédiatement tenté de se retourner. Elle s'est battue pour le remettre en forme, puis elle s'est élancée à travers la route.

En arrivant à l'entrée du bar, le parapluie a rendu les armes. Sa deuxième tenue de la journée était aussi mouillée que la première. Les cheveux dégoulinaient. Elle a secoué autant d'eau qu'elle a pu et a poussé la porte, passant du chaos à la lumière, au bruit et à la promesse d'un plat chaud.

Le bar a enveloppé Zara comme une couverture chaude. La pluie tambourinait sur le toit de tôle au-dessus, mais à l'intérieur, des ventilateurs de plafond brassaient un air humide sans le rafraîchir. La salle était à moitié pleine, surtout des hommes regroupés devant une télé au-dessus du comptoir qui diffusait un match de rugby. Des grognements ou des hourras occasionnels ponctuaient leur attention. *Samedi soir*, a-t-elle pensé. *Évidemment que c'est bondé.*

Zara a essuyé l'eau sur ses avant-bras et s'est dirigée vers le comptoir, trouvant un tabouret libre à l'extrémité, loin des amateurs de sport les plus concentrés.

Derrière le bar, une femme aux cheveux grisonnants tirés en une queue-de-cheval sans chichis a haussé un sourcil devant l'allure détrempée de Zara, sans commenter. — Qu'est-ce que je vous sers ?

— N'importe quelle bière légère à la pression, a dit Zara, puis elle a ajouté : — Et à manger, si vous servez encore ?

— La cuisine est ouverte jusqu'à vingt heures. Le poulet parmigiana est bon. Le sandwich au steak aussi. La serveuse a sorti une carte plastifiée de sous le comptoir et la lui a glissée.

— Le poulet parmigiana, parfait, merci. Zara s'est hissée sur le tabouret en grimaçant quand ses jambes mouillées ont accroché le similicuir. Ses pieds faisaient floc-floc dans ses baskets ; elle s'en est voulu de ne pas avoir sorti ses chaussures de rando avant de quitter la chambre.

La serveuse a tiré la bière et l'a posée devant elle. La condensation formait déjà un voile sur le verre. — La cuisine, comptez environ vingt minutes, a-t-elle dit.

— Pas de souci. Zara a bu une longue gorgée, le liquide froid a coulé dans sa gorge. Elle ne s'était pas rendu compte à quel point elle avait soif.

Le pub bourdonnait de conversations, ponctuées par les commentaires de la télévision et, parfois, par une acclamation. Dehors, la pluie poursuivait son assaut contre le toit, une percussion constante qui, d'une drôle de façon, faisait paraître la chaleur et la lumière intérieures plus précieuses. Zara a sorti son téléphone et a vérifié ses messages. Rien d'urgent. Elle a ouvert son application de notes et a commencé à relire ce qu'elle a compilé sur Iris Zhang.

Il y a onze ans, une fille de dix-huit ans est morte à Salt Creek. Officiellement, on a conclu à une noyade accidentelle. Son corps a été retrouvé face contre l'eau, dans quarante-cinq centimètres d'un ruisseau qui traversait le parc de la ville. Aucun signe de lutte, aucun traumatisme évident. L'affaire a été classée en quelques semaines.

Mais plus Zara creusait les détails, plus ça lui paraissait bancal. Les ecchymoses signalées dans le rapport d'autopsie préliminaire mais minimisées dans la version finale. L'absence de blessures de défense alors qu'Iris était une excellente nageuse. Le fait que le ruisseau était si peu profond. Une enquête bâclée, sans suivi sérieux des témoignages contradictoires.

Et puis il y a eu le mail qu'elle a reçu il y a deux semaines, signé par quelqu'un qui se faisait appeler « Un ami ». Aucun nom, aucun élément d'identification, juste un message simple : *Iris Zhang ne s'est pas noyée par accident. Regarde de plus près qui a trouvé son corps.*

Elle a failli le supprimer. Les tuyaux anonymes étaient en général des illuminés ou des gens avec une rancune. Mais quelque chose l'a marquée. Elle a commencé à chercher, et plus elle cherchait, moins la version officielle tenait debout.

La voix du barman a traversé ses pensées.— Parmigiana de poulet ?

Zara a levé les yeux quand on a posé une assiette devant elle. L'escalope était énorme, recouverte de fromage fondu et de sauce tomate, avec une montagne de frites à côté. Son estomac a réagi aussitôt.

— Merci. Elle a rangé son téléphone et a pris son couteau et sa fourchette.

Elle en était à la moitié de son assiette quand quelqu'un s'est installé sur le tabouret à côté. Elle a levé les yeux, la fourchette arrêtée à mi-chemin de sa bouche.

L'homme devait avoir la trentaine bien entamée, un visage buriné qui parlait d'heures passées dehors. Il portait un jean et un polo délavé, humides de la pluie. Ses cheveux étaient bruns, un peu trop longs, et sa barbe de trois jours évoquait un choix délibéré plutôt que la paresse.

— Cette tempête est une vraie plaie, a-t-il dit d'un ton de conversation en faisant un signe au barman. — Un rhum-coca, s'il vous plaît.

Zara a émis un son évasif et a replongé son attention dans son assiette. Elle n'était pas d'humeur à discuter avec un inconnu, surtout si c'était pour se faire draguer.

Mais il ne semblait pas vouloir ça. Il a récupéré son verre, a bu une longue gorgée et a reporté son attention sur le match de rugby à la télévision. Ils sont restés assis côte à côte en silence pendant plusieurs minutes. Elle mangeait, lui regardait le match.

— Vous n'êtes pas du coin, a-t-il fini par dire. Ce n'était pas une question.

— Je ne fais que passer. La tempête m'a coincée.

— Ça arrive, a-t-il répondu en reprenant une gorgée. — Vous allez vers le nord ou le sud ?

— Vers le nord. Et vous ?

— Vers le sud. Brisbane. Il a fait une grimace. — J'essaie, en tout cas. J'ai vu le radar météo, j'ai décidé de me poser ici pour la nuit plutôt que de tenter le coup.

— Pas bête. Zara a terminé sa dernière frite et a repoussé l'assiette. Sa bière était presque finie aussi. Elle devrait sans doute rentrer à sa chambre, prendre un vrai repos avant la route de demain.

Mais quelque chose la retenait sur son tabouret. Peut-être la chaleur du pub après la pluie froide. Peut-être l'agréable petit brouillard de la bière sur un estomac maintenant calé. Peut-être le fait que cet inconnu ne poussait pas, n'essayait pas de l'impressionner, de soutirer des infos ou de lui vendre quoi que ce soit. Il était juste là, partageant un abri dans la tempête.

— Une autre ? a demandé le barman en désignant le verre presque vide de Zara.

Elle devrait dire non. Elle devrait retourner à sa chambre, relire ses notes, préparer demain. Mais la pluie ne se calmait pas, et l'idée de cette chambre de motel solitaire n'avait aucun attrait.

— Oui, pourquoi pas.

La deuxième bière est arrivée. L'homme à côté d'elle a commandé un autre rhum-coca. Le match s'est terminé, remplacé par des temps forts et des commentaires. La foule autour de la télévision s'est clairsemée à mesure que les gens regagnaient leurs tables ou rentraient chez eux. La pluie continuait son assaut sur le toit.

— Vous n'êtes pas commerciale, a-t-il dit au bout d'un moment.

— Qu'est-ce qui vous fait dire ça ?

— Pas de tailleur. Pas de sac d'ordinateur. Et vous n'avez pas ce regard-là.

— Quel regard ?

— Celui qui dit que vous évaluez si je suis un client potentiel, a-t-il ajouté avec un léger sourire. Je vois passer beaucoup de commerciaux dans mon boulot. Vous n'en êtes pas une.

— Vous faites quoi, vous ?

— Police. Sergent-détective. Il a bu une gorgée. — Et vous ?

Zara a hésité. Dire « journaliste » faisait souvent réagir, et pas toujours en bien. — Podcasteuse.

— Ah oui ? a-t-il fait, visiblement intéressé. — Quel genre ?

— Des affaires criminelles réelles.

— Ah. Il a hoché la tête lentement. — Laissez-moi deviner. Vous partez dans une petite ville pour déterrer une vieille affaire non résolue et mettre tout le monde mal à l'aise.

Elle n'a pas pu s'empêcher de sourire. — Un truc comme ça.

— Ça se tient. Et c'est sans doute nécessaire, a-t-il conclu en finissant son verre. — La plupart des petites villes ont au moins une affaire qui n'a jamais paru nette à personne. En général parce que quelqu'un de puissant voulait qu'elle disparaisse.

Il y avait quelque chose dans son ton qui l'a poussée à le regarder de plus près. — On dirait que vous avez de l'expérience là-dedans.

— Plus que je ne le voudrais. Il a soutenu son regard, et elle y a vu quelque chose. De la frustration, peut-être. De la lassitude. Le regard de quelqu'un qui a fait plus de compromis qu'il ne l'aurait voulu, mais moins qu'il ne le craignait.

Ils ont parlé. Pas de détails, pas d'affaires, pas de noms ni de lieux. Mais du métier, de la difficulté de chercher la vérité quand les systèmes étaient faits pour protéger le pouvoir plutôt que servir la justice. De la solitude qui va avec, de la façon dont ça vous isole de ceux qui préfèrent les mensonges confortables.

Le pub s'est encore vidé. Le barman s'est mis à essuyer les tables, en leur lançant des regards appuyés. L'annonce du dernier service a retenti puis est passée. Ils étaient les seuls clients restants.

— On devrait probablement y aller, a dit Zara, même si elle ne bougeait pas.

— Probablement. Il n'a pas bougé non plus.

Ils se sont regardés. Entre eux, l'air s'est chargé de possibilités au fil de la dernière heure, et il est devenu électrique. Zara savait ce que c'était, et ce que ça pouvait être. Une parenthèse. Anonyme. Elle ne faisait pas ça d'habitude. Elle ne passait pas la nuit avec des inconnus rencontrés dans des pubs.

Mais ce soir, quelque chose paraissait différent. La tempête, l'isolement, cette connexion inattendue avec quelqu'un qui comprenait son travail comme peu de gens le faisaient. Et cette manière dont il la regardait, comme s'il la voyait, pas seulement la surface mais quelque chose de plus profond.

— Je suis à la chambre sept, au motel d'en face, s'est-elle entendue dire.

Ses yeux se sont légèrement assombris.— Moi, la douze.

— Plus près, a-t-elle dit, le cœur soudain battant à ses oreilles.

— Oui.

Ils ont payé leurs notes séparément et sont sortis ensemble, sous une pluie qui s'était adoucie en une bruine régulière. La courte marche jusqu'au motel paraissait chargée. Aucun d'eux ne parlait. Ils étaient tous deux très conscients de la présence de l'autre.

Devant la douze, il a ouvert la porte et l'a tenue. Zara est entrée, a entendu la porte se refermer derrière eux, et s'est tournée pour lui faire face.

La pluie fouettait les fenêtres, les transformant en tableaux impressionnistes de la nuit dehors. Les réverbères se dissolvaient en traînées aqueuses. Ils sont restés immobiles un instant, l'eau dégoulinant de leurs vêtements sur la moquette.

Zara a bougé la première et a tendu la main vers lui.

Sa bouche a trouvé la sienne dans la demi-obscurité. Le baiser s'est approfondi aussitôt, sans rien de timide, pour quelque chose de plus avide. Ses mains sont montées encadrer son visage.

— Je n'ai pas besoin de connaître ton nom, a-t-elle soufflé contre sa bouche.

— Bien, a-t-il répondu, la voix rauque. — Moi non plus.

Quelque chose dans cet anonymat les a libérés tous les deux. Elle a tiré sur sa chemise, voulant faire disparaître cette barrière. Il l'a aidée, ses doigts s'attaquant aux boutons pendant qu'elle lui retirait le tissu humide des épaules.

Ils se sont déshabillés l'un l'autre, les vêtements tombant au sol en tas humides. Ses doigts se sont emmêlés dans ses cheveux encore mouillés par la pluie, libérant la queue de cheval. L'air frais sur sa peau a été aussitôt contrebalancé par la chaleur de son corps qui se pressait contre le sien. Il l'a guidée en arrière jusqu'à ce que ses jambes touchent le bord du lit, puis il l'a suivie sur le matelas.

Elle a fait glisser ses mains le long de son dos. Pas parfait, et elle non plus ne l'était pas, et d'une manière ou d'une autre, ça rendait tout meilleur.

Sa bouche a parcouru sa peau, découvrant ce qui lui arrachait un souffle, ce qui la faisait serrer plus fort ses épaules. Sa réponse semblait l'encourager.

Quand il s'est allongé au-dessus d'elle, elle a enlacé sa taille avec ses jambes, l'attirant plus près. L'attente devenait presque insupportable.

— Préservatif ? a-t-il demandé d'une voix rauque. Je n'en ai pas…

— La pilule, a-t-elle dit. Ça va.

Un bref signe d'assentiment. Puis ils se sont rejoints, et tout le reste s'est effacé.

Zara s'est réveillée dans une demi-lumière grise qui filtrait à travers les rideaux. Elle a pris conscience de son regard posé sur elle.

— Bonjour, a-t-elle dit, la voix encore rauque de sommeil.

— Bonjour. Il a repoussé derrière son oreille une mèche de cheveux.

Ils savaient tous les deux que c'était la fin. Ce qui s'était passé entre eux appartenait à la nuit, à l'orage. Le jour ramenait la réalité au premier plan.

Zara s'est redressée, ramenant le drap autour d'elle. — Il faut que je retourne dans ma chambre.

Il a hoché la tête. — De toute façon, il faut que je prenne la route bientôt.

Ils se sont habillés en silence. Des regards à la dérobée, de petits sourires. L'aisance de ceux qui n'avaient rien à prouver. À la porte, ils se sont arrêtés.

— C'était…, a-t-elle commencé.

— Parfait, a-t-il terminé, la bouche plissée d'un sourire. Parce que ça s'arrête ici.

Elle a acquiescé. — Exactement.

— Au revoir, mystérieuse. Bonne route. Et bonne chance.

Il s'est penché et a posé ses lèvres sur les siennes une dernière fois. De la reconnaissance, sans exigence. Puis il a reculé.

Zara a ouvert la porte sur un monde lavé par la pluie de la nuit. L'air sentait la terre mouillée et l'eucalyptus, le ciel était d'un bleu presque agressivement lumineux. Elle est partie sans se retourner, en sachant qu'il la regardait s'éloigner, en sachant qu'aucun d'eux n'allait essayer de prolonger ce qui avait été parfait précisément grâce à ses limites.

Dans sa propre chambre, elle a pris une douche, laissant l'eau chaude chasser les traces physiques. Son esprit passait déjà à autre chose, se recentrant sur la journée à venir. Salt Creek l'attendait, avec l'enquête qui pouvait relancer sa carrière. Les yeux sérieux d'Iris Zhang, sur cette photo de classe, semblaient la regarder à travers la mémoire, lui rappelant pourquoi elle avait entrepris ce voyage.

Une autre tenue sèche, ses chaussures de randonnée, et elle a été prête. Elle a rangé rapidement ses affaires, en vérifiant que son matériel était bien sécurisé, que rien n'était abîmé par la pluie de la veille. Après avoir chargé la voiture, elle a traversé jusqu'à la réception pour rendre sa clé, en remerciant le réceptionniste, un homme différent de la veille.

Quand elle s'est engagée sur la Bruce Highway et qu'elle a accéléré vers le nord, elle a accordé une dernière pensée à l'inconnu sans nom et à leur nuit ensemble. Une parenthèse parfaite, désormais refermée. Un bon souvenir qui s'estompait dans son rétroviseur.

L'autoroute s'étirait devant elle, sans plus être masquée par la pluie. Elle se sentait reposée, recentrée comme elle ne l'était plus depuis des mois, prête à affronter tout ce qui l'attendait à Salt Creek.

TROIS

Les champs de canne à sucre s'étendaient à perte de vue de part et d'autre de la route, une mer verte et monotone que venaient rompre, de loin en loin, une ferme ou une machine rouillée. Zara a réglé la bouche d'aération, dirigeant l'air tiède vers son visage. Le système antique de la voiture peinait contre la chaleur qui montait, n'arrivant guère à produire plus qu'une brise tiède. En février, dans le Queensland, la météo n'était pas tendre : le soleil restait implacable même à travers les vitres teintées.

Son esprit repassait les détails qu'elle avait mémorisés sur Iris Zhang. Dix-sept ans. Ambitieuse. Droite. Retrouvée face contre terre dans quinze centimètres d'eau. Affaire classée en deux semaines. Les faits tournaient en boucle, chacun renforçant sa certitude que quelque chose clochait profondément dans la version officielle.

Un panneau vert passé est apparu au bord de la route : « Bienvenue à Salt Creek, population : 3 147 ». En dessous, un tag en lettres rouges proclamait « TROU À RATS », avec, par-dessus, une tentative d'effacement assez molle. Pas la plus grande fan de la ville, cette graffeuse ou ce graffeur, s'est dit Zara en dépassant le panneau et en ralentissant.

La rue principale est apparue, une enfilade de bâtiments patinés qui formait le centre-ville. La Bruce Highway la traversait tout droit, obligeant les voyageurs à ralentir mais rarement à s'arrêter. À droite, un pub à la peinture crème écaillée affichait sur une pancarte : « Bière fraîche, plats chauds ». Plus loin se trouvait un petit supermarché, ses vitrines tapissées de promos délavées. Une station-service, une quincaillerie, une échoppe de poisson-frites.

Puis elle l'a vu, sur la gauche : Golden Horse Restaurant. L'établissement occupait un bâtiment carré en briques, liséré de rouge et rehaussé d'accents dorés. Un cheval doré peint à la main se cabrait sur l'enseigne. C'était là qu'Iris travaillait avec ses parents, là où on l'a vue vivante pour la dernière fois avant son retour à pied ce soir d'octobre, il y a plus de dix ans.

Le plus frappant se trouvait juste après le restaurant : un ravin qui entaillait le paysage comme une plaie, profond d'une quinzaine de mètres et coupant la ville en deux. La Bruce Highway le franchissait par un pont moderne en béton. C'était Salt Creek lui-même, le relief qui avait donné son nom à la ville et qui a coûté la vie à Iris Zhang dans des circonstances impossibles. En franchissant lentement le pont, Zara a essayé de regarder au fond du ravin, mais les parois en béton lui barraient la vue.

De l'autre côté, elle a repéré l'école — ou plutôt le lycée et l'école primaire, côte à côte —, avec des terrains de sport visibles derrière. Une boutique d'aliments pour bétail semblait marquer la fin de la zone commerciale, et la ville s'étiolait presque aussitôt.

Zara s'est rangée sur la gauche, en se garant sur le large bas-côté, et elle a consulté son téléphone. Elle se rappelait qu'il y avait deux motels en ville ; l'un faisait partie d'une chaîne, avec des prix sur le site à partir de 100 $ la nuit. Elle a regardé avec un brin de regret la photo de la piscine d'un bleu étincelant avant de fermer la fenêtre et d'ouvrir la page de l'autre motel.

— Ça colle mieux avec mon budget, a-t-elle murmuré. Allons voir s'ils peuvent me caser.

Après avoir vérifié ses rétros, elle a attendu une accalmie dans la circulation avant de faire demi-tour et de retraverser la ville, en repassant le pont.

Zara a garé sa voiture sur le parking du Salt Creek Motel, un bâtiment à bardage de bois d'un seul niveau, peint d'un bleu passé. L'enseigne au néon « Chambres disponibles » clignotait de façon erratique, comme si elle hésitait à souhaiter vraiment la bienvenue. Six portes donnaient sur le parking, numérotées de un à six. Derrière la vitre de l'accueil, un ventilateur de plafond tournait mollement.

Elle est restée assise un instant, a rassemblé ses idées, puis elle est descendue. Ça y était. L'endroit où elle allait soit relancer sa carrière, soit la regarder s'effondrer pour de bon. Elle a pensé à l'échéance du prêt immobilier dans trois semaines, à ses économies qui fondaient, à Dev qui payait l'abonnement internet sans rien dire. Puis elle a pensé aux yeux sérieux d'Iris Zhang sur cette photo de classe, et sa mâchoire s'est serrée.

La porte de l'accueil a déclenché une clochette quand elle l'a poussée. À l'intérieur, une femme d'une soixantaine d'années a relevé la tête de son roman de poche, ses lunettes de lecture posées au bout du nez. La climatisation était réglée sur polaire, et le froid soudain a fait se hérisser la peau de Zara.

— Je peux vous aider ? a demandé la femme, le ton neutre mais le regard évaluateur. D'un seul coup d'œil, elle a détaillé les vêtements citadins de Zara, sa coupe professionnelle, son origine difficile à situer, dans un regard qui n'était ni hostile ni accueillant.

— Je voudrais une chambre, s'il vous plaît, a dit Zara. Pour une semaine pour commencer, mais je pourrais prolonger.

La femme a hoché la tête et a posé son livre. — Simple ou double ?

— Simple, ça ira.

— Soixante-dix la nuit. Au tarif semaine, ça descend à soixante-cinq.

La femme a sorti une fiche d'enregistrement.

— Il me faudra une carte bancaire et une pièce d'identité.

Zara a tendu son permis de conduire et sa carte bancaire, puis elle a rempli le formulaire. La femme examinait son permis, allant et venant du regard entre la photo et le visage de Zara.

— Langley, a-t-elle lu à haute voix. — Adresse à Brisbane. Affaires ou loisirs ?

— Affaires, a répondu Zara, sans s'étendre.

— L'enregistrement n'est qu'à quatorze heures, mais la chambre quatre n'a pas été utilisée la nuit dernière. Elle est prête si vous la voulez maintenant.

La femme a rendu le permis et a glissé la carte bancaire.

— Ce serait parfait, merci.

Zara a pris la carte magnétique en plastique dont le logo, usé à force de manipulations, était délavé.

— Vous avez besoin de savoir autre chose ? Le petit-déjeuner n'est pas inclus, mais le café à côté du supermarché ouvre à six heures. Il y a du Wi-Fi gratuit, le mot de passe est sur la carte dans votre chambre.

— Merci, a dit Zara. — En fait, je me posais une question à propos du ruisseau. On y accède facilement depuis ici ?

La femme a subtilement changé d'expression.

— Il y a un sentier en bas, près du parc. Un peu raide, mais ça se fait. Il n'y a pas grand-chose à voir, ceci dit. Juste un ruisseau.

Juste un ruisseau où une fille de dix-sept ans était censée s'être noyée dans une eau jusqu'aux chevilles.

— Merci pour l'info, a simplement dit Zara.

De retour dehors, la chaleur l'a de nouveau frappée ; elle a senti la sueur perler aussitôt de tous ses pores et elle espérait que la clim était déjà allumée dans sa chambre. Sa voiture cuisait déjà de nouveau après seulement quelques minutes au soleil, et elle a fait une grimace en posant les mains sur le volant brûlant. À la hâte, elle a conduit jusqu'à la chambre quatre et s'est garée juste devant, déchargeant son matériel et ses sacs en deux allers-retours.

La chambre correspondait à ses attentes, très semblable à celle de Childers la nuit précédente et sans doute aux chambres de motel des petites villes le long des nationales dans tout le pays. Il y avait un lit double avec un couvre-lit fleuri, une petite table avec deux chaises, une télévision qui avait connu des jours meilleurs, et une salle de bains aux carreaux beiges avec une baignoire-douche. Mais c'était propre, la climatisation fonctionnait, et cela ferait très bien l'affaire comme base d'opérations.

Il y avait même du Wi-Fi gratuit, ce à quoi elle ne s'attendait pas vraiment mais dont elle était reconnaissante. Elle avait l'intention d'activer son VPN à chaque utilisation, bien sûr, mais au moins cela lui éviterait de dépasser le forfait données de son téléphone et de payer un supplément.

Zara a défait ses affaires, a installé son ordinateur portable sur la table et a disposé à côté son matériel d'enregistrement. Deux microphones de haute qualité, encore dans leurs étuis de protection. La caméra et le trépied. Des batteries de rechange et des cartes SD. Son carnet relié cuir contenant ses notes de recherche sur Iris et Salt Creek. Un plan de la ville, imprimé avant son départ, déjà annoté avec les lieux clés.

Dans la salle de bains, elle s'est aspergé le visage d'eau froide et elle a levé les yeux pour croiser son propre regard dans le miroir. Des cernes assombrissaient ses yeux, souvenirs de la nuit à Childers, de l'orage et de ses suites. Mais sous la fatigue, il y avait quelque chose qu'elle ne voyait plus dans son propre visage depuis des mois : une détermination.

Elle s'est séché le visage et elle est retournée dans la pièce principale, en vérifiant l'heure. Il était un peu passé midi. Il restait largement assez de lumière du jour pour commencer sa reconnaissance de la ville, en particulier du ruisseau. Demain, elle prévoyait d'aller au Golden Horse pour tenter d'entrer en contact avec les parents d'Iris. Mais aujourd'hui, il s'agissait de comprendre la géographie, de documenter le lieu, de rassembler les images qui formeraient l'ossature de son premier épisode.

Sa valise à matériel risquait d'attirer trop l'attention si elle se la trimballait en ville, mais elle tenait à emporter une partie de son équipement. Elle n'avait guère de chances de mener des interviews cet après-midi, mais elle avait envie de tourner une vidéo pour planter le décor et présenter l'affaire, si possible. Elle a pris sa besace et y a glissé un de ses trépieds avec son carnet. Mieux valait laisser son ordinateur portable ici ; elle l'a toutefois verrouillé dans sa mallette.

Zara a pris sa caméra, a glissé son téléphone et sa carte magnétique dans sa poche, et elle est ressortie affronter la chaleur du Queensland. Salt Creek attendait d'être explorée, et quelque part dans cette bourgade poussiéreuse se trouvait la vérité sur ce qui était arrivé à Iris Zhang.

La chaleur écrasante d'un dimanche après-midi pesait sur la rue principale de Salt Creek tandis que Zara la parcourait, appareil à la main. Elle adoptait des gestes décontractés, touriste qui immortalisait une bourgade pittoresque plutôt qu'enquêtrice qui montait un dossier. Pourtant, elle sentait des regards suivre sa progression depuis le café où trois hommes âgés sirotaient leur café, depuis le supermarché où une jeune mère faisait passer des enfants par les portes automatiques, depuis les camionnettes, vitres baissées. Dans une ville de cette taille, un visage inconnu, c'était comme porter un néon clignotant.

Elle a photographié le pub, la quincaillerie, le Golden Horse Restaurant à la peinture rouge écaillée et à l'enseigne dorée. Chaque déclic de l'obturateur lui donnait l'impression d'annoncer sa présence, ses intentions. Un adolescent sur une planche à roulettes a ralenti en la croisant, la curiosité évidente sur son visage hâlé par le soleil.

— Vous êtes journaliste ou un truc comme ça ? a-t-il demandé, en faisant sauter sa planche d'un coup de pied pour l'attraper.

— Je ne fais que passer, a répondu Zara avec un sourire qui ne révélait rien. Je prends quelques photos pour mes réseaux.

Il n'avait pas l'air convaincu, mais il a haussé les épaules et a continué son chemin. Zara l'a regardé s'éloigner, en se demandant s'il était assez âgé pour avoir connu Iris, pour avoir été au lycée avec elle. Probablement pas : Iris aurait presque trente ans si elle était encore en vie aujourd'hui. Elle allait devoir faire attention ici, tout de même. Les petites villes avaient la mémoire longue et des loyautés solides.

Elle a suivi la rue principale jusqu'au pont, où les bâtiments laissaient place à un petit parc blotti au bord du ravin. L'endroit était animé de familles, des enfants escaladaient les jeux pendant que les parents restaient assis à des tables de pique-nique dans des coins d'ombre. Bien sûr, s'est-elle dit. Un dimanche après-midi dans une ville où il y avait peu d'options de divertissement. Le parc était le carrefour social.Zara a contourné l'aire de jeux, hochant poliment la tête aux adultes qui interrompaient leur conversation pour la regarder passer. Au fond du parc, elle a trouvé ce qu'elle cherchait : un étroit sentier de terre qui disparaissait dans un fourré rabougri et descendait en lacets dans le ravin. Un panneau défraîchi avertissait : ATTENTION : SENTIER RAIDE VERS LE RUISSEAU.Le sentier descendait brusquement, l'obligeant à choisir ses appuis avec soin entre racines à nu et pierres branlantes. La température baissait à mesure qu'elle s'enfonçait dans le ravin, les parois hautes bloquaient le soleil direct. Des arbustes indigènes envahissaient le passage, leurs feuilles lui frôlaient les bras. La sueur perlait à son front sous l'effort et l'humidité persistante.À mi-pente, elle s'est arrêtée pour reprendre son souffle. Au-dessus d'elle, la passerelle en bois enjambait le ravin, ses planches vieillies visibles entre les trouées de la cime des arbres. De cet angle, elle voyait aussi le pont de la route, bien plus haut, où des véhicules passaient par moments. Le bruit des enfants au parc s'était estompé, remplacé par le léger bruissement des feuilles et un lointain trafic.Elle a repris la descente, s'appuyant aux troncs dans les portions les plus raides. Le sentier se faisait plus net à l'approche du fond, s'élargissant en une zone dégagée au pied du ravin. Et là, il était là : Salt Creek.Le ruisseau s'étirait devant elle, large de deux mètres à cet endroit peut-être, l'eau coulant doucement sur des galets polis. Par endroits, la lumière atteignait le fond du ravin, dessinant des taches mouvantes sur l'eau claire. Mais ce qui l'a frappée d'emblée, c'était sa faible profondeur : l'eau recouvrait à peine les pierres, avec de rares cuvettes un peu plus profondes qui atteignaient au plus le milieu du mollet.Zara est restée immobile, à fixer l'eau. *Ici*, une fille de dix-sept ans était censée s'être noyée ? Elle savait, d'après les rapports de police, que l'eau était peu profonde, mais le constater sur place rendait la version officielle non seulement improbable, mais absurde.

Elle a longé la berge jusqu'à retrouver l'endroit précis décrit dans le rapport de police, juste sous la passerelle en bois. Là, l'eau formait une cuvette naturelle un peu plus profonde, mais même après la pluie d'hier soir, ça ne dépassait pas quinze centimètres. L'idée que quelqu'un ait pu s'y noyer accidentellement était absurde.

Elle a posé sa besace sur une pierre sèche, puis a enlevé ses chaussures de marche et ses chaussettes. Les pierres chauffées de la berge brûlaient la plante de ses pieds nus jusqu'à ce qu'elle entre dans le ruisseau. L'eau était étonnamment froide, une vraie gifle sur la peau après la chaleur de la journée. Elle lui arrivait à peine aux chevilles. En se penchant, elle a trempé le bout des doigts dans l'eau et les a reniflés avant de goûter prudemment une goutte. Pas salée... étonnant. D'où Salt Creek tenait-il son nom, alors ? Elle s'est promis de se renseigner, même si cela ne comptait pas pour l'enquête. Elle voulait juste satisfaire sa curiosité.

Le ravin lui paraissait étrange, lui aussi, bien trop profond pour avoir été creusé par un ruisseau aussi paisible. Y avait-il un barrage en amont ? Dans ce cas, le ruisseau ne montait presque jamais au-dessus de son niveau actuel. Et, en voyant les arbres en pleine santé et le sous-bois qui descendait jusqu'au bord de l'eau, cela semblait vraisemblable.

Elle a ouvert sur son téléphone une des photos de la scène de crime, a vérifié sa position par rapport à la passerelle en bois, puis s'est avancée prudemment jusqu'à l'endroit où le corps d'Iris avait été retrouvé. Les pierres étaient lisses sous ses pieds, polies par des années d'eau courante. Ce n'était pas vraiment glissant, mais il fallait rester attentive pour avancer sans danger. Pourtant, il fallait une force considérable ou une incapacité totale pour maintenir le visage de quelqu'un sous l'eau ici. Une personne consciente tournait simplement la tête ou se repoussait vers le haut.

Zara a installé son trépied sur le lit du ruisseau, l'a réglé pour garder l'appareil à niveau malgré le sol irrégulier, puis a basculé la caméra en mode enregistrement haute définition. Elle a cadré le plan, a filmé un petit clip d'essai pour vérifier que le cadre voulu l'incluait, debout dans l'eau, avec la passerelle visible au-dessus, puis a lancé l'enregistrement et est entrée dans le champ.

— C'est ici que la lycéenne de dix-sept ans Iris Zhang se serait noyée le 15 octobre 2014, a-t-elle dit, la voix posée et professionnelle malgré la colère qui montait en elle. Je me tiens exactement à l'endroit où son corps a été retrouvé, et l'eau m'arrive à peine aux chevilles, malgré la forte pluie d'hier soir.

Elle s'est déplacée légèrement, en montrant à quel point il était facile de garder l'équilibre.— D'après le rapport officiel, on a retrouvé Iris face contre terre dans environ quinze centimètres d'eau. L'enquête s'est conclue au bout de deux semaines seulement sur un verdict de noyade accidentelle.

Zara s'est baissée, a posé la paume à plat sur le lit du ruisseau, puis l'a levée, l'eau ruisselant entre ses doigts.— La question n'est pas de savoir si Iris Zhang s'est noyée. L'autopsie l'a confirmé. La question, c'est comment une jeune fille de dix-sept ans, en bonne santé et sportive, pourrait se noyer accidentellement dans une eau aussi peu profonde.

Elle a terminé l'enregistrement, puis a déplacé la caméra pour capter d'autres angles. Des plans larges montrant toute la largeur du ruisseau, des gros plans de la hauteur d'eau par rapport à sa cheville, des images détaillées du lit du ruisseau. Au-dessus d'elle, la passerelle en bois projetait des ombres rayées sur l'eau. Elle a filmé cela aussi, puis les piliers, en se demandant si Iris avait traversé ce pont la nuit où elle est morte.

Le bourdonnement lointain de la circulation sur le pont de l'autoroute fournissait un fond sonore constant. Par moments, des voix descendaient du parc au-dessus, rappel que la ville poursuivait sa routine dominicale pendant qu'elle se tenait là où une jeune fille est morte dans des circonstances impossibles.

Zara a avancé plus loin dans le ruisseau, en documentant chaque aspect de la scène. Chaque nouvel angle, chaque mesure de profondeur ne faisait que renforcer sa certitude : Iris Zhang ne pouvait pas s'être noyée ici par accident. Cela voulait dire que quelqu'un l'a maintenue sous l'eau. Quelqu'un l'a tuée. Et la police l'a soit complètement raté, soit l'a sciemment ignoré.

Pendant qu'elle rangeait son matériel et remettait ses chaussures, Zara a senti au plus profond d'elle une certitude : elle a trouvé une histoire qui devait être racontée. Ce n'était plus seulement une question de sauver sa carrière. Il s'agissait de justice pour une fille dont la mort a été minimisée, dont la vérité a été enterrée aussi facilement que son corps.

Elle est remontée par le sentier raide, la caméra pleine de preuves, l'esprit en ébullition de questions. Salt Creek avait un secret, et elle avait l'intention de le révéler, peu importe qui allait tenter de l'arrêter.

Le crépuscule s'est installé sur Salt Creek quand Zara est revenue au motel, après un bref arrêt au petit resto de poisson-frites pour prendre de quoi dîner. La chaleur de la journée restait prisonnière des murs en bardage de bois, malgré un climatiseur poussif. Elle a verrouillé la porte derrière elle, a posé sa besace soigneusement sur la table et a roulé les épaules pour chasser la tension accumulée en remontant du ruisseau. Ses pieds étaient encore humides dans ses chaussures de marche, et un fin gravier s'était glissé entre ses orteils, mais l'inconfort comptait à peine. Elle avait ce qu'il lui fallait pour commencer : la preuve visuelle de l'impossibilité au cœur de la mort d'Iris Zhang.

Zara a ôté ses chaussures et a retiré ses chaussettes, puis a essuyé ses pieds avec une petite serviette de la salle de bains. Ensuite, elle a installé son poste de travail : ordinateur portable au centre de la petite table, disque dur externe branché, caméra reliée par câble. Ses doigts avançaient dans le processus familier de transfert des fichiers, tandis que son esprit organisait déjà la structure narrative de ce qui deviendrait son premier épisode.

Les séquences ont commencé à se télécharger et elle a regardé les premiers clips sur l'écran de prévisualisation. La voilà, debout dans le ruisseau avec de l'eau jusqu'aux chevilles, l'eau à peine visible qui s'écoulait sur ses pieds. La lumière était bonne. Le soleil de fin d'après-midi entrait dans le ravin sous l'angle idéal, soulignant la faible profondeur tout en gardant son visage correctement exposé. Sa voix passait clairement sur le fond sonore du murmure de l'eau et du trafic lointain :— C'est ici que la lycéenne de dix-sept ans Iris Zhang se serait noyée...

Elle a fait défiler les clips et a repéré les segments les plus convaincants. Le plan large de tout le lit du ruisseau, montrant sa largeur modeste et sa faible profondeur régulière. Le gros plan de l'eau qui s'enroulait autour de ses chevilles. La mise en évidence de sa main à plat sur le lit du ruisseau, puis levée pour montrer à quel point il y avait peu d'eau. Chaque image s'ajoutait à la précédente pour construire un argument visuel imparable : personne ne pouvait s'y noyer accidentellement.

Zara a ouvert son logiciel de montage, dont l'interface familière l'a accueillie comme une vieille amie. Autrefois, ce processus était aussi naturel que respirer. Ses années à produire Les Australiens Perdus affinaient ses compétences techniques au point que le logiciel semblait une extension de sa pensée. Malgré des mois de production en demi-teinte, ses doigts se souvenaient : ils volaient sur le clavier pendant qu'elle assemblait son récit. Par moments, elle piochait dans la barquette de frites qui refroidissaient, en grignotant une sans vraiment la goûter, trop absorbée par son travail pour se concentrer sur le dîner.

Elle a créé un nouveau fichier de projet : « La Fille du Ruisseau_EP01 ». Le titre lui est venu quand elle se tenait dans l'eau, sentant les pierres sous ses pieds et levant les yeux vers la passerelle où Iris avait peut-être marché cette nuit-là. C'était simple, direct, et ça se démarquait dans le paysage souvent sensationnaliste des enquêtes criminelles.

Le montage prenait forme, sa vision se matérialisait à l'écran. Elle a commencé par des plans d'ensemble de Salt Creek, du ravin, du ruisseau lui-même. Puis son adresse directe à la caméra, où elle expliquait les faits de base de l'affaire. Elle a intercalé ces séquences avec des scans du rapport de police qu'elle a obtenu, en surlignant les incohérences. Le récit montait vers la question centrale : comment une adolescente en pleine forme pouvait-elle se noyer accidentellement dans quinze centimètres d'eau ?

Pour l'image miniature, elle a ouvert le dossier contenant la photo de classe d'Iris. Les yeux sérieux de l'adolescente de dix-sept ans la regardaient derrière des lunettes rectangulaires, si semblables aux yeux de la grand-mère de Zara que cela lui provoquait presque une douleur physique dans la poitrine. Ce n'était pas juste une affaire de plus. C'était personnel d'une manière qu'elle n'admettait pas complètement, même vis-à-vis d'elle-même.

Elle a apporté de subtils ajustements à l'image, a légèrement augmenté le contraste, veillant à ce que le visage d'Iris reste bien visible même en petite miniature sur les plateformes de streaming. Le titre s'afficherait à côté de son visage : La Fille du Ruisseau, Episode 1 : Cinquante Centimetres. Sobre, simple, intrigant.

L'horloge de son ordinateur portable indiquait 22 h 38. Elle travaillait depuis des heures sans pause, mais le rythme familier de la création la portait. Venait maintenant la partie la plus importante : la narration qui allait tout relier. Zara a installé un micro sur un petit pied de bureau et a positionné avec soin l'anti-pop. Elle a pris une gorgée d'eau dans la bouteille qu'elle avait remplie plus tôt, s'est éclairci la gorge et a lancé l'enregistrement.

— Bienvenue dans La Fille du Ruisseau, a-t-elle dit, sa voix passant dans le registre professionnel qu'elle apprenait en études de médias et qu'elle perfectionnait depuis des années d'antenne. Fluide sans être artificielle, autoritaire sans être pompeuse, habitée mais maîtrisée. — Voici l'histoire d'Iris Zhang, et la vérité que Salt Creek ne veut pas que vous entendiez.

Elle a continué, en présentant les faits de base de l'affaire. Sa voix restait posée quand elle décrivait la conclusion officielle, puis elle a légèrement changé, laissant son indignation affleurer lorsqu'elle a posé la question de savoir comment une adolescente en bonne santé avait pu se noyer dans de l'eau jusqu'aux chevilles. Elle a détaillé ses propres observations au ruisseau, les éléments visuels qu'elle venait de réunir, les questions qui restaient en suspens.

— Dans les prochains épisodes, on explorera qui était Iris Zhang, ce qui s'est passé la nuit du 15 octobre 2014, et pourquoi l'enquête sur sa mort a été bouclée si vite avec une conclusion aussi invraisemblable.

Zara a bouclé la narration en une seule prise. Elle a écouté le retour, a pris des notes sur les passages qui pourraient nécessiter un réenregistrement, mais elle n'a relevé que des broutilles, faciles à corriger avec quelques raccords rapides.

Pendant qu'elle peaufinait l'audio et qu'elle intégrait la narration à ses visuels, l'épisode a pris sa forme finale. Quinze minutes et dix-sept secondes d'un contenu monté au cordeau, qui présentait l'affaire et posait le mystère central : une noyade qui n'aurait pas dû être possible. Ce n'était pas son travail le plus léché. Elle n'avait ni assistante de recherche, ni ingénieur du son professionnel, ni graphiste pour les titres. Mais c'était prenant. Cela posait des questions qui appelaient des réponses. Cela parlait pour une fille qui ne pouvait plus parler pour elle-même.

À 23 h 47, Zara a mis en ligne l'épisode finalisé sur sa plateforme d'hébergement. Il se distribuait automatiquement sur Spotify, Apple Podcasts, YouTube et toutes les autres plateformes où Les Australiens Perdus prospérait autrefois. Elle a rédigé une brève description, a ajouté des tags pour optimiser le référencement, puis a programmé une mise en ligne immédiate.

Elle a cliqué sur le bouton Publier et a regardé la barre de progression se remplir. Quand elle s'est achevée, elle a fermé son ordinateur portable et s'est levée, en s'étirant, les muscles raides après des heures assise. L'épuisement l'a submergée comme une vague, son corps enregistrait enfin les efforts de la journée maintenant que la concentration créative s'est dissipée.

Zara est allée vers le lit et s'y est effondrée toute habillée, trop fatiguée pour se changer ou même rabattre les couvertures.

Son téléphone reposait à côté d'elle, silencieux à présent mais peut-être porteur, au matin, d'une nouvelle décisive. Y aurait-il un pic dans ses statistiques ? Ses auditeurs restants accueilleraient-ils cette nouvelle direction ? Gagnerait-elle de nouveaux abonnés intéressés par l'histoire d'Iris ?

Les questions tournaient dans sa tête tandis que la fatigue l'attirait vers le sommeil. Huit semaines de marge. Voilà le calcul qu'elle faisait avant de quitter Brisbane. Huit semaines avant l'effondrement financier complet. Cet épisode, cette affaire, l'histoire de cette fille, c'était sa dernière chance de reconstruire ce qu'elle avait perdu après l'affaire Little Girls Lost. Mais quand le sommeil l'a happée, ce n'étaient pas les enjeux financiers qui occupaient ses pensées, c'étaient les yeux sérieux d'Iris Zhang derrière des lunettes rectangulaires, qui réclamaient la vérité, qui exigeaient justice.

Le lendemain allait décider si ce pari sauverait sa carrière ou l'achèverait complètement. Mais ce soir-là, dans le calme sombre d'une chambre de motel à Salt Creek, Zara a recommencé à faire ce qu'elle faisait de mieux : elle a donné une voix à quelqu'un qu'on avait réduit au silence. Que cela intéresse quelqu'un ou non, il y avait là une satisfaction qui lui a permis de sombrer vite dans un sommeil profond et sans rêves.

QUATRE

L'alarme du téléphone de Zara l'a tirée du sommeil à six heures. Elle a cligné des yeux, désorientée, encore toute habillée de la veille, avec un torticolis à force d'avoir dormi de travers sur l'oreiller. Pendant un instant, elle ne se souvenait plus d'où elle se trouvait, puis tout lui est revenu. Salt Creek. Iris Zhang. L'épisode qu'elle avait mis en ligne juste avant minuit. Sa main a saisi son téléphone, a fait taire l'alarme avant d'ouvrir le tableau de bord de ses statistiques, le cœur battant à tout rompre.

Les chiffres se chargeaient lentement, le Wi-Fi du motel peinait avec l'affluence du matin. Elle s'est redressée, en se frottant le cou, en priant pour que la page se charge plus vite. Quand la page est enfin apparue, elle a cligné des yeux deux fois, certaine de mal lire.

Vues : 7 823 Abonnés : +412

— C'est quoi ce délire ? a-t-elle chuchoté. Elle a fermé l'appli et l'a rouverte, en pensant à un bug. Les chiffres étaient toujours là, et ils grimpaient même de quelques unités pendant qu'elle regardait. Ce n'était pas possible. Son dernier épisode, ce sujet bâclé sur un meurtre des années 1970, dépassait à peine 2 000 vues la première semaine. Maintenant, elle en avait presque 8 000 en moins de six heures ?

Elle est passée sur ses statistiques YouTube, où la croissance était encore plus marquée. L'algorithme repérait sa vidéo et la poussait agressivement. La miniature de la photo de classe d'Iris à côté du ruisseau apparaissait dans la section « Tendances » du true crime.

Ses doigts tremblaient légèrement tandis qu'elle faisait défiler les commentaires :

Purée, c'est IMPOSSIBLE. Aucune chance que ce soit un accident. Je suis accro.

Tu nous as manqué, Zara. Personne ne raconte ces histoires comme toi. Cette pauvre fille mérite justice.

Je vis au Royaume-Uni maintenant, mais j'ai grandi à trois heures de Salt Creek. Je me souviens de cette histoire ; ça n'a jamais eu de sens. Merci d'enquêter.

Abonné ! Le prochain épisode sort quand ?

Les commentaires défilaient sur l'écran, par dizaines. Elle a fait défiler rapidement, à la recherche des voix critiques, des accusations d'exploitation qui la poursuivaient après l'affaire Little Girls Lost. Il y en avait quelques-unes, il y en avait toujours, mais elles étaient noyées sous des vagues de soutien et d'engagement.

Zara a passé les jambes hors du lit et s'est déplacée vers son ordinateur portable, qu'elle a allumé pour mieux voir les statistiques. Le grand écran a confirmé ce que montrait son téléphone : son contenu reprenait feu comme il ne l'avait pas fait depuis près de deux ans. Les métriques montaient pendant qu'elle regardait. Vues, partages, commentaires, abonnés.

Surtout, la projection de revenus estimés pour le mois était déjà à 1 200 $ rien qu'avec cet épisode. Si la croissance continuait ne serait-ce qu'à la moitié de ce rythme, elle pouvait viser 5 000 $ ou plus pour le mois. La mensualité du prêt immobilier. Les factures. De la nourriture qui ne soit pas des ramens ou la boîte de thon la moins chère.

Sa main est venue inconsciemment à sa poitrine, appuyant contre son sternum, là où un nœud serré vivait depuis des mois. Il était toujours là, mais plus lâche maintenant, comme si quelqu'un en défaisait les premiers brins.

Elle a ouvert le tableau de bord de sa plateforme d'écoute, où la version audio du podcast affichait une croissance similaire. Les téléchargements étaient à 6 435 et montaient régulièrement. Les métriques d'engagement montraient que les gens écoutaient l'épisode en entier, sans décrocher à mi-parcours. La meilleure rétention qu'elle voyait depuis... eh bien, depuis avant.

Ses notifications sur Patreon ont affiché quinze nouveaux abonnés au cours des six dernières heures, chacun s'engageant à un soutien mensuel de 5 $ à 25 $. Trois anciens mécènes sont revenus, en laissant des messages :

« Heureuse de te retrouver en forme. Cette affaire a besoin de quelqu'un comme toi. »

« Je n'ai jamais perdu la foi. Voilà la Zara Langley que je soutiens depuis le début. »

« Prends mon argent. Il faut que je sache ce qui est arrivé à Iris. »

Zara s'est renversée sur sa chaise. Enfin de la reconnaissance. Après des mois de chiffres en baisse, de panique financière et de doutes sur la fin possible de sa carrière, elle avait sous les yeux une preuve concrète qu'elle avait encore un public. Que sa voix comptait encore. Qu'elle n'a pas perdu ce qui la rendait douée pour ça, au départ.

Mais il ne s'agissait pas que d'elle. Les gens s'intéressaient à l'histoire d'Iris. Ils posaient les mêmes questions qu'elle s'est posées quand elle se tenait jusqu'aux chevilles dans ce ruisseau. Comment une jeune fille de dix-sept ans, en bonne santé, a-t-elle pu se noyer dans quinze centimètres d'eau au courant lent ? Pourquoi l'enquête a-t-elle été classée si vite ? Que s'est-il vraiment passé cette nuit-là ?

Elle a ouvert son carnet et a commencé à noter des réactions, des questions soulevées dans les commentaires qui ne lui venaient pas à l'esprit jusque-là, des liens établis par des auditeurs qui pourraient ouvrir de nouvelles pistes d'enquête. Voilà ce qui lui a le plus manqué : l'aspect collaboratif du podcast de true crime, la façon dont un public investi devenait une équipe de recherche élargie, offrant des points de vue et des informations qu'elle n'aurait jamais trouvées seule.

Son téléphone a vibré : un SMS de Dev.

« Je viens d'écouter. C'est brillant. La section commentaires s'enflamme. Tu es de retour. »

Elle a souri, touchée par son enthousiasme et son soutien. Elle a répondu :

« Merci. C'est encore le début, mais ça s'annonce bien. »

Son attention est revenue vers les statistiques, les chiffres continuaient de grimper. Ce n'était pas seulement le pic initial habituel qui accompagnait une nouvelle sortie ; cela avait la signature nette d'un contenu partagé au-delà de son audience existante. L'algorithme la mettait en avant, et les gens répondaient présents.

Plus important encore, ils répondaient pour Iris. Pour l'injustice fondamentale d'avoir écarté si facilement la mort d'une jeune fille sino-australienne. Pour les éléments visuels qui rendaient la conclusion officielle impossible à croire. Pour ces yeux sérieux derrière des lunettes rectangulaires qui semblaient regarder directement les spectateurs et leur demander de l'aide.

Zara s'est levée et s'est étirée, son corps était encore raide de la descente jusqu'au ruisseau — puis de la remontée — la veille. Elle est allée vers la petite salle de bain du motel et s'est aspergé le visage d'eau froide. Dans le miroir, son reflet semblait différent d'hier. Les angles saillants de ses pommettes étaient toujours là, signes du stress et d'un budget repas serré. Mais ses yeux, eux, avaient changé. L'étincelle de détermination ressentie hier s'est muée en quelque chose de plus fort, de plus sûr.

Il lui fallait être prudente. Ce succès précoce ne garantissait rien. Elle a déjà ressenti cet élan avec d'autres affaires, et elle s'est heurtée à des murs, des impasses, des résistances. Salt Creek était une petite ville à la mémoire longue. S'il y avait un secret ici, les gens l'ont gardé pendant dix ans. Ils n'allaient pas le lâcher facilement.

Mais pour la première fois depuis deux ans, Zara a senti le vent dans le dos plutôt que de face. Elle avait de l'élan. Elle avait un public. Une petite marge de manœuvre financière se dessinait à l'horizon.

Surtout, elle avait l'histoire d'Iris à raconter. Et si les six premières heures étaient un indicateur, les gens étaient prêts à écouter.

Elle est revenue à son ordinateur portable et a ouvert le document où elle a commencé à planifier son prochain épisode. La structure de base était là, mais elle a ajouté des notes tirées des commentaires, des questions à creuser, des angles à explorer. Aujourd'hui, elle allait devoir en apprendre plus sur Salt Creek en tant que tel, sur l'histoire du ruisseau, sur la façon dont la ville a réagi à la mort d'Iris. Et il lui fallait trouver un moyen d'approcher la famille Zhang, de gagner leur confiance, pour s'assurer qu'elle raconte l'histoire de leur fille en l'honorant plutôt qu'en l'exploitant.

Les doigts de Zara glissaient sur le clavier, assurés et confiants. L'élan d'une histoire qui prenait feu. C'était ce qui lui a manqué. C'était ce qu'elle faisait le mieux.

Pour Iris. Pour elle-même. Pour la vérité que quelqu'un, dans cette ville, ne voulait pas voir sortir.

La bibliothèque municipale de Salt Creek partageait un bâtiment avec le bureau de poste de la ville, un édifice en brique de l'époque de la fédération, aux hautes fenêtres, avec des marches en pierre usées menant à des portes doubles. Zara a gravi ces marches juste après l'ouverture à neuf heures, carnet et ordinateur dans sa besace, prête à plonger dans l'histoire de la ville. Les recherches en ligne lui ont donné des informations de base, mais les archives locales conservaient les détails contextuels dont elle avait besoin pour comprendre non seulement le ruisseau lui-même mais aussi la communauté qui s'était construite autour. Comprendre la géographie et l'histoire était sa priorité : cela pourrait expliquer pourquoi une fille de dix-sept ans s'est retrouvée près d'un ruisseau après la tombée de la nuit, et pourquoi personne n'a remis en question sa prétendue noyade accidentelle dans de l'eau jusqu'aux chevilles.

À l'intérieur, la bibliothèque était agréablement fraîche, des ventilateurs de plafond tournaient paresseusement au-dessus des rangées d'étagères. L'endroit sentait le papier et l'encaustique, cette odeur de bibliothèque si reconnaissable, quel que soit l'endroit. Malgré sa petite taille, la salle paraissait bien entretenue et ordonnée, avec un coin enfants égayé de poufs colorés, une rangée de quatre ordinateurs en libre accès, et une section d'histoire locale bien en évidence près du comptoir d'accueil.

Derrière ce comptoir se trouvait une femme d'une soixantaine d'années, les cheveux argentés coupés au carré, des lunettes de lecture suspendues à une chaîne perlée autour du cou. Elle a levé les yeux quand la porte s'est refermée derrière Zara et a offert un sourire accueillant.

— Bonjour, dit-elle, sa voix avait cette chaleur particulière de quelqu'un qui aimait vraiment le contact. Je ne vous ai jamais vue. Vous êtes de passage ?

— Je reste en ville quelque temps, a répondu Zara en s'approchant du comptoir. Je fais des recherches. J'espérais en apprendre plus sur l'histoire de la ville.

Le sourire de la femme s'est élargi.— Eh bien, vous êtes au bon endroit, a dit Esther. Je suis bibliothécaire ici depuis vingt-sept ans. J'en sais plus sur cette ville que la plupart de ceux qui y sont nés. — Elle a tendu la main, et Zara l'a serrée. — L'histoire locale, c'est ma spécialité. Qu'est-ce qui vous intéresse précisément ?

— Je suis Zara. Pour commencer, je suis curieuse de savoir d'où vient le nom du ruisseau. Il n'est pas salé, en tout cas pas là où j'en ai prélevé un échantillon hier.

Les yeux d'Esther se sont allumés, manifestement ravie de partager son savoir.— Vous avez raison, il n'est pas salé là où il traverse la ville. Le nom vient de plus en aval, à environ deux kilomètres au-delà du ravin. Il y a une petite cascade, et en dessous l'eau traverse une plaine inondable qui s'étend jusqu'à l'estuaire. Les marées hautes refoulent le sel vers le ruisseau. La station d'élevage bovin à l'origine du nom de la ville a été fondée là-bas en 1862, avec des troupeaux qui paissaient sur ces plaines fertiles.

Elle est passée de l'autre côté du comptoir et a fait signe à Zara de la suivre jusqu'à une vitrine à dessus de verre contenant de vieilles photographies.— Voilà la ferme d'origine, a-t-elle dit en montrant une image sépia d'une bâtisse en bois sommaire au bord du ruisseau. Détruite par un cyclone en 1937, mais à ce moment-là on a déjà jeté un pont ici pour faire passer une vraie route, et le bourg a commencé à se développer au point de franchissement.

Zara a étudié la photographie, en notant à quel point le ruisseau semblait différent. Plus large, au courant plus vif.— Le ravin me paraît trop profond pour que le ruisseau actuel l'ait creusé, a-t-elle observé. Était-il plus important autrefois ?

— Tout à fait, a acquiescé Esther. Bonne observation. Le ruisseau était bien plus conséquent avant la construction du barrage de Blackwell en amont, en 2001. Un projet de gestion de l'eau pour protéger les terres agricoles des crues pendant la saison des pluies. À présent, le ruisseau coule vraiment seulement lors des lâchers du barrage.

Zara a sorti son carnet et a noté ces détails.— Donc, le ruisseau n'a débordé que deux ou trois fois depuis ?

— C'est ça. Seulement quand on a un temps cyclonique qui les oblige à faire un gros lâcher du barrage. Le dernier important, c'était en 2011 : ça a emporté la vieille passerelle en bois et ils ont dû la reconstruire. Sinon, c'est à peu près comme vous le voyez là. La plupart de l'année, ce n'est qu'un filet d'eau.

Cela a confirmé ce que Zara soupçonnait. Le ruisseau où Iris aurait soi-disant noyé n'était pas seulement peu profond ce jour-là : il était peu profond par conception, régulé par le barrage en amont, ne montant que rarement à une profondeur significative, sauf lors de lâchers gérés ou d'épisodes météo extrêmes.

— Il y a eu des phénomènes météo inhabituels en octobre 2014 ? a-t-elle demandé, en gardant un ton décontracté.

Les sourcils d'Esther se sont légèrement froncés.— Octobre 2014 ? Laissez-moi réfléchir... Non, c'était un printemps typique. Des journées chaudes, peut-être un orage en fin d'après-midi de temps en temps, mais rien de cyclonique à cette période.

— Donc le ruisseau était à peu près comme je l'ai vu hier ? Peu profond, l'eau qui passe juste sur les pierres ?

— Oui, c'est ça. Un écoulement tranquille à cette saison, sauf s'il y a un lâcher spécifique du barrage, qu'ils annoncent à l'avance. Esther s'est dirigée vers une étagère dans un coin de la bibliothèque qui semblait rarement fréquentée et elle a sorti un gros classeur intitulé « Géographie locale et relevés météo ». — Je peux vérifier s'il y a eu des lâchers programmés, si vous voulez ?

— Ce serait très utile, a dit Zara.

Esther a feuilleté le classeur et a trouvé la page de 2014. Son doigt a descendu la colonne des dates.— Non, rien en octobre. Il y a eu un petit lâcher début décembre, mais octobre était complètement normal.

Zara a hoché la tête et a pris une nouvelle note. C'était important. Une confirmation officielle que le ruisseau était dans son état normal, peu profond, la nuit où Iris est morte. L'impossibilité d'une noyade accidentelle devenait plus concrète à chaque nouvelle information.

— C'est passionnant, a-t-elle dit. Je travaille justement sur un podcast à propos de la ville, et j'aimerais inclure un peu de ce contexte historique. Elle a marqué une pause, observant attentivement la réaction d'Esther avant d'ajouter : — Je m'intéresse tout particulièrement à ce qui est arrivé à Iris Zhang.

Le changement a été immédiat et spectaculaire. L'expression ouverte et chaleureuse d'Esther s'est refermée comme une porte qui claque. Ses épaules se sont raides, sa bouche s'est pincée en un trait mince, et elle a refermé le classeur avec une finalité qui paraissait disproportionnée par rapport au simple geste.

— Oh, on n'aime pas trop parler de ça, a-t-elle dit, sa voix nettement plus froide. C'était il y a longtemps. Un terrible accident, bien sûr, mais ressasser ces choses-là n'aide personne.

Zara a gardé le visage neutre, alors que des signaux d'alarme sonnaient en elle.— Je comprends que ce soit difficile, mais en tant que journaliste, je cherche à donner une voix aux histoires qui ont pu être négligées.

— Ça n'a pas été négligé, a coupé Esther en remettant le classeur sur son étagère. La police a enquêté et a conclu à un accident. La pauvre fille a glissé, elle s'est cogné la tête, elle s'est noyée. Ça arrive. Elle s'est affairée à redresser des livres et des dossiers qui n'avaient pas besoin de l'être, en évitant le regard de Zara.

— Mais dans quinze centimètres d'eau...

— Je suis désolée, a-t-elle coupé de nouveau, mais j'ai du catalogage à faire ce matin. Vous pouvez consulter notre rayon d'histoire locale. Elle a fait un geste vague vers les étagères. — Tout est clairement étiqueté.

Zara a tenté une autre approche.— Vous connaissiez Iris personnellement ? Ou sa famille ?

— Ici, tout le monde connaît tout le monde, a répondu Esther, la platitude servant de non-réponse. Maintenant, si vous voulez bien m'excuser. Elle est retournée au comptoir d'accueil, a sorti une pile de fiches cartonnées et s'est plongée dedans.

Le congé était sans équivoque. Zara l'a remerciée pour les informations historiques et s'est dirigée vers le rayon d'histoire locale comme suggéré, mais la réaction d'Esther lui en a dit plus que n'importe quel livre sur ces étagères. Le comportement de la femme s'est transformé complètement à la mention d'Iris Zhang, passant d'enthousiaste historienne locale à gardienne fermée en l'espace de quelques secondes.

Zara a parcouru les étagères pendant encore vingt minutes, a trouvé quelques ouvrages sur le développement de la ville, mais rien qui mentionnait la mort d'Iris. Rien d'étonnant pour une petite bibliothèque de ville. Alors qu'elle s'apprêtait à partir, elle a jeté un coup d'œil vers Esther, qui aidait maintenant un homme âgé ; sa froideur de tout à l'heure n'était plus visible.

Dehors, sur les marches de la bibliothèque, Zara s'est arrêtée pour finir ses notes. La réaction d'Esther a confirmé ce qu'elle soupçonnait : cette ville a décidé collectivement de ne pas parler de ce qui est arrivé à Iris Zhang. Par culpabilité, par complicité ou par simple envie de passer à autre chose, le silence était volontaire et imposé.

Ce qui n'a fait que renforcer la détermination de Zara à le briser.

Salties était à moitié plein quand Zara est arrivée pour le dîner, le public du lundi soir mêlant des habitués qui décompressaient après le travail et quelques voyageurs de passage. L'intérieur du pub correspondait à son extérieur patiné : parquet en bois poli par des décennies de bottes, murs couverts de photos délavées d'équipes sportives locales, air chargé d'odeurs de bière et de friture. Zara a choisi une table dans un coin qui lui offrait une vue dégagée sur l'entrée tout en lui permettant de garder le dos au mur, une habitude née de plusieurs années de travail d'enquête. Elle a commandé une parmigiana de poulet hawaïenne que le barman lui a juré être « la meilleure de ce côté de Bundy », puis elle a sorti son téléphone pour vérifier encore ses statistiques, une compulsion dont elle n'arrivait pas à se défaire depuis le matin.

Les chiffres ont continué leur progression. Les vues dépassaient désormais 32 000, et les commentaires se comptaient par centaines. Plus important encore, la projection de revenus pour le mois a dépassé les 5 000 $, un chiffre qui a apporté à Zara une sensation physique de soulagement si profond qu'elle en avait presque la tête qui tournait. L'échéance du prêt immobilier. Les factures. La nourriture. Le renouvellement prochain de l'immatriculation de sa voiture. Elle pouvait tout couvrir et il lui en restait assez pour poursuivre l'enquête.

Sa parmigiana est arrivée, accompagnée d'une montagne de frites et d'une petite salade. Zara a remercié le barman et a croqué dedans, surprise par la vraie qualité du plat, tandis que l'ananas fondant se mêlait au poulet dans sa bouche. Elle s'est rendu compte qu'elle avait très faim ; le matin, elle a avalé une barre de céréales, et à midi, un sandwich acheté à la va-vite près de la bibliothèque. Elle mangeait lentement, en savourant chaque bouchée, tout en faisant défiler les commentaires sur son téléphone et en se notant mentalement des questions à aborder dans le prochain épisode.

Elle en était à la moitié de son assiette quand l'atmosphère du pub a changé subtilement. Les conversations se sont calmées, des têtes se sont tournées vers l'entrée. Zara a levé les yeux pour voir ce qui avait provoqué ce changement.

Une jeune femme se tenait dans l'embrasure de la porte et balayait la salle du regard. Elle n'avait sans doute pas trente ans, s'est dit Zara, mais elle se tenait avec l'assurance calme de quelqu'un de beaucoup plus âgé. Ses cheveux blond miel tombaient en vagues parfaites sur ses épaules, manifestement coiffés par un professionnel. Elle portait un pantalon en lin sombre qui coûtait probablement plus cher que toute la tenue de Zara, avec un chemisier en soie bleu pâle assorti à ses yeux et quelques bijoux en or discrets. Cher mais pas tape-à-l'œil, le genre d'élégance décontractée qui demandait de l'argent, du vrai.

Ce qui a frappé Zara, ce n'était pas seulement l'allure soignée de la jeune femme, mais la réaction qu'elle suscitait. Le barman a attrapé aussitôt ce qui était manifestement son verre habituel. Les hommes ont légèrement redressé la posture, les femmes ont ajusté leur expression. Ce n'était pas de la peur à proprement parler, mais de la déférence. Celle qu'on réserve à quelqu'un d'influent.

La jeune femme a salué de la tête plusieurs clients, a échangé quelques politesses en se dirigeant vers le bar. Puis son regard est tombé sur Zara, le visage inconnu, l'étrangère, et quelque chose a vacillé dans son expression. De la reconnaissance, peut-être ? De l'intérêt, certainement. Sans hésiter, elle a changé de direction.

— Vous devez être la podcasteuse dont tout le monde parle, a-t-elle dit en arrivant à la table. Je suis Kirsty Cannon, conseillère du comté de Salt Creek. Ça vous dérange si je me joins à vous ? Elle a désigné la chaise vide en face de Zara.

La question n'était qu'une formalité ; elle tirait déjà la chaise. Zara a hoché la tête en avalant sa bouchée. — Zara Langley, a-t-elle répondu, en s'essuyant la main sur sa serviette en papier avant de la tendre.

La poignée de main de Kirsty était ferme et brève, sa main fraîche et sèche malgré la chaleur du pub. — J'ai entendu parler de votre podcast par plusieurs habitants inquiets aujourd'hui, a-t-elle dit en s'installant sur la chaise. — « La Fille du Ruisseau », n'est-ce pas ? À propos d'Iris Zhang ?

La nouvelle s'est répandue rapidement. Rien d'étonnant dans une ville de cette taille, mais Zara se demandait exactement quels « habitants inquiets » avaient approché une conseillère du comté aussi vite. Esther, la bibliothécaire sympathique, a-t-elle décroché le téléphone au moment même où Zara est sortie de la bibliothèque ?

— C'est bien ça, a confirmé Zara en reposant sa fourchette. — J'enquête sur les circonstances de sa mort. La conclusion officielle n'a jamais eu de sens pour moi.

L'expression de Kirsty a glissé vers une compassion étudiée, un regard que Zara voyait souvent sur les visages des politiques pendant les conférences de presse. — C'était une terrible tragédie. Iris et moi étions meilleures amies, vous savez. Je pense encore à elle tout le temps.

Meilleures amies ? Zara est restée impassible malgré l'étincelle d'intérêt immédiate qu'a déclenchée cette affirmation. C'était un développement inattendu. Un accès direct à quelqu'un qui aurait bien connu Iris.

— Ça a dû être incroyablement difficile pour vous, a dit Zara en observant Kirsty avec attention. — J'adorerais entendre parler d'elle par quelqu'un qui l'a connue personnellement.

— Elle était merveilleuse, a dit Kirsty, ses yeux prenant un air lointain qui n'atteignait pas vraiment l'émotion sincère. — Si intelligente, si talentueuse. On savait tous qu'elle avait de l'avenir.

Zara a hoché la tête, pour l'encourager à donner des détails plus précis. — Quels talents avait-elle ? Qu'est-ce qui la passionnait ?

Une légère hésitation, presque imperceptible, mais Zara l'a remarquée. — L'art, surtout. Elle était très créative. Toujours en train de travailler sur des projets. Kirsty a marqué une pause, puis a bifurqué. — C'est pour ça que je voulais vous parler, en fait. Je m'inquiète de l'impact que votre podcast pourrait avoir sur la famille Zhang. Ils ont déjà tant traversé, et que tout ça soit remis sur le tapis après toutes ces années...

La pirouette était habile, mais elle a allumé des voyants dans l'esprit de Zara. Kirsty détournait, s'éloignant des détails précis au sujet d'Iris.

— Vous avez parlé aux Zhang récemment ? Comment vont-ils ? a demandé Zara, à la fois réellement curieuse et en testant le lien revendiqué par Kirsty.

— Je les vois de temps en temps en ville. Ils restent surtout entre eux, concentrés sur leur restaurant. Encore une réponse passe-partout. — Mais rouvrir cette blessure ne les aidera pas à guérir. Parfois, se soucier de quelqu'un, c'est le protéger d'une douleur qu'il n'a pas besoin de revivre.

La tournure sonnait apprise par cœur, comme si elle était préparée d'avance. Zara a bu une gorgée de sa bière en pesant soigneusement sa prochaine question.

— Elle était comment, Iris, comme personne ? Au-delà de ses talents, je veux dire. Qu'aimeriez-vous que les gens sachent de votre meilleure amie ?

Kirsty a souri, mais ça n'a pas atteint ses yeux. — Elle était gentille. Attentionnée. Le genre d'amie qui se souvenait de tous les anniversaires, qui voyait quand vous passiez une mauvaise journée.

Des platitudes génériques qui pouvaient s'appliquer à n'importe qui. Le radar à baratin de Zara s'est mis à biper.

— Elle avait des projets précis pour l'université ? J'ai compris qu'elle déposait une candidature anticipée. Elle poussait, sondant les failles possibles dans la façade lisse de Kirsty, sans encore la connaître assez pour savoir où appuyer.

— Oui, elle était très motivée sur le plan scolaire, a répondu Kirsty, avec de nouveau cette hésitation presque imperceptible. — Elle postulait dans plusieurs établissements. On s'attendait tous à ce qu'elle réussisse, où qu'elle aille.

Aucune mention du Queensland College of Art, explicitement cité dans le rapport de police. Aucun souvenir personnel. Aucun détail spécifique qu'une meilleure amie aurait sans doute eu en abondance.

— Pourquoi pensez-vous qu'elle était au ruisseau, cette nuit-là ? a demandé Zara, en passant à une approche plus directe.

La posture de Kirsty s'est légèrement raidie. — Je ne pense pas que qui que ce soit le saura jamais avec certitude. Il faisait nuit, elle a peut-être pris un raccourci. C'était un terrible accident.

— Dans quinze centimètres d'eau ?

— Les accidents arrivent de façon inattendue, a répliqué Kirsty, avec sous la surface polie une pointe d'agacement dans la voix. — Elle a pu glisser, se cogner la tête. L'enquête de police a été approfondie.

Une enquête de deux semaines qui a ignoré l'impossibilité physique du scénario ? Zara en doutait fort.

— En tant que meilleure amie, avez-vous remarqué quelque chose d'inhabituel dans les jours précédant sa mort ? Des inquiétudes ou des conflits dont elle a parlé ?

Le sourire de Kirsty est resté figé, mais quelque chose s'est durci dans ses yeux. — Iris était une adolescente normale avec des préoccupations d'adolescente normales. Il n'y avait rien d'inhabituel. Elle a jeté un coup d'œil à sa montre. — Je devrais vous laisser finir votre dîner. Je voulais juste me présenter et exprimer mon inquiétude quant à l'effet que ce podcast pourrait avoir sur notre communauté. Elle s'est levée en lissant son blazer. — Salt Creek est une petite ville soudée. Ici, on veille les uns sur les autres. J'espère que vous en tiendrez compte en poursuivant votre... projet.

Les mots étaient polis, mais le sous-entendu d'avertissement ne faisait aucun doute. Zara a soutenu son regard. — Je prends toujours en compte l'impact de mes reportages. Surtout sur celles et ceux qui méritent que leur histoire soit racontée avec exactitude.

Quelque chose a traversé le visage de Kirsty, de l'agacement peut-être, ou de l'inquiétude, avant qu'elle ne recompose son sourire de politique. — Ravie de vous avoir rencontrée, Zara. Profitez de votre séjour à Salt Creek, a-t-elle ajouté. Elle s'est tournée vers le bar et y a marché, abordant aussitôt un groupe d'hommes qui se sont redressés à son approche, leurs expressions glissant vers un respect attentif.

Zara l'a observée un instant, puis a sorti son carnet pour noter des observations tant qu'elles étaient fraîches :

Kirsty Cannon — affirme avoir été la meilleure amie d'Iris mais n'a donné que des généralités. Aucun souvenir précis. N'a pas mentionné la QCA quand on a parlé des projets d'université. Langage corporel raide quand on la presse. A vite pivoté vers « l'inquiétude pour la famille ». L'avertissement sur la ville qui « veille les uns sur les autres » sonnait menaçant. Quelque chose cloche très sérieusement chez la meilleure amie inquiète.

Elle a souligné la dernière phrase deux fois, puis a pris une dernière bouchée de son parmigiana de poulet désormais froid. Kirsty Cannon est passée en tête de sa liste des personnes à investiguer en priorité.

CINQ

LE COMMISSARIAT DE SALT Creek se tassait au bout de la rue principale, un bâtiment en brique de plain-pied qui ressemblait plus à un cabinet dentaire des années 1970 qu'à un lieu de maintien de l'ordre. Zara a poussé la porte vitrée ; le passage de la chaleur de midi écrasante au froid climatisé lui a donné la chair de poule sur les bras. Sa chemise en coton, humide de sueur après le court trajet à pied depuis son motel, lui paraissait soudain froide sur la peau.

L'accueil confirmait son impression de cabinet dentaire : un lino passé d'un beige institutionnel, des murs peints d'un crème jauni par le temps, et un ventilateur de plafond qui tournait si lentement qu'il semblait battre la mesure plutôt que brasser l'air. Un poster sur les violences conjugales pendait au mur, ses coins enroulés vers l'intérieur, le numéro d'aide effacé par des années de soleil. La pièce sentait la paperasse ancienne et le détergent industriel.

Derrière une vitre de protection, une femme d'une cinquantaine d'années a levé les yeux de son écran d'ordinateur. Son uniforme de la police du Queensland paraissait une taille trop grand, flottant sur des épaules étroites, mais son expression était alerte, vigilante.

— Bonjour. Que puis-je pour vous ? a-t-elle demandé, d'une voix professionnellement neutre.

Zara s'est avancée jusqu'au comptoir, se redressant. — Je viens voir quelqu'un au sujet de l'accès à des dossiers. Pour Iris Zhang.

Le visage de la femme n'a pas changé, mais quelque chose dans ses yeux s'est affûté. — Vous avez un rendez-vous ?

— Non, mais j'ai appelé hier et on m'a dit que quelqu'un serait disponible pour me recevoir ce matin.

La réceptionniste l'a observée encore un instant. — Votre nom ?

— Zara Langley.

La femme a hoché la tête et a saisi un téléphone. Elle s'est légèrement tournée, en parlant à voix basse, et Zara n'entendait pas tout à fait. Après un bref échange, elle a raccroché et s'est retournée.

— Le sergent-détective Pennell va vous recevoir sous peu. Veuillez vous asseoir, s'il vous plaît.

Zara a acquiescé en guise de remerciement et s'est avancée vers l'une des chaises en plastique alignées contre le mur. Le vinyle était fendu, un petit morceau manquait à un coin, laissant voir la mousse en dessous. Elle s'est perchée sur le bord, a posé sa sacoche sur ses genoux et a sorti son carnet ainsi que son enregistreur numérique.

Elle a vérifié le niveau de batterie de l'enregistreur. Pleine. Elle l'a testé d'un murmure : « Test, un, deux, trois », puis elle a arrêté l'enregistrement et a supprimé le fichier test. Ses paumes étaient moites malgré la climatisation. Cette rencontre comptait. Obtenir l'accès aux dossiers officiels lui donnerait des détails essentiels que la base de données publique ne fournissait pas. Photos d'autopsie. Transcriptions d'entretiens. Notes de l'officier en charge de l'enquête. Toutes les pièces dont elle avait besoin pour comprendre pourquoi une noyade dans quinze centimètres d'eau était classée comme accidentelle.

Elle a feuilleté son carnet jusqu'à la page où ses questions étaient prêtes. La clé, c'était de commencer de façon professionnelle, sans confrontation. Demander l'accès aux dossiers en tant que journaliste qui enquête sur une affaire classée. Expliquer ses références. Elle n'évoquerait les impossibilités physiques du rapport officiel que si on la mettait au pied du mur.

Zara a jeté un coup d'œil à sa montre. Dix minutes se sont écoulées. Elle a mis ce temps à répéter son approche. « J'enquête sur les circonstances du décès d'Iris Zhang pour un podcast documentaire. Je souhaiterais demander l'accès aux dossiers au titre de la loi sur le droit à l'information. »

Formel. Professionnel. Pas d'accusations, juste une demande de routine qui serait difficile à refuser d'emblée, d'autant que l'affaire était officiellement close.

Le bruit d'une porte qui s'ouvrait a attiré son attention vers le haut. Elle a levé les yeux, s'attendant à un flic de campagne stéréotypé. Plus âgé, bedonnant, condescendant.

Cheveux bruns, un peu trop longs. Yeux gris-bleu. Une chemise nette mais légèrement froissée, comme s'il la portait depuis des heures alors qu'on n'était qu'en milieu de matinée.

L'homme de Childers.

Leurs regards se sont croisés, une stupeur réciproque a traversé leurs visages. L'inconnu avec qui elle a passé la nuit n'était autre que le sergent-détective Garrett Pennell. L'officier même qu'elle devait convaincre de lui donner accès aux dossiers d'Iris Zhang.

Pendant un terrible instant suspendu, aucun d'eux n'a bougé. Le ventilateur de plafond poursuivait sa lente rotation, une horloge au mur faisait tic-tac, et quelque part dans une autre pièce, un téléphone sonnait sans réponse. Tout le reste semblait se figer tandis que leur histoire commune restait suspendue entre eux.

Elle a vu de la reconnaissance dans ses yeux, vite suivie d'alarme, d'incrédulité, peut-être une lueur de la même chaleur qu'ils ont partagée dans cette chambre de motel. Sa gorge a travaillé quand il a avalé sa salive.

Puis son visage a changé. La stupeur a disparu, remplacée par quelque chose de soigneusement neutre. Ses épaules se sont redressées, sa posture s'est faite plus formelle, plus distante.

— Mme Langley ? a-t-il dit, sa voix ne trahissant rien de ce qui venait de se passer entre eux. Si la réceptionniste a remarqué leur paralysie momentanée, elle n'en a rien laissé paraître, son attention revenue à son écran.

Zara s'est raclé la gorge, forçant son propre visage à rester neutre.— Oui. Sergent-détective Pennell ?

Il a hoché la tête une fois, en tenant la porte ouverte.— Par ici, s'il vous plaît.

Elle a rassemblé sa sacoche, son carnet et son enregistreur, hyperconsciente du moindre de ses gestes. Ses jambes semblaient déconnectées de son corps quand elle s'est levée et a marché vers lui. En franchissant le seuil, assez près pour capter l'odeur de son après-rasage, une image lui a traversé l'esprit : sa bouche contre sa clavicule, ses mains sur sa peau. Elle a chassé l'image.

La porte s'est refermée derrière eux. Ce qui avait eu lieu à Childers relevait désormais d'une réalité parallèle, à ignorer comme si elle n'avait jamais existé.

La salle d'audition était petite et étouffante, ses murs beige vides à l'exception d'une glace sans tain et d'une horloge dont le tic-tac sonnait trop fort. Une plante en pot à moitié morte s'affaissait dans un coin, ses feuilles poussiéreuses et négligées. Garrett a désigné la chaise métallique en face de lui, des gestes formels, comme s'ils se rencontraient pour la première fois. Zara s'est assise, a posé son enregistreur et son carnet sur la table entre eux, une barricade dérisoire contre l'intimité impossible de la situation.

— Ça vous dérange si j'enregistre cette conversation ? a-t-elle demandé, d'une voix plus assurée qu'elle ne se sentait.

— Ce n'est pas nécessaire, a répondu Garrett, sec et professionnel. — C'est une discussion informelle, pas un entretien officiel.

Elle a remarqué la façon minutieuse dont il posait les mains à plat sur la table. Maîtrisées, calmes, sans le moindre geste parasite. L'annulaire gauche restait nu, comme à Childers. Donc, pas marié. Juste un homme qui a choisi de passer une nuit avec une inconnue pendant un orage. Un homme qui se trouvait maintenant en face d'elle, obstacle à son enquête.

— Je comprends, mais je préfère garder des traces précises.

— Comme vous voulez, dans ce cas. Il a haussé une épaule.

Elle a mis l'enregistreur en marche, en annonçant la date, l'heure et les participants pour l'enregistrement. Garrett la regardait, l'expression illisible, mais elle a perçu un léger durcissement de sa mâchoire.

— Pour le compte rendu, a-t-il dit dès qu'elle a fini de parler, je ne consens pas à ce qu'aucune partie de cet enregistrement soit rediffusée, sous quelque forme que ce soit. Cette rencontre est un entretien de courtoisie et ne fait pas partie d'un dossier officiel.

Malin, s'est-elle dit. — Je comprends, a-t-elle dit à voix haute. — Et je m'engage à ne rediffuser aucune partie de cette conversation. C'est uniquement pour mes notes.

— Alors, comment puis-je vous aider aujourd'hui, Mme Langley ? La formalité de son adresse était délibérée. Un mur.

Zara a enchaîné avec sa demande rodée. — J'enquête sur les circonstances du décès d'Iris Zhang pour un podcast documentaire. Je souhaiterais demander l'accès au dossier complet au titre de la loi sur le droit à l'information.

— Je connais votre podcast, a-t-il dit. — J'ai écouté votre premier épisode hier soir sur Spotify.

Spotify. La version audio uniquement. Donc il n'a pas vu les images vidéo où elle se tenait dans le ruisseau pour montrer la faible profondeur de l'eau. Cela expliquait au moins son choc en la voyant.

— Alors vous comprenez pourquoi je souhaite consulter l'intégralité du dossier, a-t-elle poursuivi. — La base de données publique ne fournit qu'une fraction des informations.

Garrett s'est légèrement renversé contre le dossier, sa posture restait rigide. — L'affaire a été minutieusement examinée et classée il y a plus de dix ans. La conclusion, c'était une noyade accidentelle.

— Dans quinze centimètres d'eau ? La question lui a échappé avant qu'elle ne puisse modérer son ton.

Ses yeux ont croisé les siens pour la première fois depuis le début de l'entretien. Une erreur, peut-être, car quelque chose est passé entre eux, un courant de mémoire partagée que ni l'un ni l'autre ne pouvait reconnaître.

— Les accidents arrivent de façon inattendue, a-t-il dit, reprenant presque mot pour mot les paroles de Kirsty Cannon la veille au soir, au point que Zara s'est demandé si la formule faisait partie du discours convenu de la ville.

Garrett a tendu la main vers un stylo sur la table, et ses doigts ont effleuré les siens. Il a retiré la main comme s'il s'était brûlé, puis il s'est rattrapé en saisissant le stylo avec une désinvolture décidée. Mais elle a vu le petit raté de sa main, l'infime accroc dans sa respiration.

— Je suis allée sur les lieux, a-t-elle dit, en se décalant légèrement sur sa chaise tandis qu'il se penchait en avant. — J'ai documenté la profondeur du ruisseau, le débit, le terrain. Physiquement, le récit officiel ne tient pas.

— Les niveaux d'eau changent. Vous regardez la scène plus de dix ans après.

— Le barrage de Blackwell régule le niveau de l'eau depuis 2001. D'après les registres locaux, il n'y a pas eu de lâchers in-habituels ni d'événements météo en octobre 2014. Le ruisseau était comme aujourd'hui. Peu profond, tranquille, pas même jusqu'aux chevilles à la plupart des endroits.

Quelque chose a vacillé dans son expression. De la surprise, peut-être, devant l'étendue de ses vérifications. Le climatiseur dans le coin a toussoté, et peinait contre l'humidité qui pesait dehors.

— Vous remuez de vieux chagrins pour rien, a-t-il dit, plus bas. La famille Zhang a déjà assez souffert sans qu'on transforme la mort de leur fille en divertissement.

L'accusation l'a blessée, comme il le voulait. — Il ne s'agit pas de divertissement. Il s'agit de vérité. Une fille de dix-sept ans ne peut pas se noyer accidentellement dans quinze centimètres d'eau.

— Vous ne savez pas ce qui s'est passé cette nuit-là.

— Apparemment, vous non plus, si vous croyez la conclusion officielle.

Ses yeux se sont plissés face au défi. Il s'est penché en avant, et le parfum de son après-rasage a glissé au-dessus de la table. Zara s'est forcée à ne pas réagir, à ne montrer aucun signe qu'elle se souvenait de la façon dont cette odeur s'était mêlée à la pluie sur sa peau.

— Je suis policier depuis quatorze ans, a-t-il dit. Je comprends comment les accidents arrivent, à quelle vitesse tout peut déraper.

— Et je suis journaliste depuis douze ans, a-t-elle rétorqué. Je comprends quand quelque chose n'a pas de sens.

Ils se regardaient, une antagonisme professionnel masquant à peine leur conscience aiguë de leur proximité. Ses manches étaient retroussées jusqu'aux coudes, découvrant des avant-bras le long desquels elle se souvenait avoir fait courir ses doigts. Sa blouse était fermée à une hauteur très convenable, mais elle savait qu'il se souvenait de ce qui se trouvait en dessous. Ce savoir pesait entre eux, obscène dans ce cadre.

— Les dossiers que vous demandez contiennent des informations sensibles, a-t-il dit en brisant le silence. Des photos d'autopsie. Des dépositions de témoins. Des détails personnels concernant une mineure.

— Tout cela serait traité avec toute la discrétion nécessaire.

— Comme votre podcast ? Diffuser des spéculations sur une affaire classée à des milliers d'auditeurs ?

— Poser des questions légitimes sur une mort suspecte.

Les doigts de Garrett ont tapoté une fois sur la table, puis se sont immobilisés. — J'ai entendu vos théories dans la version audio. Mais est-ce que vous avez envisagé qu'Iris ait pu avoir un problème médical ? Une crise, peut-être, ou un malaise qui l'aurait immobilisée avant sa chute ?

— L'autopsie n'a trouvé aucune preuve de pathologie sous-jacente.

— Le rapport public est abrégé. L'autopsie complète contient des détails supplémentaires.

— Alors je voudrais voir ces détails, a insisté Zara. S'il existe une explication médicale cohérente, je veux en être informée. Et même s'il y en a une, la question sans réponse reste la même : pourquoi Iris se trouvait-elle là ? J'ai déjà étudié l'itinéraire qu'elle aurait dû suivre pour rentrer du Golden Horse. La maison de ses parents est du même côté de la ville. Elle n'aurait jamais dû se trouver près du ruisseau.

Il y a eu un bref silence tendu. Et, à cet instant, Zara aurait juré voir de l'assentiment dans les yeux de Garrett. Puis il a détourné le regard.

— Vous devrez déposer une demande officielle d'accès à l'information (Right to Information). Il a sorti un formulaire d'une chemise et l'a fait glisser de l'autre côté de la table. — Le traitement peut prendre de quatre à six semaines.

Leurs doigts se sont frôlés à nouveau quand elle a pris le formulaire, et cette fois, aucun des deux ne pouvait prétendre ne pas l'avoir remarqué. Le contact a duré une fraction de seconde de trop. Le souvenir de Childers planait entre eux : l'orage, le pub, sa chambre, l'obscurité, leurs corps qui se mouvaient ensemble. L'intimité partagée contrastait de façon grotesque avec leurs positions actuelles.

La clim a toussoté encore, puis s'est calée dans un ronronnement laborieux. Malgré le froid, des perles de sueur pointaient à la tempe de Garrett. Zara a croisé puis décroisé les jambes, tout en ayant une conscience aiguë de sa proximité.

— Je dépose ça aujourd'hui, a-t-elle dit en pliant le formulaire et en le glissant dans son carnet. Mais j'espère que vous comprenez que je ne quitterai pas la ville pendant l'attente. Cette histoire va plus loin, et j'ai l'intention d'aller au bout, avec ou sans coopération officielle.

Quelque chose qui pouvait être de l'admiration a traversé son visage avant de s'éteindre. — C'est votre droit.

L'horloge au mur faisait tic-tac bruyamment dans le silence qui suivait. Aucun des deux ne semblait prêt à être le premier à mettre fin à l'entretien, à rompre la drôle de tension qui les maintenait en place.

— Les petites villes ont de la mémoire, Mme Langley, a fini par dire Garrett en se renversant dans sa chaise, créant entre eux une distance à la fois nécessaire et délibérée. Vous vous rendez indésirable ici avec ce podcast. Les gens parlent. Ils se souviennent de qui perturbe leur tranquillité.

L'avertissement est resté en suspens dans l'air. Zara a soutenu son regard, refusant de se laisser intimider malgré le papillon qui lui remuait l'estomac. Parlait-il en policier soucieux des relations avec la communauté, ou disait-il quelque chose de plus précis ? Dans tous les cas, elle ne comptait pas reculer.

— C'est une menace, inspecteur Pennell ?

— Une constatation, a-t-il répondu, le ton neutre mais le regard dur. Vous êtes une étrangère qui remue des souvenirs douloureux. Tout le monde n'appréciera pas.

— Et la justice pour Iris Zhang ? Ça compte moins que préserver la paix ?

Son expression s'est crispée. — Vous partez du principe qu'il y a eu une injustice. L'affaire a été instruite conformément à la procédure.

— Une procédure qui, d'une façon ou d'une autre, est passée à côté de l'impossibilité physique qu'une ado en bonne santé se noie accidentellement dans de l'eau jusqu'aux chevilles ? Zara s'est penchée en avant. — Je suis à Salt Creek depuis deux jours à peine, et j'ai déjà trouvé des incohérences qui auraient dû sauter aux yeux des enquêteurs. Donc, soit l'enquête était incompétente, soit quelqu'un a sciemment regardé ailleurs.

La mâchoire de Garrett s'est contractée. — Vous accusez le service d'inconduite sur la base d'une vidéo que vous avez faite pour des clics et des vues.

— Je conteste les conclusions, en me fondant sur les éléments matériels et le bon sens. Elle a tapoté son carnet. — Les ecchymoses sur le haut des bras d'Iris, notées dans le résumé d'autopsie mais écartées comme « compatibles avec les activités normales d'une adolescente ». La profondeur de l'eau. L'absence de traumatisme crânien qui expliquerait une perte de connaissance. Les déclarations contradictoires sur ses déplacements ce soir-là.

Quelque chose a changé dans ses yeux. — Vous avez été occupée.

— Mon travail, c'est d'être minutieuse.

— Et le mien, c'est de protéger cette communauté.

— De quoi ? De la vérité ?

Chaque mot entre eux semblait chargé ; le conflit professionnel se superposait à leur histoire tue. Ses yeux soutenaient les siens une seconde de trop, et une chaleur qui n'avait rien à voir avec le climat du Queensland a picoté sa peau.

— Vous êtes dépassée, ici, a-t-il dit, la voix qui baissait. Ce n'est pas une grande ville où vous pouvez débarquer, tout chambouler et repartir quand ça devient inconfortable.

— Je ne partirai pas tant que je n'aurai pas des réponses. Si vous faites barrage pour protéger la réputation du service...

— J'essaie d'empêcher que vous fassiez plus de mal que de bien, l'a-t-il coupée, quelque chose de brut perçant la surface. Il y a des complexités dans cette situation que vous ne comprenez pas.

— Alors expliquez-les-moi.

Garrett s'est levé brusquement, repoussant sa chaise. Les pieds métalliques ont crissé sur le lino. — Il faut que j'aille chercher un autre formulaire pour votre demande, a-t-il dit, la voix tendue.

Il a contourné la table en direction d'un classeur dans le coin. Pour l'atteindre, il devait passer derrière sa chaise, entrant dans son champ de vision périphérique. La proximité est devenue soudain, crûment, intime dans la petite pièce. Il s'est arrêté juste derrière elle, assez près pour qu'elle sente la chaleur de son corps, l'odeur de sa peau sous l'après-rasage.

La nuque de Zara a rougi quand le parfum a ravivé les souvenirs de cette nuit à Childers. Sa bouche contre sa gorge. Ses mains dans ses cheveux. Son poids au-dessus d'elle. Les sons qu'il avait laissés échapper quand elle avait fait courir ses ongles le long de son dos.

Elle est restée parfaitement immobile pendant qu'il s'attardait une seconde de plus que nécessaire avant de continuer vers le classeur. Ils savaient exactement à quoi l'autre ressemblait nu, comment l'autre sonnait dans le plaisir, et maintenant ils feignaient d'oublier tout cela.

Garrett est revenu par l'autre côté, évitant de repasser derrière elle. En posant le formulaire devant elle, leurs mains se sont brièvement touchées.

— Celui-ci détaille les exigences spécifiques pour accéder aux dossiers d'affaires classées, a-t-il dit, la voix stable malgré la couleur qui était montée le long de sa mâchoire. Vous devrez être très précise sur les documents que vous demandez.

— Je les veux tous, a répondu Zara en s'efforçant de garder une voix égale.— Le dossier complet. Non expurgé.

— Ce n'est pas comme ça que ça marche.

— Alors expliquez-moi comment, sergent-détective.Le formalisme de son titre paraissait absurde, étant donné qu'elle connaissait la texture exacte de la cicatrice sur son épaule gauche, celle dont il lui a dit qu'elle venait d'une chute d'un arbre quand il était enfant.

Il a expiré lentement, comme s'il luttait entre son rôle officiel et quelque chose de plus personnel.— Vous devez comprendre où vous mettez les pieds, Mme Langley. Ici, ce n'est pas Brisbane. Les règles sont différentes. Les conséquences aussi.

— Vous êtes en train de me dire de laisser tomber l'affaire ?

— Je vous suggère de réfléchir aux implications de ce que vous faites.Ses yeux ont croisé les siens.— Pas seulement pour la ville, mais pour vous-même.

Elle ne savait plus s'il parlait de l'enquête ou d'eux. Peut-être les deux.

— Je peux assumer les conséquences, a-t-elle dit en soutenant son regard.

— Vous en êtes sûre ? Parce qu'une fois certaines portes ouvertes, on ne peut plus les refermer.

— Ce n'est pas ma première affaire délicate, a dit Zara en rassemblant son carnet et son enregistreur, avec l'urgence de sortir de cette pièce et de s'éloigner de sa proximité troublante.— Je ne pars pas tant que je n'ai pas ces documents.

— C'est votre choix.Il s'est levé en même temps qu'elle.— Mais ne dites pas que vous n'avez pas été prévenue.

— C'est noté, sergent-détective.

Ils se faisaient face à travers la table, raides et précautionneux, et des mots secs ne suffisaient pas à masquer les courants contraires. Peu importe ce qui s'est passé à Childers : c'était une autre vie, qu'ils ne pouvaient pas reconnaître sans tout empirer.

— Je vous raccompagne, a-t-il dit enfin en se dirigeant vers la porte.

Zara a hoché la tête et l'a suivi à travers le couloir jusqu'à l'accueil, en maintenant entre eux une distance prudente tout du long.

Au comptoir d'accueil, il s'est arrêté.— Bonne journée, Mme Langley.

— Sergent-détective, a-t-elle répondu d'un bref signe de tête.

Dehors, la chaleur l'a frappée comme un mur, mais c'était presque un soulagement après l'étouffement de cette pièce. Zara s'est arrêtée un instant sur les marches du commissariat pour se ressaisir. L'univers avait un sens de l'humour tordu. De tous les hommes de tous les pubs du Queensland, elle a passé la nuit avec le policier même qui se trouvait maintenant entre elle et la vérité sur Iris Zhang.

Son téléphone a vibré dans sa poche. C'était sans doute Dev qui vérifiait ses avancées, ou peut-être une autre notification sur la progression des écoutes du podcast. Mais ces préoccupations paraissaient lointaines à présent, éclipsées par la complication qu'elle n'a pas prévue.

Zara a redressé les épaules et s'est mise en route vers son motel. L'enquête venait de devenir infiniment plus complexe, mais sa détermination n'a pas vacillé. Au contraire, le mur du silence ne faisait que la convaincre davantage qu'il y avait quelque chose de très anormal dans l'affaire d'Iris Zhang.

Et le sergent-détective Garrett Pennell en savait plus qu'il n'en disait.

Six

Le soleil de midi tapait sur la nuque de Zara pendant qu'elle marchait du commissariat vers le restaurant Golden Horse. Son face-à-face avec le sergent-détective Pennell bourdonnait encore sous sa peau : la reconnaissance gênée, l'antagonisme professionnel superposé à leur histoire tue, ses avertissements voilés. Elle a chassé ces pensées, se concentrant plutôt sur son prochain défi. Les Zhang. Les parents d'Iris. Elle devait les aborder avec soin, avec respect. Le dossier de leur fille pouvait être sa bouée de sauvetage, mais pour eux, Iris n'était pas un dossier. C'était leur enfant.

Le Golden Horse se dressait sur la rue principale ; la peinture rouge et or était passée mais restait vive face aux bâtiments patinés qui l'entouraient. Un cheval doré peint à la main se cabrait fièrement sur l'enseigne, et sa feuille d'or accrochait le soleil dur du Queensland. À travers les grandes vitrines, Zara voyait des tables nappées de blanc, quelques-unes déjà occupées par des clients venus déjeuner tôt. Son estomac s'est noué. Ces gens ont perdu leur fille unique dans des circonstances qui défiaient l'explication, et elle se trouvait là, sur le point de troubler la paix qu'ils ont peut-être retrouvée pendant la dernière décennie.

Elle s'est arrêtée sur le trottoir, les doigts crispés sur la bandoulière de sa besace. Elle a déjà interviewé des familles endeuillées, elle a appris à naviguer le terrain délicat entre enquête journalistique et décence humaine. Mais ici, quelque chose paraissait différent. Plus personnel. C'était peut-être la noyade impossible, l'enquête expédiée, l'accord collectif apparent de la ville pour ne pas remettre en question ce qui s'est passé. Ou peut-être ces yeux sérieux derrière des lunettes rectangulaires qui hantaient ses pensées.

Les épaules redressées, Zara a poussé la porte. Une petite clochette a tinté, annonçant son arrivée. L'intérieur du restaurant était impeccable, l'air chargé d'arômes de gingembre, d'ail et de cinq-épices. Quelques tables étaient occupées par des habitués venus déjeuner tôt ; leurs conversations formaient un léger bourdonnement sous la douce musique instrumentale chinoise qui jouait depuis des haut-parleurs dissimulés. Derrière un petit comptoir se tenait une femme que Zara a tout de suite reconnue d'après ses recherches : May Zhang, la mère d'Iris.

Elle était plus petite que Zara ne s'y attendait, environ 1,60 m ; ses cheveux noirs, largement striés de gris, étaient tirés en un chignon pratique. Son visage rond aux traits doux avait peut-être été prompt à sourire autrefois, mais paraissait désormais sculpté par le chagrin en quelque chose de plus fermé. Elle portait un simple chemisier noir et un pantalon sombre, un bracelet de jade pour unique parure.

May a levé les yeux quand la clochette a tinté. Ses yeux, sombres et vifs, ont jaugé Zara en un instant.— Une table pour une personne ?, a demandé May d'une voix délibérément neutre, avec un accent australien qui ne trahissait aucune trace de l'héritage chinois visible sur ses traits.

— En fait, a commencé Zara en s'approchant du comptoir, j'espérais vous parler, Mme Zhang. Je m'appelle Zara Langley. Je mène des recherches sur ce qui est arrivé à Iris.

La température de la pièce a paru chuter de dix degrés. La main de May, qui se tendait vers un menu, s'est figée en l'air.

— Nous n'avons rien à dire là-dessus, a-t-elle dit, sa voix portant désormais un tranchant à couper.— C'était il y a longtemps.

— Je comprends, a dit Zara en gardant un ton doux mais direct.— Mais je pense qu'il reste des questions sans réponse sur la façon dont Iris est morte. La conclusion officielle ne...

— On a déjà entendu ça, a coupé May, ses doigts agrippant maintenant le bord du comptoir.— Des journalistes, des auteurs de faits divers, des gens qui prétendent vouloir aider, trouver la vérité. Ils prennent ce qu'ils veulent, notre douleur, notre histoire, puis ils s'en vont. Rien ne change. Iris reste morte.

La brutalité de ses mots a frappé Zara comme un coup. Elle s'attendait à de la résistance, mais l'amertume à vif dans la voix de May révélait des profondeurs de douleur encore vives plus de dix ans après.

— Je ne suis pas ici pour exploiter votre chagrin, a dit Zara avec précaution.— Je crois sincèrement que quelque chose a échappé à l'enquête. Le ruisseau où on a retrouvé Iris...

— Le ruisseau où ma fille est morte, a coupé May, n'est qu'un ruisseau. En parler ne la ramènera pas. Écrire dessus ne changera rien. Nous avons tout dit.

Un mouvement du côté de l'embrasure de la cuisine a attiré l'œil de Zara. Un homme est sorti, sa tenue de chef marquée par les préparatifs du coup de feu du déjeuner. David Zhang était plus trapu que sa femme, avec des traits plus larges et des lunettes cerclées de fil. Ses cheveux noirs grisonnaient aux tempes, et ses épaules portaient une légère inclinaison née d'années passées penché sur les fourneaux. Ses yeux ont trouvé Zara aussitôt, comme s'ils l'évaluaient et la classaient d'un seul regard avant de revenir vers sa femme.

David a rejoint May, posant une main sur son épaule. Le geste était à la fois protecteur et protecteur... mieux: "protecteur et solidaire." On must correct within final? I'll correct here.

Replace the line: "Le geste était à la fois protecteur et solidaire, manifestation physique de leur front uni." Good.May's posture softened slightly at his touch, though her expression remained wary. -> "La posture de May s'est légèrement détendue à son contact, même si son expression restait méfiante."Continue with dialogue:— Il y a un problème ?, a demandé David, d'une voix plus grave que celle de sa femme.Il avait le plus léger des accents ; les recherches de Zara ont révélé que May était née en Australie, dans une famille d'origine asiatique implantée à Melbourne depuis un siècle, mais que David était originaire de Hong Kong.We must ensure the "d'origine asiatique" might be sensitive; the source: "to an ethnic family with century-long heritage in Melbourne" means a Chinese-Australian family with century-long heritage. We can say "dans une famille d'origine chinoise implantée à Melbourne depuis un siècle" to be faithful. Use that.Let's produce clean final text fixing earlier minor repeated "protecteur".We must review for any stray English words with lowercase: "podcast" remains. It's French acceptable. We'll keep "podcast". "Golden Horse" is proper noun with caps. G ood.Check for past simple forms: Did we use "formait"? It's imparfait. "a paru" PC. "se dressait" imparfait. No passé sim ple.Check punctuation spaces around ? and ! used. Good.C heck agreements:- "celle dont il lui a dit qu'elle venait..." OK.- "l'a frappée": agreement with "l'" pronoun for "la chaleur"? It's subject "la chaleur"; direct object "l'" is "la" as DO? Wait "la chaleur l'a frappée": "l'" refers to Zara, feminine DO before verb, so "frappée" should agree with "Zara": we added "frappée". Yes good.- "qu'elle n'a pas prévue" with "complication" feminine singular; good.- "reconnuE d'après ses recherches" direct object "une femme que" before; we made "reconnue". Great.- "qu'ils ont peut-être retrouvée" with "paix" feminine; good.- "On a retrouvé Iris" no preceding object; fine.- "a-t-elle" etc hyphenation uses non-breaking hyphen: use normal hyphen. Good. One more check: We had a temporary incorrect sentence "Le geste était à la fois protecteur et protecteur" We'll correct to "protecteur et solidaire".Now compile coherent final.

— Voici Mme Langley, a dit May, avec une légère insistance sur son nom qui laissait penser qu'ils la connaissaient déjà de nom. — Elle est ici pour Iris.

Le regard de David est revenu vers Zara, ses yeux indéchiffrables derrière ses lunettes.— Nous ne parlons pas de notre fille avec des inconnus, a-t-il dit, simplement, d'un ton définitif.

Zara a compris qu'il fallait se retirer. Insister maintenant ne ferait que cimenter leur résistance et refermerait la moindre chance d'une future conversation. Elle a hoché la tête, a relâché ses épaules et a adopté une attitude moins frontale.

— Je comprends, a-t-elle dit. Je m'excuse de m'être imposée. Est-ce que je peux commander quelque chose à emporter, plutôt ? Je n'ai pas encore déjeuné.

La requête les a pris de court tous les deux, ce virage de la journaliste d'investigation à la cliente ordinaire. Au bout d'un moment, May a fait glisser un menu à emporter sur le comptoir.

— Le riz sauté spécial de la maison a beaucoup de succès, a-t-elle dit, son ton un peu moins hostile mais loin d'être accueillant.

— Parfait. Merci.

David est retourné à la cuisine tandis que May encaissait la commande. Zara a payé, puis s'est décalée sur le côté du comptoir pour attendre, essayant d'avoir l'air détendue tout en absorbant chaque détail du restaurant. Des photos aux murs montraient l'établissement au fil des années : des versions plus anciennes de May et David, une coupure de ruban pour l'inauguration, des récompenses locales. Mais nulle part elle ne voyait d'images d'Iris. C'était comme si leur fille était soigneusement retirée de l'espace public ; sans doute conservée ailleurs, en privé.

Les autres clients jetaient de temps en temps un coup d'œil vers elle, l'expression curieuse mais pas hostile. Zara se demandait combien d'entre eux connaissaient Iris, combien étaient aux funérailles, combien acceptaient la noyade invraisemblable sans poser de questions.

Dix minutes plus tard, May est sortie de la cuisine avec un sac plastique blanc contenant la barquette à emporter. Elle l'a tendu à Zara sans croiser son regard.

— Merci, a dit Zara en prenant le sac. En se tournant pour partir, elle a ajouté doucement : — Je le pensais vraiment. Je ne suis pas là pour exploiter ce qui s'est passé. Je veux juste comprendre.

May n'a rien dit, mais quand Zara a atteint la porte, elle a regardé en arrière. May l'observait, et, l'espace d'un instant, son expression soigneusement maîtrisée a vacillé. Ce que Zara a vu n'était pas l'hostilité d'avant, mais quelque chose de plus complexe. Une lueur d'espoir douloureuse, aussitôt étouffée par la peur de la laisser exister.

La clochette a tinté quand Zara est ressortie dans la lumière crue, le sac à emporter tiède entre les mains. Le poids de la responsabilité s'est posé sur ses épaules, plus lourd qu'avant. Si elle s'engageait et qu'elle échouait, elle ne ruinerait pas seulement sa dernière chance de rédemption professionnelle. Elle confirmerait toutes les craintes des Zhang à propos des étrangers qui promettent des réponses et n'apportent que plus de douleur. Elle les trahirait une nouvelle fois, comme le système les a déjà trahis une fois.

Mais cette lueur d'espoir dans les yeux de May lui a dit quelque chose d'important : sous la carapace protectrice de l'hostilité, les Zhang voulaient des réponses eux aussi. Ils n'arrivaient juste plus à y croire.

Zara est retournée au Salt Creek Motel, le sac à emporter chaud balançant au bout des doigts. La rencontre avec les Zhang lui a laissé un creux sous les côtes. Leur chagrin était palpable, vieux de plus de dix ans mais encore assez à vif pour remplir une pièce. Elle comprenait leur méfiance. Des journalistes débarquaient, tiraient des émotions de leur tragédie, puis disparaissaient quand l'histoire suivante appelait. Elle ne pouvait pas leur en vouloir de supposer qu'elle était du même moule. Mais la lueur d'espoir dans les yeux de May la hantait. Sous leur défense, eux aussi voulaient des réponses.

En arrivant au coin de son unité de motel, Zara s'est figée en plein pas. Un homme était assis sur la marche en béton devant sa porte. Il avait la trentaine, une carrure solide, des vêtements simples mais de bonne qualité : un pantalon cargo sable et une chemise gris foncé boutonnée, manches roulées aux coudes. Il regardait son téléphone, l'air absorbé, mais quelque chose dans sa posture suggérait qu'il attendait. Elle.

Le pouls de Zara s'est accéléré. Ses doigts se sont crispés sur ses clés dans sa poche, et elle calculait mentalement si elles pouvaient servir d'arme improvisée. Mais c'était en plein jour, le parking du motel était visible depuis la rue principale, des voitures passaient régulièrement. Elle ne risquait sans doute rien ici.

L'homme a levé les yeux, sentant sa présence. Son regard a accroché le sien, et il s'est levé en rangeant son téléphone. Son mouvement était mesuré, comme s'il s'approchait d'un animal craintif.

— Zara Langley ? a-t-il demandé, en gardant ses distances. Sa voix était calme, posée. Pas menaçante.

— Qui le demande ? Elle est restée sur place, sans s'approcher.

— Je suis Vince. Il s'est passé la main dans les cheveux, un geste nerveux. Vincent Thorne. J'étais le petit ami d'Iris Zhang. J'ai vu votre premier épisode sur YouTube hier.

La tension dans les épaules de Zara s'est un peu relâchée, remplacée par un frisson d'excitation. Le petit ami d'Iris ! Une mine potentielle d'informations, quelqu'un qui la connaissait personnellement, intimement. Quelqu'un qui accepterait peut-être de parler.

— Désolé de débarquer comme ça, a-t-il repris en la voyant ne pas répondre tout de suite. Mais je n'ai pas eu le temps d'attendre... Je prends l'avion demain. Je suis ingénieur en rotation FIFO, deux semaines sur, une semaine de repos, sur un site minier dans le centre du Queensland. Mais je tenais vraiment à vous parler d'Iris. Sa voix s'est un peu nouée sur son nom, plus de dix ans de chagrin encore audibles. Parce que je pense que vous avez raison.

Zara a fait un pas, puis un autre.— Raison à propos de quoi, exactement ?

— Que ce n'était pas un accident. Ses yeux ont soutenu les siens, sérieux et solides. Iris ne pouvait pas s'être noyée comme ça. Pas par accident. Pas elle.

L'instinct de journaliste de Zara a vibré.— Seriez-vous prêt à parler officiellement, avec votre nom ? Pour le podcast ?

Vince a hoché la tête.— C'est pour ça que je suis ici. Je veux que les gens sachent qui elle était vraiment. Ce qui lui est vraiment arrivé. Il a jeté un coup d'œil autour du parking du motel. Mais peut-être pas ici ?

— Bien sûr. Zara est passée devant lui pour ouvrir sa porte, sa méfiance de tout à l'heure se dissolvant face à cette opportunité inespérée. Entrez. Je dois installer mon matériel.

La chambre du motel paraissait plus petite avec Vince à l'intérieur. Zara a posé son sac à emporter sur la petite table, la nourriture oubliée dans son excitation. Elle a traversé la pièce, a sorti sa caméra et son trépied de leur housse, a installé des micros, a dégagé de la place pour l'entretien.

— Je dois faire deux-trois réglages pour assurer une bonne qualité sonore, a-t-elle expliqué en tirant les rideaux pour éviter le contre-jour et en repositionnant les chaises pour bien cadrer. Vous avez déjà fait une interview comme ça ?

Vince a secoué la tête.— Jamais. Après la mort d'Iris, quelques journalistes ont posé des questions, mais je n'ai pas dit grand-chose. J'avais dix-sept ans et j'étais sous le choc. Et, quand j'ai enfin réussi à parler, ils ont déjà classé l'affaire comme un accident et sont passés à autre chose.

Pendant que Zara travaillait, elle l'observait. Il y avait chez Vince une solidité qui inspirait confiance. Il était assis, les mains croisées, et la regardait préparer. Il ne s'agitait pas, ne vérifiait pas de nouveau son téléphone. Il attendait en silence, comme quelqu'un qui avait quelque chose d'important à dire et qui attendait depuis longtemps pour le dire.

— Vous pouvez d'abord me parler un peu de vous ? a demandé Zara en ajustant les niveaux des micros. Comment vous avez connu Iris, ce que vous faites aujourd'hui ?

— Je travaille comme ingénieur pour Fortescue, a-t-il dit. Je fais des rotations vers le Bowen Basin. Iris... Je connaissais Iris depuis toujours. Nous étions ensemble à l'école primaire, puis au lycée. J'avais un an de plus qu'elle. Nous sommes sortis ensemble pendant presque un an avant sa mort.

Zara a fini de régler la caméra, a vérifié le cadrage et a appuyé sur Enregistrer. Elle s'est assise sur la chaise en face de Vince, assez près pour la conversation sans l'envahir.— Parlez-moi d'Iris, a-t-elle dit, sa voix glissant vers le registre professionnel qu'elle utilisait pour les entretiens. Elle était comment ?

Quelque chose s'est adouci dans les traits de Vince.— Elle était brillante, a-t-il dit. Pas juste intelligente — même si elle l'était, première de la classe — mais lumineuse, à tous les niveaux. Elle avait une façon de regarder le monde qui faisait voir les choses autrement.

Il décrivait Iris avec des détails précis, de ceux qui ne viennent que d'une véritable connaissance. Sa passion pour la photographie et les médias numériques. La façon dont elle passait des heures à obtenir une seule prise parfaitement juste. Son ambition de créer un portfolio qui lui vaudrait une admission anticipée au Queensland College of Art. La manière dont elle portait ses lunettes relevées sur la tête quand elle ne les utilisait pas, laissant des marques sur son front que, d'habitude, il suivait du bout du doigt.

— Elle avait des principes, a-t-il poursuivi, sa voix devenant plus animée. Des principes solides. Elle ne transigeait pas sur ce qui comptait pour elle. L'éthique, l'intégrité, la façon dont on doit traiter les gens.Son expression s'est assombrie.— Parfois, je me dis que c'est ça qui l'a tuée.

Zara s'est penchée légèrement.— Qu'est-ce que vous voulez dire par là ?

Vince a secoué la tête.— Je ne sais pas exactement. Mais l'Iris que je connaissais ne se serait pas retrouvée à ce ruisseau par hasard. Et elle ne serait certainement pas juste tombée dedans pour se noyer. Elle nageait très bien, déjà. Et elle était prudente. Délibérée dans tout ce qu'elle faisait.

— Où étiez-vous quand c'est arrivé ?, a demandé Zara, en gardant un ton neutre, professionnel.

— En Nouvelle-Zélande, a-t-il dit sans hésiter. Ma grand-mère était très malade, à Auckland. Je suis allé la voir avec mes parents. Nous y sommes restés dix jours. J'avais les tampons sur le passeport, les cartes d'embarquement. La police a tout vérifié.Sa mâchoire s'est contractée.— Je suis rentré le lendemain du jour où ils l'ont retrouvée. Je n'ai même pas pu lui dire au revoir.

La douleur dans sa voix était brute, sans fard. Ce n'était pas quelqu'un qui jouait la tristesse ; c'était quelqu'un qui vivait encore avec. Le contraste avec Kirsty Cannon, la soi-disant meilleure amie d'Iris, ne pouvait pas être plus grand.

— Est-ce qu'Iris a mentionné des problèmes dans les jours avant votre départ pour la Nouvelle-Zélande ?, a insisté Zara. Des inquiétudes ? Des conflits avec quelqu'un ?

Vince est resté silencieux un instant, réfléchissant.— Elle travaillait sur un projet. Quelque chose pour son portfolio. Elle en était enthousiaste, mais aussi... je ne sais pas, protectrice ? Elle ne voulait le montrer à personne avant que ce soit terminé.Ses sourcils se sont froncés.— Et il y avait un truc avec Kirsty. Une tension entre elles.

— Kirsty Cannon ? La conseillère ?, Zara a pesé ses mots. J'ai rencontré Kirsty brièvement, hier soir. Elle a dit qu'elle était la meilleure amie d'Iris.

— Oui. Elles étaient amies depuis des années ; comme je l'ai dit, on a tous grandi ensemble. Mais il s'est passé quelque chose. Iris n'a pas vraiment expliqué, elle a juste dit que Kirsty avait fait quelque chose qui dépassait les bornes. Qu'elles s'étaient fâchées. Il a froncé les sourcils. — Quoi que ce soit, ça devait être sérieux. Iris ne coupait pas une amitié à la légère. Elle était loyale, jusqu'au bout des ongles.

Zara a noté mentalement de creuser cette piste. Les descriptions vagues et passe-partout de Kirsty à propos d'Iris prenaient un autre relief avec ce contexte.

— Est-ce que quelqu'un aurait pu vouloir faire du mal à Iris ?, a-t-elle demandé, en observant attentivement sa réaction.

Le visage de Vince s'est assombri.— Je me pose cette question depuis onze ans. Si je savais, je serais allé voir la police depuis longtemps.Sa voix s'est brisée.— C'était l'amour de ma vie, vous savez ? On était ados, et les gens disent que c'est trop jeune pour savoir, mais moi, je savais. Et je le sais encore.

Les larmes lui sont montées aux yeux, et il n'a fait aucun effort pour les cacher.— S'il vous plaît, découvrez ce qui lui est vraiment arrivé, a-t-il dit, la voix rauque d'émotion. S'il vous plaît. Elle mérite la vérité. Ses parents la méritent. J'ai besoin de savoir qui nous l'a prise. *Pourquoi* ils l'ont tuée.

La crudité de sa supplique a frappé Zara en plein cœur. Ce n'était pas qu'un bon contenu ; c'était un être humain qui portait encore le poids d'une perte non résolue, qui cherchait encore à tourner la page plus de dix ans après. Elle n'a pas demandé si Vince était marié, ou s'il avait une petite amie. Quelque chose lui disait qu'il répondrait par la négative. Il n'arrivait pas à tourner la page d'Iris.

— Je ferai tout ce que je peux, a-t-elle promis, et, à cet instant, elle le pensait avec une sincérité oubliée depuis longtemps. Ce n'était plus seulement une question de sauver sa carrière. Il s'agissait de justice pour la fille du ruisseau, et pour ceux qui l'avaient aimée.

Peut-être que, si elle trouvait des réponses, Vince pourrait trouver la paix et avancer.

La pièce a semblé plus vide après que Vince est parti. Zara s'est assise à la petite table, fixant la barquette de riz frit, intacte et désormais froide. Son estomac a grondé, mais elle l'a ignoré en rapprochant son ordinateur portable. L'entretien avec Vincent Thorne était exactement ce dont elle avait besoin. Un témoignage de première main venant de quelqu'un qui avait connu Iris intimement, qui pouvait parler de qui elle était comme personne, pas seulement comme une victime. Quelqu'un qui remettait en question la version officielle et qui avait, lui, un alibi en béton. Les images, c'était de l'or. De l'or pur, irrésistible pour le public. Et pourtant, son chagrin était si brut, si authentique, que le réduire à du contenu lui paraissait, d'une certaine façon, déplacé.

Elle a soufflé. Vince était venu la voir, *elle*. Il voulait ça, il l'a demandé. Il a accepté de passer devant la caméra en sachant ce qu'elle ferait des images. Il méritait que sa part de l'histoire soit racontée, que ses questions soient entendues, et il l'a choisie comme messagère.

Elle a connecté sa caméra à l'ordinateur portable et a commencé à transférer les fichiers, en regardant la barre de progression avancer petit à petit. Dans une autre vie, elle avait un assistant de recherche pour ça : quelqu'un qui consignait les images, créait des transcriptions, repérait les meilleurs extraits. Maintenant, il n'y avait qu'elle, seule dans une chambre de motel, dans une ville où la plupart des gens semblaient souhaiter son départ.

Le transfert des fichiers s'est terminé. Zara a ouvert son logiciel de montage ; l'interface familière l'a accueillie comme une vieille amie. Elle a créé un nouveau projet : « La Fille du Ruisseau_EP02 ». Cet épisode sera différent du premier. Pas seulement ses questions et ses théories, mais un témoin. Une voix pour répondre au silence de la ville.

Elle a commencé à visionner les images, en prenant des notes sur les repères temporels où le témoignage de Vincent était particulièrement fort. Sa description du caractère d'Iris : des principes, de la détermination, de la prudence. Sa certitude qu'elle ne s'était pas noyée par accident. La mention d'une tension entre Iris et Kirsty Cannon, un fil à tirer plus tard. Le plus prenant, c'était son émotion à vif, les larmes qui lui sont montées aux yeux pendant qu'il parlait de la fille qu'il avait aimée et perdue.

Zara a construit le récit avec soin, en bâtissant la structure de l'épisode au fur et à mesure qu'elle sélectionnait des extraits. Commencer par le contexte, rappeler brièvement le premier épisode pour les nouveaux auditeurs. Mentionner que les habitants de Salt Creek étaient très réticents à parler d'Iris, protecteurs envers l'une des leurs, peut-être. Puis présenter Vincent, expliquer sa relation avec Iris et le fait qu'il était venu voir Zara pour raconter sa version. Qu'il voulait, peut-être, parler d'Iris quand personne d'autre ne le ferait. Utiliser ses descriptions pour dresser un portrait de qui était Iris, pas seulement la victime des photos de scène de crime, mais une jeune femme à part entière, avec des rêves, des talents et des principes forts.

Elle a travaillé régulièrement, ses instincts journalistiques guidaient ses choix. Qu'est-ce qui parlerait aux auditeurs ? Qu'est-ce qui ferait avancer l'enquête ? Quelles questions son témoignage soulevait, qu'elle pourrait explorer dans de futurs épisodes ?

En montant, Zara revenait sans cesse à un extrait en particulier. Vincent y décrivait comment Iris remontait ses lunettes sur la tête quand elle ne les utilisait pas, laissant des marques sur son front qu'il suivait du bout du doigt. Ce détail était intime, précis, impossible à inventer. Il rendait Iris réelle d'une façon que les rapports de police et les photos de classe ne pouvaient pas. Zara l'a placé tôt dans l'épisode, en sachant que ce passage accrocherait les auditeurs, les amènerait à s'attacher à la fille du ruisseau.

Elle a attrapé sa gourde et a bu une longue gorgée. Elle a trouvé une fourchette et a mangé un peu du riz frit désormais froid, consciente qu'il lui fallait quelque chose dans l'estomac. Le montage avançait bien, mais le poids émotionnel du témoignage de Vincent s'est installé dans sa poitrine. Son chagrin était palpable, vieux de plus de dix ans mais encore assez vif pour lui tirer des larmes. En le regardant encore et encore pendant qu'elle façonnait l'épisode, Zara s'est retrouvée à ravaler ses propres larmes. Ce n'était pas juste du contenu. C'était la vie de quelqu'un, la perte de quelqu'un.

Pourtant, elle ne pouvait pas nier la part professionnelle de son cerveau qui reconnaissait ce que cela apporterait à son podcast. Le témoignage de Vincent était prenant, émouvant, authentique. Le genre de contenu qui suscite l'engagement, qui pousse les auditeurs à s'investir dans une histoire et à revenir pour en entendre davantage. Le genre qui pourrait sauver sa maison, sa carrière, sa fragile estime professionnelle.

Elle a installé son micro pour enregistrer sa narration. Sa voix devait guider les auditeurs à travers le témoignage de Vincent, en fournissant du contexte et en posant les questions qu'eux-mêmes se poseraient. Elle s'est raclé la gorge, a pris une gorgée d'eau et a commencé :

— Vincent Thorne avait dix-sept ans quand sa petite amie, Iris Zhang, a été retrouvée morte à Salt Creek. Plus de dix ans plus tard, son chagrin reste à vif, ses questions sans réponse. Dans cet épisode, on va entendre quelqu'un qui connaissait Iris de près, non pas seulement comme une victime, mais comme une jeune femme brillante, avec des rêves, des principes, et un avenir qu'on lui a volé.

Elle a marqué une pause, puis a repris :

— Ce que Vince révèle du caractère d'Iris soulève de nouvelles questions sur la façon dont elle aurait pu se noyer accidentellement dans quinze centimètres d'eau. Cela introduit aussi de nouveaux éléments dans notre enquête, notamment des tensions entre Iris et Kirsty Cannon, l'actuelle conseillère du comté qui affirme avoir été la meilleure amie d'Iris.

Une fois sa narration terminée, Zara l'a intégrée à l'épisode, en la superposant à des plans de coupe soigneusement choisis du ruisseau, de la ville, de la photo de classe d'Iris. Le résultat était soigné malgré ses moyens limités. Captivant, émouvant, professionnel.

Pour la fin, elle a choisi la supplique finale de Vince. Son visage remplissait le cadre, les yeux brillants de larmes retenues, la voix éraillée par l'émotion :— Elle était l'amour de ma vie. S'il vous plaît, découvrez ce qui lui est vraiment arrivé. S'il vous plaît.

Zara a laissé la séquence tourner sans narration, laissant sa supplique brute se suffire à elle-même avant de fondre vers la musique de fin du podcast. L'impact était indéniable. Les spectateurs ressentiraient son chagrin, partageraient son besoin de réponses. Ils reviendraient pour le prochain épisode, avec l'envie d'en savoir plus.

Elle a exporté le fichier, en regardant la barre de progression se remplir à nouveau. Vingt-trois minutes et quarante-sept secondes de contenu qui feraient avancer son enquête et, si la réaction à son premier épisode en était un indice, feraient grimper nettement ses statistiques. La combinaison d'un témoignage fort et de nouvelles révélations sur l'implication potentielle de Kirsty Cannon susciterait l'engagement, générerait des théories dans les commentaires, ferait peut-être même surgir d'autres témoins.

Quand l'export a été terminé, Zara a mis en ligne l'épisode sur sa plateforme d'hébergement. Elle a rédigé une description, ajouté des tags, joint la vignette qu'elle avait créée, un écran partagé montrant la photo de classe d'Iris à côté d'une image fixe de Vincent en plein entretien, l'expression à la fois sincère et douloureuse. Puis elle a programmé une mise en ligne immédiate.

Elle a cliqué sur « Publier » et a regardé la confirmation s'afficher à l'écran. Un soulagement s'est mêlé à quelque chose de plus lourd, de plus complexe. De la culpabilité, peut-être, d'utiliser le chagrin de Vincent comme contenu, même avec son accord explicite. Ou l'angoisse de la responsabilité qu'elle portait désormais, non seulement envers son public ou son compte en banque, mais envers Vincent, les Zhang, et Iris elle-même.

Zara a refermé son ordinateur portable et a repris le récipient de riz frit froid, mangeant machinalement tout en vérifiant son téléphone. Les notifications commençaient déjà. Les vues augmentaient, les commentaires apparaissaient, les partages se multipliaient. L'épisode trouvait son public, peut-être même au-delà de la portée du premier.

Elle a posé sa fourchette, soudain incapable de finir. Les mots de Vincent résonnaient dans son esprit : « *Elle était l'amour de ma vie. S'il vous plaît, découvrez ce qui lui est vraiment arrivé. S'il vous plaît.* » Le poids de sa confiance, de son chagrin vieux de dix ans, s'est posé sur ses épaules aux côtés de la pression de son échéance de prêt immobilier, de ses économies qui fondaient, de son avenir professionnel.

Quoi qu'il arrive ensuite, Zara s'est rendu compte que cette affaire dépassait le simple chemin de retour vers la visibilité. C'est devenu une promesse à une fille morte, au garçon qui l'avait aimée, à des parents encore figés dans leur chagrin. Une promesse qu'elle ne pouvait pas se permettre de trahir, pour des raisons bien au-delà de l'argent.

SEPT

LA CHALEUR PESAIT SUR sa peau tandis que Zara descendait la rue principale de Salt Creek, des perles de sueur le long de sa ligne de cheveux malgré l'heure matinale. Elle a levé son appareil photo, a cadré le Golden Horse Restaurant dans son viseur, a fait la mise au point sur les lignes de visée entre son entrée et l'itinéraire qu'Iris aurait emprunté pour rejoindre le ruisseau sa dernière nuit, par l'entrée du parc puis le sentier qui descendait le ravin. Un autre morceau du puzzle à documenter, un autre angle à envisager.

La maison des Zhang se trouvait dans la direction opposée, une rue derrière l'artère principale. Soit Iris n'était pas « en train de rentrer » comme elle l'a dit à ses parents, soit elle a rencontré quelqu'un en route qui l'a convaincue d'aller au ruisseau à la place. Après avoir emprunté elle-même le sentier jusqu'au ruisseau, Zara ne croyait pas que quiconque ait pu porter Iris jusque-là ; c'était trop raide et malcommode. Iris y est allée sur ses propres jambes, pour une raison ou une autre.

Zara a abaissé l'appareil et a noté dans son téléphone : « Ligne de vue directe du restaurant vers l'entrée du parc. Quiconque regardait depuis le Golden Horse aurait vu Iris se diriger vers le ruisseau plutôt que vers la maison. » Elle a essuyé son front du revers de la main et a repris sa marche, sa besace heurtant lourdement sa hanche.

Le succès de ses deux premiers épisodes lui a offert un peu d'air, mais pas de quoi se reposer. Elle devait être minutieuse. L'entretien avec Vincent était un contenu prenant, mais il lui en fallait plus : des éléments concrets, des incohérences dans la version officielle, des témoins prêts à parler à visage découvert. Ce dernier point s'avérait fuyant.

Elle a photographié l'itinéraire du restaurant jusqu'à la passerelle, prenant des clichés sous plusieurs angles, notant les angles morts potentiels, les endroits où quelqu'un aurait pu suivre Iris sans être vu. Le soleil montait, et ses reflets sur les vitrines intensifiaient la chaleur. Son T-shirt collait à son dos, et l'asphalte semblait rayonner de la chaleur jusque dans ses chaussures de randonnée.

Une clochette a tinté quand elle a poussé la porte du magasin d'aliments pour bétail, et l'ombre soudaine a apporté un bref soulagement. L'air à l'intérieur sentait le cuir, le grain et l'huile moteur, un parfum rural distinctif qui lui rappelait à quel point elle était loin de Brisbane. Un ventilateur au plafond tournait paresseusement, brassant l'air tiède sans le rafraîchir.

Derrière le comptoir, un sexagénaire a levé les yeux d'un catalogue de matériel agricole. Son visage tanné racontait des décennies sous le soleil du Queensland, des rides profondément creusées autour d'yeux qui la détaillaient avec une franche curiosité, sans le moindre signe de reconnaissance ; donc il ne regardait pas YouTube, visiblement.

— Bonjour, a-t-il dit. Il a refermé le catalogue. Je peux vous aider ?

Zara a souri, adoptant l'air décontracté qu'elle a peaufiné au fil d'années de travail d'enquête.— Je regarde juste. Je viens d'arriver en ville.

— Touriste ?Son ton laissait entendre à quel point il trouvait cette possibilité improbable.

— Je travaille sur un projet, a-t-elle répondu. Elle a longé une étagère de gants de travail et de chapeaux, en gardant un ton décontracté. Vous êtes ici depuis longtemps, vous ?

— Quarante-trois ans le mois prochain.L'homme s'est un peu détendu, toujours prêt à parler de lui.— J'ai repris après mon père en 86.

— Alors vous devez connaître tout le monde en ville.

— Plus ou moins.Il a hoché la tête, la fierté évidente dans sa posture.— Quatre décennies derrière ce comptoir, on voit des générations défiler.

Zara s'est rapprochée, en parcourant un portant de chemises de travail tout en orientant peu à peu la conversation.— Vous avez dû voir pas mal de changements au fil des années.

— Quelques-uns. Pas autant que vous croyez. Salt Creek est plutôt figée dans ses habitudes.

Elle a hoché la tête, comme si elle réfléchissait à cela.— Je lisais à propos d'un drame qui a eu lieu ici il y a quelques années. Une jeune fille ? Iris Zhang ?

Le changement a été subtil mais immédiat. Ses épaules se sont raidies, son regard a glissé vers la porte derrière elle.— Une sale affaire, ça.

— Vous connaissiez sa famille ?

— Les gens viennent parfois acheter du matériel de jardinage. Ils restent surtout dans leur coin.Ses doigts tambourinaient sur le comptoir, un geste nerveux.

— Une chose pareille a dû toucher tout le monde.Zara a gardé un ton léger, non menaçant. La remarque était une invitation à dire comment lui, personnellement, se sentait par rapport à l'affaire.

— C'est de l'histoire ancienne, a-t-il dit, l'expression étant malvenue vu les circonstances. — La ville est passée à autre chose.

— Vraiment ? J'ai eu l'impression...

— Bonjour, Ray.La voix grave qui a retenti derrière elle a envoyé une décharge le long de l'échine de Zara.

Elle s'est retournée et elle a trouvé Garrett Pennell debout dans l'allée, assez près pour qu'elle capte l'odeur de son après-rasage, la même qu'à Childers, la même que dans la salle d'interrogatoire du commissariat.

— Inspecteur, a-t-elle déclaré, la voix soigneusement neutre malgré l'accélération soudaine de son pouls.

— Mme Langley.Il a hoché la tête, puis il a jeté un coup d'œil par-dessus son épaule vers le propriétaire du magasin.— Ces piquets de clôture sont arrivés, Ray ?

— Demain, sergent. Je vous en mets quelques-uns de côté.

Garrett a reporté son attention sur Zara.— J'ai vu votre voiture sur le parking du motel ce matin. Vos pneus sont pratiquement lisses. C'est l'accident assuré.

Zara s'est hérissée à cette remarque, à la critique implicite de sa situation financière.— Je m'en occuperai quand j'aurai les moyens.

Ses yeux ont soutenu les siens une seconde de trop, quelque chose d'indéchiffrable les a traversés. Puis il s'est encore rapproché, la voix plus basse, pour elle seule.— Le garage de Mick, à côté de la station-service. Dites-lui que je vous envoie. Il vous mettra des pneus d'occasion corrects pour la moitié du prix du neuf.

La proximité entre eux chargeait l'air, leurs corps se souvenaient de Childers tandis que leurs esprits faisaient semblant du contraire. Zara sentait la chaleur qui irradiait de lui, voyait à cette distance les taches de bleu plus sombre dans ses yeux gris-bleu.

— Merci, a-t-elle dit, raide, sans comprendre pourquoi son aide la dérangeait plus que son opposition. Peut-être parce que cela brouillait le récit qu'elle s'est fait de lui : Garrett Pennell, l'obstacle à la vérité.

Elle s'est de nouveau tournée vers le commerçant, décidée à poursuivre ses questions, mais l'homme s'est soudain plongé dans le réagencement d'articles derrière le comptoir.

— Besoin d'autre chose, Ray ? a demandé Garrett.Il se tenait toujours assez près pour que Zara sente sa présence sans même le regarder.

— Tout va bien, Garrett. Je vous dirai quand ces piquets arriveront.

Zara a senti l'attention de Garrett revenir sur elle, son regard presque tangible contre sa peau. Elle a refusé de se retourner, a refusé de reconnaître quoi que ce soit de ce qui se passait entre eux. Au bout d'un moment, elle l'a entendu se diriger vers la porte.

— Des pneus corrects peuvent vous sauver la vie sur ces routes, Mme Langley. À méditer.La clochette a tinté quand il est sorti, la chaleur de dehors s'est engouffrée un instant pour combler le vide de son départ.

Le commerçant, Ray, a poursuivi son réagencement superflu, son ouverture d'il y a un instant avait disparu. La mince chance qu'elle avait d'obtenir des informations de lui s'est évaporée à l'arrivée de Garrett. Ou bien ses questions sur Iris l'ont braqué ? Le moment rendait toute certitude impossible.

— Merci de votre temps, a-t-elle dit en se dirigeant vers la port e.Ray a hoché la tête sans lever les yeux.

Dehors, la chaleur l'a de nouveau frappée, la sueur a aussitôt perlé sur son front. Zara a consulté son téléphone et a noté rapidement l'interaction : « *Propriétaire du magasin d'alimentation animale (Ray) peu disposé à parler d'Iris. Apparition de Pennell qui a mis fin à la conversation, coïncidence ou interruption délibérée ?* »

Elle a jeté un coup d'œil dans la rue où Garrett était parti, mais il n'était déjà plus là. La recommandation sur les pneus s'attardait dans son esprit, un geste qui ne rentrait pas bien dans l'image qu'elle s'est faite de lui. Serviable, presque protecteur, ce qui n'avait aucun sens s'il essayait de la faire partir plus vite. À moins que ce soit sa manière de dire qu'il savait que ses moyens étaient limités, qu'au bout du compte elle devrait abandonner et rentrer chez elle. Les pneus coûtaient cher. Comment a-t-il remarqué que les siens étaient usés, d'ailleurs ? Est-ce qu'il a examiné sa voiture exprès, à la recherche de faiblesses ?

Zara a redressé les épaules et a repris ses notes, rejetant cette rencontre hors de ses pensées. Elle avait du travail. Une ville à cartographier. Des questions à poser.

Et un inspecteur à décrypter, une rencontre déstabilisante après l'autre.

À la mi-matinée, Zara était devant le supermarché Salt Creek, le soleil imposant désormais pleinement sa domination sur la journée. Elle a réglé son arrivée pour coincer la responsable du matin, Emma Sutton, pendant sa pause clope. La jeune femme, la vingtaine bien entamée, les cheveux blond décoloré rassemblés en un chignon décoiffé, hésitait d'abord, jetant des regards par-dessus son épaule comme si quelqu'un pouvait les observer. Mais les questions mesurées de Zara sur leurs années de lycée communes ont peu à peu fait tomber sa garde.

— On n'était pas proches ni rien, a dit Emma en soufflant sa fumée à l'écart de Zara. — Pas le même cercle, vous voyez ? Mais tout le monde connaissait Iris. Toujours première de classe, toujours sur un projet ou un autre.

— Vous étiez dans la même année ? Zara a gardé une voix décontractée, son enregistreur caché dans sa poche.

Emma a secoué la tête. — Un an au-dessus d'elle et de Kirsty, la même année que Vince. Mais c'est une petite ville, il n'y a pas tant d'élèves à l'école. On se connaissait tous, et un an ou deux d'écart ne changeait pas grand-chose pour traîner ensemble. Au fait, j'ai vu votre podcast. Vince a toujours été fou d'Iris. Il n'a jamais regardé personne d'autre, même quand les autres filles essayaient.

Zara a noté mentalement cette confirmation de la dévotion de Vince. — Vous avez remarqué quelque chose d'inhabituel chez Iris dans les jours qui ont précédé sa mort ?

Emma a tiré une autre bouffée, en réfléchissant.— Elle était... tendue. Comme si quelque chose la tracassait.Sa voix a baissé.— À l'époque, je bossais à la caisse, j'étais encore au lycée. Iris est passée deux jours avant... avant que ça arrive. Elle n'était pas elle-même.

— Comment ça ?

— D'habitude, elle discutait, me demandait des nouvelles de mon petit frère, il avait de l'asthme, elle pensait toujours à demander. Mais ce jour-là, elle avait l'air distraite. Elle regardait sans cesse par-dessus son épaule.Emma a froncé les sourcils à ce souvenir.— Et elle a acheté une clé USB. Une de ces chères, avec beaucoup de stockage. Elle a payé en espèces, ce qui était bizarre, parce que les Zhang payaient toujours par carte pour les dépenses de l'entreprise.

Le pouls de Zara s'est accéléré. Une clé USB. Vince a mentionné qu'Iris travaillait sur quelque chose pour son portfolio, quelque chose dont elle était très protectrice.— Elle a dit à quoi ça servait ?

— Non, mais...Les yeux d'Emma se sont soudain agrandis en se fixant sur quelque chose derrière l'épaule de Zara. Sa posture s'est raidie.— Il faut que je retourne au travail. Excusez-moi.

Zara s'est retournée et a vu Garrett sortir du café d'à côté, un café à emporter à la main. Il les a repérées immédiatement, son expression s'est durcie à mesure qu'il s'approchait. Emma a écrasé sa cigarette et a murmuré : « Désolée », avant de se dépêcher de rentrer, sans même regarder Garrett en le croisant.

— Vous vous faites des amis en ville, à ce que je vois, a dit Garrett en s'arrêtant à quelques pas de Zara.

Une frustration aiguë est montée en elle. Un autre entretien écourté, une autre piste potentielle interrompue par son arrivée. — Vous avez l'habitude d'intimider les témoins, ou c'est seulement quand c'est moi qui leur parle ?

Garrett s'est rapproché. Sa voix a baissé juste assez pour que les passants n'entendent pas. — Vous ne comprenez pas les dynamiques d'une petite ville. Les gens vivent avec cette histoire depuis plus de dix ans. Vous remuez le couteau dans la plaie pour quoi ? Des écoutes de podcast ?

L'accusation l'a piquée parce qu'une part d'elle en reconnaissait le fond de vérité. Mais ses motivations ne se limitaient plus à ça, quelque chose s'est solidifié après sa rencontre avec Vince, après avoir vu cette étincelle dans les yeux de May Zhang.

— Pour la justice, a-t-elle répondu, sans reculer malgré sa proximité. — Quelque chose qui est censé vous tenir à cœur.

Sa mâchoire s'est contractée, un muscle tressaillait sous la peau. — Vous croyez tout savoir après quelques jours ici ?

La colère dans sa voix paraissait disproportionnée, personnelle d'une manière qui n'avait pas de sens pour un policier qui se contentait de défendre le travail de son service. Sauf s'il avait une raison d'être sur la défensive. Sauf s'il savait quelque chose.

Leurs corps se sont orientés l'un vers l'autre, la dispute portait l'énergie de tout autre chose, quelque chose qu'aucun d'eux n'était prêt à reconnaître. La chaleur entre eux n'était pas que de la colère ; c'était la tension non résolue de Childers, de la salle d'interrogatoire, de chacune de leurs rencontres depuis.

— J'en sais assez pour voir que la version officielle ne tient pas, a dit Zara, consciente de la sueur qui perlait à ses tempes, de la rougeur qui lui montait au cou et qui ne venait pas entièrement de la chaleur ni de la colère. — Je sais qu'une fille de dix-sept ans ne peut pas se noyer accidentellement dans de l'eau jusqu'aux chevilles. — Je sais que les gens de cette ville se ferment quand je prononce son nom, ce qui me dit qu'ils savent quelque chose qu'ils ne disent pas.

Les yeux de Garrett n'ont pas quitté les siens, l'intensité de son regard était presque physique.— Vous n'avez aucune idée de ce que vous êtes en train de réveiller. Il ne s'agit pas seulement d'Iris Zhang.

— Alors dites-moi de quoi il s'agit, a-t-elle lancé, le défiant, en avançant d'un demi-pas malgré elle.

Ils étaient maintenant assez près pour que la lumière lui révèle la barbe naissante sur sa mâchoire, pour que l'odeur de café sur son souffle lui parvienne. Sur un banc voisin, un groupe de dames âgées échangeaient des regards entendus, interprétant manifestement la tension comme une simple hostilité entre l'étrangère et l'homme de loi local. Si seulement c'était aussi simple.

— Vous ne pouvez pas débarquer ici en exigeant des réponses et en vous attendant à ce que tout le monde expose sa vie au grand jour pour votre micro, a-t-il dit, le muscle de sa mâchoire jouait. — Ces gens ont construit leur vie autour de certaines compréhensions, certains... arrangements.

— Des arrangements ? Zara a saisi le mot. — Qu'est-ce que ça veut dire, exactement ?

Quelque chose a vacillé dans ses yeux. Du regret, peut-être, d'en avoir trop dit. Il a reculé, mettant de la distance entre eux, et Zara a ressenti la perte de sa proximité comme une chose physique.

— Ça veut dire que vous vous rendez indésirable, a-t-il dit enfin, la voix plus froide, plus maîtrisée. — Ne dites pas que je ne vous ai pas prévenue.

Il s'est tourné et il s'est éloigné, son café toujours intact à la main. Zara l'a regardé partir, le cœur battait contre ses côtes, la peau rougie par la colère et par autre chose qu'elle refusait de reconnaître.

Les dames âgées sur le banc observaient toujours ; l'une se penchait pour chuchoter quelque chose qui faisait hocher la tête aux autres d'un air entendu. Zara les a ignorées, se concentrant plutôt sur ce qu'Emma avait révélé avant l'interruption de Garrett. Une clé USB. Iris a acheté du stockage numérique, elle a payé en espèces pour éviter toute trace. Elle travaillait sur quelque chose qui exigeait du secret.

Et le choix de mot curieux de Garrett : *arrangements*. Pas des mensonges, pas des dissimulations, mais des arrangements. Comme si la ville s'était collectivement mise d'accord sur une certaine version des faits, une structure bâtie autour de ce qui est vraiment arrivé à Iris Zhang.

Zara a sorti son téléphone, a pris des notes tant que la conversation restait fraîche dans sa mémoire. Emma Sutton risquait de ne plus lui parler après avoir vu la réaction de Garrett, mais elle en a dit assez pour offrir une nouvelle piste à creuser. Et Garrett lui-même en a dit, sans le vouloir, plus qu'il ne comptait probablement.

L'enquête avançait malgré ses tentatives pour l'entraver. Était-il vraiment en train de l'entraver ? Ses avertissements pouvaient se lire de plusieurs façons : une inquiétude sincère pour la tranquillité de la ville, ou quelque chose de plus personnel. Quelque chose qui assombrissait son regard quand elle le poussait, quelque chose qui le faisait s'approcher au lieu de reculer.

Zara a secoué la tête, forçant ses pensées à revenir à l'affaire. Elle ne pouvait pas se permettre de distractions, surtout pas celles avec des yeux gris-bleu et des avertissements qui sonnaient presque comme de l'inquiétude.

Salties bourdonnait de la foule du vendredi soir, les ventilateurs de plafond tournaient en vain contre la chaleur mêlée des corps et les restes du jour. Zara a pris la dernière table de coin encore libre, son ordinateur portable était ouvert sur des images du ruisseau, ses écouteurs lui permettaient de capter les bruissements subtils de l'eau sous le vacarme du pub. Elle a choisi délibérément cet endroit public, en partie pour le Wi-Fi plus performant que la connexion aléatoire du motel, en partie pour observer les habitants dans leur habitat naturel. Trois heures et un poulet parmigiana plus tard, elle a bien avancé sur son troisième épisode, mais elle se laissait sans cesse distraire par les dynamiques changeantes du pub.

Au bar, on s'entassait sur trois rangs : des agriculteurs encore en tenue de travail, des artisans venus décompresser après la semaine, des jeunes du coin habillés pour une sortie qui finissait inévitablement ici, l'unique lieu de la ville. Les conversations allaient et venaient autour d'elle, baissaient d'un ton quand quelqu'un mentionnait Iris ou la fameuse podcasteuse, puis reprenaient avec des coups d'œil furtifs dans sa direction.

Zara a ajusté ses écouteurs, essayant de se concentrer sur le logiciel de montage plutôt que sur les regards hostiles de temps à autre. Son troisième épisode prenait forme, intégrait la révélation d'Emma sur la clé USB, des extraits supplémentaires du témoignage de Vince et un bref récit de l'histoire de la ville pour planter le décor. Tout convergeait vers une question troublante : quelles informations Iris possédait qui valaient qu'on tue ?

L'ambiance du pub a changé subtilement, les conversations ont modifié leur ton et leur volume. Zara a levé les yeux, et son instinct a balayé la salle pour trouver la cause. Son estomac s'est noué quand Garrett est entré, flanqué de deux autres hommes. Tous portaient des vêtements civils, mais leur maintien les identifiait sans équivoque comme des policiers : même posture alerte, même balayage attentif de la salle.

Zara a reb Baissé le regard sur son écran, le pouls s'accélérait malgré ses efforts pour rester indifférente. Elle sentait le poids de l'attention de Garrett quand il a enregistré sa présence, même si elle gardait délibérément les yeux sur son travail. Du coin de l'œil, elle a vu ses collègues s'installer à une table tandis que Garrett se dirigeait vers le bar.

La foule s'est légèrement écartée devant lui, pas de manière spectaculaire, mais avec cette déférence discrète accordée à l'autorité locale. Il s'est arrêté au bar, juste à côté de sa table, lui tournant le dos en attendant d'être servi. Ils ne se sont pas adressé la parole, et pourtant Zara était hyperconsciente de sa proximité, de l'odeur de son après-rasage mêlée à celle de la bière et de la friture.

Le silence entre eux s'est tendu comme un fil pendant que le barman remontait la file. Quand il est enfin arrivé à hauteur de Garrett, sa question s'est presque perdue dans le vacarme :— Je vous sers quoi, sergent ?

— Un grand verre de Great Northern, a répondu Garrett, puis il a ajouté sans se tourner : — et ce qu'elle prend.Il a désigné Zara d'un léger mouvement de tête.

Elle a levé les yeux, surprise par le geste après leur prise de bec devant le supermarché.— Je n'ai pas besoin de votre charité, inspecteur.

Garrett s'est alors tourné, une main posée sur le bord du bar, et son regard a accroché le sien pour la première fois de la soirée. — Pas de la charité. De la courtoisie professionnelle.

Le barman attendait, les sourcils levés, pris entre les deux. Le bruit du pub semblait reculer autour de leur table, même si Zara savait que c'était seulement son acuité qui donnait cette impression. Plusieurs clients proches observaient la scène avec un intérêt à peine dissimulé.

— Une bière pour moi aussi, a-t-elle fini par dire, cédant plus au désir d'en finir avec les regards qu'à l'acceptation du geste.

Garrett a hoché la tête vers le barman, qui s'est éloigné pour chercher leurs verres. Ils n'ont rien dit pendant un moment, et l'absence de mots se chargeait du poids de leurs rencontres précédentes : Childers, le commissariat, le supermarché. Chaque interaction s'ajoutait à la précédente, et quelque chose de plus en plus complexe se formait entre eux.

— Vous êtes toujours aussi bornée ? a-t-il demandé à voix basse, rompant le silence.

Zara l'a regardé droit dans les yeux, refusant de se laisser intimider ni par sa proximité ni par le pub rempli d'habitués qui les observaient. — Vous êtes toujours aussi déterminé à défendre le statu quo ?

Quelque chose a vacillé dans son expression. De la frustration, peut-être, ou une admiration réticente. Avant qu'il ne réponde, leurs verres sont arrivés. Garrett a payé, puis il a pris sa chope dans une main et son verre dans l'autre. Il a posé sa bière sur la table et l'a fait glisser vers elle, leurs doigts frôlant presque au passage.

— Passez une bonne soirée, Mme Langley, a-t-il dit, sa voix portant une inflexion qu'elle n'arrivait pas tout à fait à déchiffrer.

Il est retourné vers ses collègues, laissant Zara avec une bière dont elle ne voulait pas et la sensation de picotement d'être observée, à la fois par la salle en général et, par moments, par Garrett lui-même. Elle a enlevé son casque, n'arrivant plus à se concentrer sur son montage sous le poids de son regard intermittent qui, de l'autre côté de la pièce, venait parfois la cueillir.

La bière était devant elle, des perles de condensation parsemaient le verre. Elle ne devrait pas la boire. Accepter des faveurs du policier même qui se dressait entre elle et la vérité à propos d'Iris Zhang paraissait mal, compromis, d'une certaine façon. Et pourtant, refuser maintenant ne ferait qu'attirer davantage l'attention. Zara a pris une gorgée, puis elle est revenue à son travail, se forçant à se concentrer malgré les distractions.

Une heure plus tard, elle avait peu avancé. Elle a décliné poliment la troisième bière qu'un homme aux cheveux sable au bar a commandée « pour la dame du podcast », ses deux premières étant à peine entamées. L'atmosphère devenait de plus en plus oppressante : la chaleur, le bruit, les regards en coin, certains curieux, d'autres hostiles. Quand un groupe de jeunes hommes à une table voisine s'est mis à discuter bruyamment de « journalistes de la ville en mal d'attention qui feraient mieux de s'occuper de leurs oignons », Zara a décidé qu'il était temps de partir.

Elle a rangé son ordinateur portable dans son sac besace, a pris une dernière gorgée de bière pour se donner du courage et s'est levée. Alors qu'elle se dirigeait vers la porte, elle a senti plus qu'elle n'a vu l'attention de Garrett se porter sur elle. L'air nocturne dehors était à peine plus frais que l'intérieur du pub, lourd d'une humidité qui promettait de la pluie pour le matin.

Zara a fait moins de dix pas quand la porte du pub s'est ouverte derrière elle. Elle n'avait pas besoin de se retourner pour savoir qui la suivait.

— Je vous raccompagne au motel, a dit Garrett, la rejoignant en quelques enjambées.

— Je suis parfaitement capable d'y aller toute seule, a-t-elle répondu, mais sans grande conviction. La vérité, c'est que certains des regards dans le pub l'ont laissée mal à l'aise. Les petites villes pouvaient basculer vite, et elle était vraiment une étrangère ici.

— Faites-moi plaisir, a-t-il dit, se mettant à marcher à côté d'elle.

Ils ont marché en silence pendant quelques minutes, la rue était calme, sauf les bruits lointains du pub derrière eux et le chuintement occasionnel d'une voiture qui passait. La tension entre eux changeait de nouveau, moins antagoniste qu'au supermarché, plus compliquée que lors de leur rencontre professionnelle au commissariat.

— Pourquoi m'avez-vous suivie dehors ? a-t-elle demandé enfin.

Garrett n'a pas répondu tout de suite.— Certains des garçons là-dedans ont un peu trop bu. Mieux vaut prévenir que guérir.

— C'est une évaluation professionnelle, inspecteur ?

— Garrett, tout court, quand je ne suis pas de service. Il lui a jeté un coup d'œil, puis il a reporté son regard sur la route devant eux. — Et oui. Les vendredis soirs, trop de bière, une femme de passage qui marche seule... pas un super mélange.

Zara a réfléchi. Était-il réellement soucieux de sa sécurité, ou bien était-ce une autre tactique pour la déstabiliser, pour lui rappeler son statut d'étrangère ? Ou bien encore autre chose, que ni l'un ni l'autre ne reconnaissait ?

Ils sont arrivés au motel trop vite et pas assez vite à la fois. Zara s'est arrêtée devant sa porte, fouillant dans sa besace à la recherche de la carte-clé. Garrett se tenait à un pas, les mains dans les poches, et il la regardait.

Une fois la carte-clé trouvée, elle s'est tournée vers lui, soudain incertaine. L'air entre eux paraissait chargé, électrique de possibles que ni l'un ni l'autre ne reconnaissait. Ses yeux ont accroché les siens, puis ils ont glissé brièvement vers sa bouche avant de remonter. Elle s'est sentie pencher légèrement en avant, attirée par le courant qui passait entre eux, malgré toutes les objections rationnelles que son esprit soulevait.

Pendant un instant, Zara a cru qu'il allait réduire la distance entre eux. Son corps s'est tendu, son poids se déplaçait presque imperceptiblement vers l'avant. Elle a retenu son souffle, sans savoir si elle voulait qu'il l'embrasse ou si elle le repousserait s'il essayait, avec pour seule certitude que quelque chose devait briser cette tension impossible.

Puis Garrett a reculé, et son expression s'est refermée comme une porte. Sans un mot, il s'est tourné et il s'est éloigné, ses pas s'évanouissant dans la nuit, laissant Zara debout, seule, devant la porte de sa chambre de motel.

Elle s'est affaissée contre la porte en expirant. La frustration l'a traversée, contre Garrett, contre elle-même, contre toute cette situation. Qu'est-ce qui n'allait pas chez elle ? Cet homme empêchait potentiellement son enquête, peut-être même qu'il était complice d'une dissimulation de ce qui s'est passé à Iris. Le fait qu'ils aient partagé une nuit avant que l'un ou l'autre sache qui était l'autre devrait être sans importance.

Et pourtant, sa peau picotait encore, son pouls battait encore vite dans ses veines. Elle s'est dégagée de la porte et a introduit sa carte-clé avec plus de force que nécessaire. Elle avait besoin de se concentrer, de se rappeler pourquoi elle était là. Iris Zhang méritait justice, et des complications sentimentales avec le policier du coin ne feraient que la détourner de cet objectif.

Peu importe à quel point le souvenir de Childers restait entre eux comme une promesse inachevée.

Huit

La clochette d'entrée du Golden Horse a tinté doucement quand Zara est entrée pour la quatrième fois de la semaine.
Le coup de feu du déjeuner venait de se terminer, ne laissant que
deux tables occupées : un couple âgé assis près de la fenêtre et un
routier penché sur une assiette de poulet au miel. May Zhang a
levé les yeux de derrière le comptoir, avec une expression pas tout
à fait aussi fermée que lors de la première visite de Zara, mais loin
d'être accueillante. Des progrès, a pensé Zara. Des progrès lents,
prudents.

Elle a choisi la même table d'angle qu'elle prenait à chaque fois,
assez près de la cuisine pour observer les allées et venues, assez
loin des autres clients pour avoir de l'intimité. Les parfums familiers de gingembre, d'anis étoilé et de soja l'enveloppaient, dé-
clenchant des souvenirs d'une autre cuisine, d'un autre temps.

Zara a renoncé aux plats à emporter après cette première rencontre maladroite, et elle a préféré manger sur place, là où May pouvait la voir, où sa présence devenait une insistance douce plutôt
qu'une intrusion. Elle a exploré différentes sections du menu
: des raviolis vapeur à la peau translucide parfaite, du calamar
croustillant au sel et au poivre, une aubergine braisée parfumée.
Chaque plat était irréprochable, les saveurs étaient équilibrées

et éclatantes d'une façon que les chaînes n'obtenaient jamais. David Zhang était un cuisinier extrêmement doué ; ce restaurant aurait été célébré à Brisbane. Dans le Queensland rural, c'était un vrai trésor.

May s'est approchée avec un carnet, d'un mouvement vif, sans chichis. Elle portait le même pantalon noir pratique et le même chemisier simple que tous les autres jours, ses cheveux striés de gris tirés en son habituel chignon serré. Seul son bracelet en jade offrait une touche d'expression personnelle, la pierre verte accrochant la lumière à chacun de ses gestes.

— Qu'est-ce que vous désirez aujourd'hui ? a demandé May, d'un ton neutre mais pas froid.

— Le ho fun au bœuf, s'il vous plaît, a répondu Zara. — Et du thé au jasmin.

May a noté la commande sans commentaire, mais elle s'est arrêtée avant de s'éloigner. Ses yeux sombres ont étudié Zara un instant, une question se formant. Zara a attendu, le visage ouvert, patiente.

— Pourquoi revenez-vous sans cesse ? a finalement demandé May, la voix plus basse, pour Zara seule. — C'est pour votre... enquête ? Le mot avait un tranchant amer.

Zara a envisagé de mentir, a envisagé une réponse stratégique qui pourrait faire avancer son enquête. Au lieu de cela, elle s'est surprise à dire la vérité.

— La cuisine, a-t-elle dit simplement. — Ça me rappelle celle de ma grand-mère. La mère de ma mère. Elle venait de Hanoï.

Les sourcils de May se sont légèrement levés, la première réaction véritable que Zara voyait chez elle.

— Vous êtes vietnamienne ?La question ne portait aucune accusation, juste de la surprise.

— Un quart. Ma grand-mère est venue en Australie dans les années soixante-dix, une épouse de guerre.

Zara a touché son propre visage, les très légers plis épicanthiques aux coins internes de ses yeux.

— Je sais que ça ne se voit pas beaucoup. Mon père est écossais-australien. Les gens ne s'en rendent généralement pas compte, à moins que je mentionne mon nom complet, Zara Ngoc Langley.

L'expression de May a changé, presque imperceptiblement. Un réajustement.

— Ma grand-mère vivait avec nous jusqu'à mes quinze ans, a poursuivi Zara, sans trop savoir pourquoi elle racontait ça mais sans pouvoir s'arrêter. Elle m'a appris à cuisiner, même si je ne suis jamais devenue aussi douée qu'elle. Quand elle est morte, j'ai eu l'impression d'avoir perdu mon lien avec cette part de moi. Elle a fait un geste vague autour du restaurant. Votre cuisine, ce n'est pas la même, je le sais, mais il y a quelque chose dans le soin, dans l'équilibre des saveurs... ça me rappelle sa cuisine.

Les mains de May, qui serraient fermement le carnet de commandes, se sont un peu détendues.

— Les gens voient ce qu'ils s'attendent à voir, a dit May après un instant, la voix plus douce. Quand nous avons ouvert ici pour la première fois, il y a vingt-cinq ans, des clients demandaient si j'étais de la famille des propriétaires du restaurant chinois de Bundaberg.

Une frustration familière a traversé son visage.

— Parce que tous les Chinois se connaissent, n'est-ce pas ? Ma famille vient de Melbourne. Un ancêtre est venu ici pour la ruée vers l'or au dix-neuvième siècle !

Zara a hoché la tête, reconnaissant l'expérience partagée.

— Mon prof d'histoire de seconde m'a demandé si je pouvais donner un « point de vue personnel » sur la guerre du Viêt Nam. Je suis née à Brisbane. Ma *mère* est née à Brisbane. Ma grand-mère n'a jamais parlé de la guerre.

Le coin de la bouche de May s'est relevé, pas tout à fait un sourire, mais presque.

— Les gens sont bien intentionnés, la plupart du temps.

— La plupart du temps, a acquiescé Zara.

Un moment de compréhension a flotté entre elles, fragile mais réel. Puis la porte a tinté quand un autre client est entré, rompant le charme. May s'est redressée, son masque professionnel est revenu en place.

— Je vous apporte votre thé, a-t-elle dit en se retournant.

Zara l'a regardée s'éloigner, sentant une petite bouffée d'espoir. Pas une percée, peut-être, mais une fissure dans le mur entre elles.

Le lendemain, Zara est revenue pour un déjeuner tardif, chronométrant délibérément son arrivée pour la période calme qu'elle connaissait. Le restaurant était vide quand elle est entrée, May seule au comptoir qui vérifiait ce qui ressemblait à des factures. May a indiqué à Zara sa table habituelle dans le coin, sans un mot.

— Des nouilles sautées aux légumes aujourd'hui, s'il vous plaît, a dit Zara quand May s'est approchée. Et du thé au jasmin, encore.

May a noté la commande, puis elle a hésité.

— Le restaurant vietnamien à Brisbane où vous avez travaillé, c'était où ? a-t-elle demandé.

Zara a cligné des yeux, surprise.

— West End. Une petite adresse appelée Mekong River. Comment avez-vous su que j'ai travaillé dans un restaurant vietnamien ?

May a haussé les épaules, un petit sourire mystérieux aux lèvres.

— Le type de restaurant, c'était une supposition, mais... votre façon de vous déplacer dans la salle, la manière dont vous tenez les assiettes et les couverts. Comme une serveuse.

Zara a souri.

— Trois ans à servir en salle pendant la fac. Le patron était un ami de ma grand-mère, dans la communauté vietnamienne.

May a hoché la tête, puis a disparu en cuisine. Quand elle est revenue avec le thé quelques minutes plus tard, le restaurant était toujours vide. Au lieu de retourner au comptoir, May a tiré la chaise en face de Zara et s'est assise. Le geste était si inattendu que Zara s'est figée, la tasse à mi-chemin de ses lèvres.

— David est parti chercher des provisions à Bundaberg, a dit May, comme pour expliquer son comportement inhabituel. Il sera de retour pour le service du soir. Ses mains se sont croisées sur la table, le bracelet de jade a glissé le long de son poignet. Vous voulez en savoir plus sur Iris.

Ce n'était pas une question. Zara a reposé sa tasse avec soin, sentant le poids de ce moment, la confiance précaire qu'on lui accordait.

— Oui, a-t-elle dit simplement. Je veux comprendre qui elle était. Pas seulement ce qui lui est arrivé.

Les yeux de May ont scruté le visage de Zara, à la recherche de quelque chose. De la sincérité, peut-être, ou du respect. Quoi qu'elle ait cherché, elle a semblé en trouver assez pour continuer.

— Elle était brillante, a dit May, le mot portant à la fois la fierté et la douleur. Créative. Toujours en train de fabriquer des choses, des histoires, de petits projets artistiques depuis qu'elle était petite. Ses doigts ont tracé un motif invisible sur la table. À quatorze ans, elle a tourné un documentaire sur l'histoire de cette ville. Elle a interviewé les plus anciens habitants, elle a retrouvé des photos que personne n'avait vues depuis des années. La société d'histoire locale le montre encore aux visiteurs, même s'ils ont effacé son nom du générique. À ce souvenir, la douleur s'est lue sur son visage, l'effacement désinvolte de l'accomplissement de sa fille étant une cruauté inutile.

Zara a écouté sans interrompre, sans prendre de notes, laissant à la mémoire de May l'espace qu'elle méritait, tout en se promettant mentalement de retrouver cette vidéo et de la diffuser sur sa chaîne YouTube, en entier, avec le crédit dû à Iris.

— Elle voulait étudier au Queensland College of Art, a poursuivi May. Un programme d'admission anticipée, pour pouvoir y aller à la fin de la première au lieu d'attendre une année de plus. Elle constituait son dossier quand... Sa voix a vacillé, puis elle s'est raffermie. Elle aurait été acceptée. Les professeurs qui ont vu son travail plus tard, ils l'ont tous dit.

— Elle était heureuse ici ? a demandé Zara doucement. À Salt Creek ?May a réfléchi à la question.— Elle était en paix avec qui elle était. Parfois frustrée par les limites de la ville. Elle voyait au-delà de cet endroit, mais elle ne le méprisait pas. Un petit sourire triste a effleuré ses lèvres. Elle voulait raconter des histoires sur des personnes que les autres négligeaient. « Tout le monde a une histoire qui mérite d'être racontée, maman », elle disait.La cloche de la cuisine a sonné, signalant que la commande de Zara était prête. May s'est levée, le moment était suspendu mais pas rompu. Quand elle est revenue avec l'assiette fumante, elle l'a posée devant Zara.— Je devrais retourner à la comptabilité, a-t-elle dit en désignant le comptoir. Puis, presque comme en passant : Venez demain si vous voulez. David prépare du canard laqué le samedi. Ce n'est pas sur la carte, mais on en a toujours.Zara a hoché la tête, comprenant l'invitation pour ce qu'elle était, pas seulement un repas, mais une porte qui s'ouvrait.— J'aimerais bien. Merci.May est retournée au comptoir, et Zara s'est tournée vers ses nouilles, la gorge étrangement serrée. Le premier vrai pas vers la confiance a été franchi, et avec lui, le premier aperçu d'Iris comme bien plus qu'une affaire, comme une fille profondément aimée, une brillante intelligence perdue trop tôt. En mangeant, Zara a senti le poids de cette confiance, à la fois fardeau et cadeau.***Le cottage de Jane Goulding était juché au bord du ravin, son bardage en bois presque caché derrière une profusion de fleurs indigènes et des arbres fruitiers soigneusement entretenus. Zara a suivi le sentier de pierre sinueux jusqu'à la porte d'entrée, en contournant avec précaution un scinque à langue bleue somnolent qui se prélassait sur les rochers tièdes. Après des jours à gagner peu à peu la confiance de May, cette piste s'est présentée de façon inattendue. La patronne du restaurant a mentionné la « prof préférée » d'Iris pendant le canard laqué du samedi, un rare sourire touchant ses lèvres quand elle parlait de la femme qui nourrissait le talent de sa fille. Un coup de fil plus tard, et Zara a reçu une invitation à venir le dimanche après-midi.Elle a frappé à la porte du cottage, peinte d'un joyeux bleu canard. Des pas se sont approchés de l'intérieur, et la porte s'est ouverte pour révéler une femme grande et mince, aux cheveux argentés saisissants coupés en un carré élégant, net de la nuque à la mâchoire. Malgré ses soixante-dix ans, Jane Goulding se déplaçait comme quelqu'un de moitié moins âgé, les yeux vifs et alertes derrière des montures rectangulaires élégantes.— Zara, ravie de vous rencontrer ! a-t-elle dit d'une voix nette, à l'accent résolument britannique. Entrez, entrez. J'ai mis la bouilloire en route.L'intérieur du cottage était aussi coloré que le jardin : des murs bordés d'étagères, des œuvres aux teintes vibrantes, et des collections de ce qui ressemblait à des travaux d'élèves, exposées fièrement. Jane a conduit Zara jusqu'à une véranda donnant sur le ravin, où un plateau à thé attendait à côté d'une pile de cartons à dessin. Elles ont bavardé tranquillement pendant que Zara installait la caméra et les micros pour l'entretien.

— Tu me fais un peu penser à Iris, curieusement, a dit Jane en versant du thé dans des tasses en porcelaine fine. Il y a quelque chose dans ta présence. Dans ta façon de te tenir.

Zara a appuyé sur Enregistrer et s'est assise, surprise par la comparaison.— J'ai entendu dire qu'elle était assez remarquable.

— Extraordinaire, a corrigé Jane en s'installant dans un fauteuil en osier, en face de Zara. En quarante-cinq ans d'enseignement, je n'ai jamais eu une autre élève comme Iris. La technique, ça s'enseignait, bien sûr, mais son *regard*, ce sens inné de l'histoire, de ce qui compte dans un cadre, ça, c'était un pur don.Elle a désigné les boîtes sur la table.— J'ai gardé des copies de tout son travail. Avec l'autorisation de May et David, évidemment. Eux n'arrivaient plus à le regarder après... enfin. Mais moi, je ne supportais pas l'idée que ça tombe dans l'oubli. Je redemanderai, un jour, s'ils en veulent. Quand mon heure viendra. Je ne voudrais pas que ça se perde.

— Je demanderai l'autorisation de May et David pour partager sur mes réseaux, a dit Zara aussitôt. Je suis d'accord ; je ne pense pas non plus que ça doive se perdre.

— Ce serait merveilleux ! a dit Jane, ravie. Je parlerai à May aussi, si vous voyez qu'elle est un peu réticente.

Jane a ouvert la première boîte. À l'intérieur, des clés USB, des DVD et des documents imprimés étaient rangés avec soin, chacun étiqueté d'une écriture nette. Elle a choisi une clé et l'a branchée sur un ordinateur portable élégant qui semblait incongru dans l'esthétique plutôt rétro du cottage.

— C'était sa participation au concours des médias de l'État quand elle avait seize ans, a expliqué Jane en tournant l'écran vers Zara.

La vidéo a démarré. C'était un documentaire de cinq minutes sur la sécheresse dans la région, raconté à travers des entretiens avec des agriculteurs locaux. Ce qui a frappé Zara d'emblée, c'était la composition : chaque plan était délibérément cadré, le montage était serré et professionnel, et la narration montait en puissance d'une manière qui dépassait largement ce qu'on pouvait attendre d'une lycéenne.

— Elle a gagné, a dit Jane à voix basse. Elle a battu des étudiants d'université plus âgés de trois ou quatre ans.

Jane lui en a montré davantage : un essai photo qui documentait les mains des habitants de Salt Creek — des mains de fermiers noueuses, des doigts de boulanger encore poudrés de farine, des ongles de mécanicien tachés d'huile —, chaque image révélant un caractère à travers ces détails simples. Un reportage radio qui explorait le lien de la ville avec le ruisseau qui lui avait donné son nom, mêlant des récits historiques à des voix contemporaines et à un habillage sonore subtil. Un court-métrage qui dramatisait un épisode du passé de la ville, quand des habitants ont abrité un forçat évadé malgré les ordres des autorités.

— Tout ce qu'elle faisait avait des strates, a dit Jane. Un sens de surface pour les spectateurs occasionnels, des thèmes plus profonds pour ceux qui acceptaient de regarder de plus près. Elle comprenait la nuance d'une manière que la plupart des adultes n'atteignent jamais.

Zara sentait un pincement lui serrer de plus en plus la poitrine à mesure qu'Iris devenait plus réelle à travers son travail, alors qu'elle n'apparaissait jamais elle-même à l'écran ; plus qu'une victime, plus qu'un dossier, une jeune femme brillante avec une voix et une vision singulières. Les œuvres révélaient quelqu'un qui observait de près, qui trouvait de la beauté dans les recoins négligés, qui abordait ses sujets avec empathie sans jamais tomber dans la sensiblerie. Une perte qui représentait non seulement une tragédie personnelle pour sa famille, mais aussi une voix créative réduite au silence avant d'avoir vraiment émergé.

— Le dossier qu'elle préparait quand elle est morte, a poursuivi Jane en ouvrant un autre fichier, lui aurait garanti une admission anticipée à la QCA. Les professeurs à qui je l'ai montré plus tard étaient... eh bien, l'un a carrément pleuré.Sa voix s'est brisée.— Quel gâchis. Quel terrible gâchis.

Zara a regardé un essai vidéo magnifiquement construit sur l'identité adolescente dans l'Australie rurale, avec des entretiens avec des camarades d'Iris, dont de brefs extraits de Vince et plusieurs de Kirsty Cannon. Le contraste entre la jeune femme posée et articulée derrière la caméra et le lit du ruisseau où son corps a été retrouvé provoquait chez Zara une douleur presque physique dans la poitrine.

— Elle était appréciée à l'école ? a demandé Zara en retrouvant sa voix. May a mentionné qu'elle était parfois frustrée par les limites de la ville.

Jane a esquissé un sourire en remuant son thé.— Plus respectée qu'aimée, peut-être. Le talent peut isoler à cet âge. Les autres élèves l'admiraient, mais certains étaient intimidés.Elle a pris une gorgée, en pesant ses mots.— Il y avait de la tension avec Kirsty Cannon dans les dernières semaines. Je l'ai remarquée dans mon cours.

L'intérêt de Zara s'est aiguisé.— Quel genre de tension ?

— Le drame adolescent habituel, en surface. Elles s'intéressaient toutes les deux au même garçon, Vincent Thorne. Il ne vous l'a pas dit ?

— Non, a dit Zara, surprise. Il a parlé de sortir avec Iris mais il n'a jamais mentionné que Kirsty s'intéressait à lui.

Jane a ri doucement, mais son rire manquait d'humour.— Oh, Kirsty s'y intéressait, oui. Elle n'a fait un pas qu'après la mort d'Iris, quelques mois plus tard, si je me souviens bien. Assez de mauvais goût, franchement.Elle a secoué la tête.— Vincent l'a rejetée assez publiquement. Il a dit quelque chose de cinglant qui l'a complètement humiliée. Je ne me souviens pas des mots exacts, mais c'était du genre : « Tu n'es pas Iris, tu ne le seras jamais. » Le genre de franchise brutale dont les ados sont spécialistes.

Zara a encaissé l'information, en la reliant à la position d'autorité actuelle de Kirsty et à son image savamment entretenue. Une humiliation publique aurait de quoi dévaster quelqu'un d'aussi soucieux des apparences, surtout venant du garçon qu'elle voulait, celui qui avait aimé sa rivale.

— Je suis surprise que Vince ne l'ait pas mentionné, a dit Zara avec précaution.

— Oh, les garçons de cet âge peuvent être remarquablement aveugles à ces dynamiques, a répondu Jane. Et tout cela a été plutôt éclipsé par la mort d'Iris. Vince est parti à l'université peu de temps après. Il n'a peut-être pas mesuré l'importance.

Ou il a peut-être jugé que c'était sans rapport avec la mort d'Iris, puisque cela est arrivé après, a pensé Zara. Mais si Kirsty nourrissait des sentiments pour Vince pendant qu'il sortait avec Iris…

— Y avait-il la moindre indication que ce triangle posait problème avant la mort d'Iris ? a demandé Zara.

Jane a réfléchi à la question.— Rien au-delà du malaise adolescent habituel. Kirsty était toujours… contenue. Soucieuse de son image.Elle a refermé l'ordinateur portable, songeuse.— La tension que j'ai remarquée ne concernait pas Vince, pas vraiment, ou du moins ce n'était pas l'impression que j'avais. Iris gardait quelque chose pour elle, elle ne le partageait avec personne, pas même avec Kirsty, ce qui était inhabituel. Elles collaboraient souvent.Elle a légèrement froncé les sourcils.— J'ai eu l'impression que Kirsty se sentait mise à l'écart, peut-être même menacée par ce sur quoi Iris travaillait.

Cela concordait avec ce que Vince lui avait dit au sujet de la protection jalouse d'Iris envers son projet final, et avec l'information d'Emma à propos de la clé USB achetée en liquide. Une pièce de plus du puzzle, même si Zara ne savait pas encore où elle s'insérait.

— Vous êtes restée en contact avec vos élèves, a observé Zara. Vous voyez encore Kirsty aujourd'hui ?

— Moins depuis que je suis à la retraite. Elle tient à passer dès qu'il y a un événement à l'école, donc je la voyais toujours là-bas.

Toujours l'ancienne élève dévouée. Le sourire de Jane n'a pas atteint ses yeux. — Elle s'en est bien sortie, notre Kirsty. La plus jeune conseillère municipale de l'histoire de la ville, en bonne voie pour la politique de l'État, sur les traces de son père. Peut-être Canberra un jour. Elle s'est interrompue en dévisageant Zara. — Même si je me demande parfois ce qu'Iris aurait pensé de l'ascension de son ancienne meilleure amie. Elles étaient si différentes. Iris, tout le fond ; Kirsty, toute la surface.

La comparaison restait suspendue entre elles. Jane a commencé à ranger les portfolios. — J'ai mis des copies numériques de tout sur ce disque pour vous. Elle lui a tendu un fin disque dur externe. — Le travail d'Iris mérite d'être vu, d'être compris. Ça pourrait vous aider à comprendre ce qui lui est arrivé.

— J'aimerais beaucoup, a dit Zara en acceptant le disque, de nouveau frappée par l'écart entre l'élan créatif vibrant qui émanait des œuvres d'Iris et la version officielle d'une noyade due à l'imprudence. Merci de me l'avoir confié.

Jane l'a accompagnée jusqu'à la porte, s'arrêtant sur le seuil. — Trouvez la vérité, a-t-elle dit doucement, sa réserve britannique se fissurait légèrement. — Elle méritait tellement mieux que cette histoire ridicule de noyade.

Zara a hoché la tête. — J'essaie, a-t-elle promis. — Elle mérite d'être rappelée.

Jane s'est essuyé les yeux humides, a hoché la tête. — J'apprécie votre émission, a-t-elle ajouté en guise de dernier mot. — J'attendrai votre prochain épisode avec impatience.

Tandis qu'elle retournait vers le centre-ville, l'esprit de Zara s'emballait avec de nouvelles questions. Pourquoi Vince n'a-t-il pas mentionné l'intérêt de Kirsty pour lui ? C'était simplement sans importance pour lui, ou trop douloureux à évoquer ? Et plus pressant encore, la jalousie amoureuse pouvait-elle avoir joué un rôle dans ce qui est arrivé à Iris Zhang cette nuit d'octobre ?

Zara s'est assise en tailleur sur le lit du motel, son ordinateur portable posé sur les genoux, tandis qu'elle rédigeait avec soin un e-mail à Vince. La révélation sur l'intérêt de Kirsty pour lui nécessitait une confirmation, mais elle hésitait sur la formulation, ne voulant pas paraître accusatrice au sujet de cet oubli. Après plusieurs essais, elle a opté pour une approche directe : « *J'ai parlé avec Jane Goulding aujourd'hui et elle a mentionné quelque chose d'intéressant : que Kirsty avait un intérêt amoureux pour vous, et que vous l'avez repoussée après la mort d'Iris. Je me demande si vous pouvez le confirmer et si vous pensez que cela peut être pertinent pour ce qui est arrivé à Iris.* »

Elle l'a relu deux fois, puis elle a ajouté : « *Je tiens à préciser que je ne suggère pas que vous avez retenu des informations. Je comprends que cela a pu vous sembler sans rapport ou trop personnel pour être évoqué lors de notre entretien.* » Après une dernière lecture, elle a cliqué sur Envoyer, son esprit se tournait déjà vers la manière dont ce possible triangle pouvait remodeler sa compréhension de l'affaire.

La réponse est arrivée plus vite que prévu, à peine vingt minutes plus tard. Zara venait juste de sortir de la douche quand son ordinateur portable a émis la notification. Elle s'est enroulé une serviette autour du corps et s'est assise pour lire la réponse de Vince, des gouttes d'eau tombaient de ses cheveux sur le clavier.

« *Bonjour Zara. Oui, cela est arrivé, même si je n'y ai pas repensé depuis des années. Ce n'était pas pertinent pour la mort d'Iris puisque c'est arrivé après, c'est pour ça que je ne l'ai pas mentionné. Ça devait être environ deux mois après la mort d'Iris ; je me souviens que c'était la période de Noël. Kirsty m'a coincé à une soirée, a dit qu'on devrait "nous réconforter" puisque nous manquions tous les deux à Iris. J'étais saoul et en colère et probablement plus cruel que nécessaire. Je ne me souviens pas exactement de ce que j'ai dit, mais c'était quelque chose comme le fait qu'elle ne serait jamais la moitié de la personne qu'Iris était, et que je préférais rester seul pour toujours plutôt que d'être avec quelqu'un qui ne ferait que me rappeler ce que j'avais perdu. Pas mon meilleur moment, mais j'avais dix-huit ans, j'étais en deuil et, franchement, un peu écœuré par le moment qu'elle avait choisi. Elle ne m'a plus jamais adressé la parole. De toute façon, je partais pour Brisbane pour la fac, donc ça ne comptait pas trop pour moi à l'époque.*

« Avec le recul, je peux voir à quel point ça a dû être humiliant pour elle, surtout si elle avait des sentiments pour moi quand j'étais avec Iris. Mais je ne pense vraiment pas que cela ait un lien avec la mort d'Iris. Kirsty et Iris étaient amies, meilleures amies, selon Kirsty, même si Iris n'a jamais employé ce terme à ma connaissance. Il y avait un peu de tension entre elles ces dernières semaines-là, mais je n'ai certainement jamais pensé que ça pouvait me concerner. Ça semblait plutôt lié à des projets scolaires et à leurs candidatures à l'université.

« Je suis partant pour en parler davantage si vous pensez que ça compte. Je ne serai pas de retour à Salt Creek avant 8 jours, mais je peux appeler après mon service demain si vous voulez.

« Vince »

Zara a lu l'e-mail deux fois, en en pesant les implications. Le moment rendait improbable que des sentiments amoureux rejetés aient directement motivé la mort d'Iris, mais cela ajoutait une autre dimension au personnage de Kirsty et à sa relation avec Iris. La tension évoquée par Vince correspondait aux propos de

Jane sur le fait qu'Iris gardait un projet pour elle, sans le partager avec Kirsty.

Elle s'est séché les cheveux, en réfléchissant à ses options pour le prochain épisode. Le triangle amoureux susciterait à coup sûr l'intérêt du public. Les gens adoraient ce genre de drame. Mais sans liens plus concrets avec la mort d'Iris, le mettre en avant risquait de transformer l'émission en exactement le type de contenu racoleur dont on l'a accusée avec l'affaire Little Girls Lost... et d'énerver encore plus les habitants qu'ils ne l'étaient déjà.— Non, a-t-elle dit à voix haute dans la chambre vide. — Je n'y vais pas. Pas encore.

Elle allait plutôt se concentrer sur le travail créatif d'Iris, pour la faire exister comme une personne et non seulement comme une victime. Cette approche respectait à la fois la vérité et la confiance des Zhang. L'angle Kirsty pouvait attendre jusqu'à ce qu'elle ait des liens plus substantiels avec l'affaire.

Plus au clair sur sa direction, et une fois habillée, Zara a ouvert son logiciel de montage et a commencé à assembler le prochain épisode. Elle a découpé des extraits de sa conversation avec Jane, capturant les souvenirs de l'enseignante à propos d'Iris et sa description du talent remarquable de la jeune femme. Elle a appelé May, et avec son accord, elle a inclus des extraits du travail d'Iris : des fragments de ses documentaires, des morceaux de ses pièces audio, des images de ses photo-essais, avec une note précisant que des versions intégrales des œuvres d'Iris seraient mises à disposition séparément sur sa chaîne.

Pendant le montage, Zara ressentait la satisfaction familière de construire un récit captivant, mais aussi quelque chose de plus profond : un sentiment de responsabilité envers la fille dont elle reconstituait la vie à travers les souvenirs des autres et son propre travail. Ce n'était pas juste du contenu ; c'était une réparation, remettre Iris au premier plan comme plus que la victime du ruisseau.

Elle a travaillé toute la soirée et jusque tard dans la nuit. Vers deux heures du matin, elle a obtenu un premier montage qui semblait juste : respectueux, prenant, solide. Elle a ajouté sa narration, a relié les éléments, a souligné le contraste entre la jeune femme vibrante et talentueuse des images et la version officielle d'une noyade due à l'imprudence.

Le montage final a pris encore trois heures. Quand elle l'a enfin mis en ligne à l'aube, l'épuisement la tirait aux coutures, mais la satisfaction l'emportait. Cet épisode relierait les spectateurs à Iris en tant que personne et les amènerait à se soucier de la justice pour elle d'une façon que la dramatisation d'un triangle amoureux adolescent ne pourrait jamais égaler.

Elle est tombée dans son lit alors que les premiers rayons du soleil passaient à travers les fins rideaux du motel, en réglant une alarme pour midi afin de vérifier les performances de l'épisode.

Quand elle s'est réveillée, les yeux embrumés et encore fatiguée, son téléphone était illuminé de notifications. Elle l'a cherché à tâtons, a plissé les yeux sur l'écran tandis que les chiffres devenaient nets. Les vues étaient déjà à 47 000 et grimpaient rapidement. Les commentaires se comptaient par milliers. Les partages, les mentions J'aime, les nouveaux abonnés — tous les indicateurs grimpaient à une vitesse inédite depuis le pic de popularité de Les Australiens Perdus.

Elle a ouvert son tableau de bord sur son ordinateur portable pendant que les statistiques se chargeaient. Pas seulement de l'engagement, mais de l'engagement de qualité. Les commentaires discutaient du talent d'Iris, exprimaient leur indignation face à la perte d'un tel potentiel, réclamaient justice. Les spectateurs s'attachaient à Iris en tant que personne, exactement comme Zara l'espérait.

Le plus saisissant, c'était l'estimation des revenus du mois : 20 000 dollars. Elle a fixé le nombre, certaine qu'elle le lisait mal à cause de la fatigue. Mais non, le chiffre restait, presque moqueur tant il paraissait improbable. Vingt *mille* dollars. De quoi payer son crédit immobilier pendant des mois. De quoi effacer sa dette de carte bancaire. De quoi respirer.

Elle a ri, un son entre l'incrédulité et le soulagement, tandis qu'elle faisait défiler les commentaires les uns après les autres. Les gens étaient désormais investis, pas seulement dans le mystère mais dans Iris elle-même. La stratégie a fonctionné au-delà de ses projections les plus optimistes.

Zara a passé l'heure suivante à répondre aux commentaires clés et à prendre des notes pour de futurs épisodes. Elle avait maintenant assez de matière grâce à Jane pour au moins deux autres épisodes, en se concentrant sur différents aspects du travail créatif d'Iris tout en construisant peu à peu l'idée que sa mort ne pouvait pas être accidentelle.

Quand elle a refermé son ordinateur portable, un souvenir a refait surface : Garrett Pennell qui lui parlait de ses pneus lisses et lui recommandait le garage de Mick. Elle s'est hérissée à l'époque devant cette remarque, en la prenant comme une critique de sa situation financière. Maintenant, avec 20 000 dollars à l'horizon, le souvenir a suscité une autre émotion : un étrange mélange de justification et de quelque chose qui ressemblait presque à de la gratitude.

Elle a attrapé ses clés, soudain déterminée. Des pneus neufs. Une petite chose, peut-être, mais symbolique, la preuve qu'elle ne comptait pas quitter Salt Creek de sitôt, qu'elle s'installait, qu'elle avait les ressources pour rester jusqu'à ce qu'elle découvre la vérité sur ce qui est arrivé à Iris Zhang.

Et si Garrett Pennell remarquait sa voiture fraîchement chaussée, eh bien, ce ne serait qu'un avantage secondaire.

Neuf

Zara était assise en tailleur sur le lit du motel, son ordinateur portable en équilibre sur les genoux ; le climatiseur bon marché toussotait et gémissait, crachant parfois un air tiède qui ne faisait pas grand-chose contre l'été du Queensland qui appuyait contre les vitres. Elle faisait défiler la section des commentaires de son dernier épisode. Quarante-huit mille vues et ça montait. La Fille du Ruisseau n'était plus seulement un podcast ; ça devenait un mouvement.

L'épisode mettant en avant le travail créatif d'Iris a résonné bien au-delà de ses attentes. Les spectateurs ne se contentaient pas de s'intéresser au mystère ; ils s'attachaient à Iris en tant que personne, partageaient leur indignation devant la perte d'un tel talent, réclamaient des réponses sur la façon dont quelqu'un d'aussi soigneux et méthodique pouvait se noyer par accident dans de l'eau jusqu'aux chevilles.

« L'épisode documentaire d'Iris sur Salt Creek devrait être soumis à des festivals de cinéma, » a écrit un commentateur. *« Son sens de la composition était extraordinaire. »*

« Je n'arrive pas à arrêter de penser à sa série de photos de mains, » a ajouté un autre. *« La manière dont elle captait le caractère*

avec des détails si simples. On a perdu un grand talent quand elle est morte. »

Zara a bu une gorgée d'eau tiède. C'était exactement ce qu'elle espérait : ressusciter Iris autrement que comme une victime, donner aux gens envie de connaître la vérité derrière sa mort parce qu'ils tenaient à elle. Les revenus projetés continuaient aussi de grimper, et tournaient désormais autour de 22 000 dollars pour le mois. Un peu d'air après des mois de dettes étouffantes.

Elle s'est arrêtée sur un commentaire qui tranchait avec les réactions émues : « *Le vieux pont piéton était à cinquante mètres en amont de l'endroit que vous avez montré, pas à vingt. Vous vous trompez sur la géographie de base.* »

Zara a froncé les sourcils et a ouvert rapidement ses notes de recherche. Le commentaire était juste ; elle s'est trompée sur la distance dans sa narration. Elle a noté de publier une correction au prochain épisode, puis a continué à faire défiler. D'autres corrections sont apparues, étrangement précises :

« *Iris n'était pas dans la classe d'anglais de M. Peterson en terminale, elle était chez Mme Hargrove. Vérifiez vos infos.* »

« *Le ravin ne se termine pas "juste à l'est de la ville" comme vous l'avez dit. Il y a plus de 3 km jusqu'à la cascade. Ce genre de négligence sape votre crédibilité.* »

Les sourcils de Zara se sont froncés à mesure qu'elle lisait ; l'agacement initial face à ses erreurs cédait la place à un malaise. Ce n'étaient pas des observations en passant de spectateurs ; c'étaient des connaissances locales précises, des détails que seule une personne de Salt Creek connaissait.

Elle s'est essuyé le front du revers de la main ; la pièce paraissait soudain plus étouffante malgré ses dimensions inchangées. Une notification a retenti, un autre commentaire :

« Vous devriez faire plus attention à qui vous accusez. Les petites villes ont la mémoire longue, et les journalistes qui cherchent des noises ne durent pas longtemps. »

Son estomac s'est noué. Ce n'était plus une correction ; c'était un avertissement. Elle a fait défiler plus loin et a trouvé d'autres messages au sous-texte de plus en plus hostile :

« Certaines histoires gagnent à rester enterrées. Pour le bien de tout le monde. »

« Votre chambre de motel ferme-t-elle bien la nuit ? Salt Creek n'est pas toujours sûre pour les gens de l'extérieur. »

Le dernier commentaire lui a coupé le souffle. Elle a vérifié les profils des utilisateurs : tous anonymes, tous créés dans la semaine, sans aucune autre activité que commenter ses vidéos. Impossible à tracer.

Zara a refermé son ordinateur portable, s'est levée et a vérifié que la porte de la chambre était bien verrouillée, la chaîne enclenchée. La part rationnelle de son cerveau insistait sur le fait qu'il ne s'agissait que de trolls en ligne ordinaires, des guerriers du clavier essayant de lui faire peur avec des menaces creuses. Mais la journaliste en elle, celle qui, depuis des années, développait des instincts pour sentir quand une enquête devenait dangereuse, murmurait que c'était différent. C'était local, précis, et délibérément en train de monter en intensité.

Elle est revenue à son ordinateur, a fait des captures d'écran de chaque commentaire préoccupant en notant les horodatages et les identifiants d'utilisateur. Puis elle a ouvert un nouveau document et a commencé à analyser des motifs : styles d'écriture, connaissances spécifiques révélées, horaires des publications. Ses mains bougeaient automatiquement, retombaient dans la routine d'enquête qui la calmait toujours quand les histoires se compliquaient.

Les commentaires ont commencé à apparaître environ trois heures après la mise en ligne de l'épisode, ce qui suggérait que quelqu'un du coin l'a regardé tôt ce matin-là et a réagi presque immédiatement. La connaissance précise de l'emploi du temps de classe d'Iris pointait vers quelqu'un lié à l'école : un enseignant, un administrateur ou un ancien élève. Et la menace au sujet de sa chambre de motel voulait dire que quelqu'un savait exactement où elle logeait.

Mais qu'est-ce qu'ils cherchaient ? Qu'est-ce qui a déclenché cette escalade ? Le dernier épisode n'a pas cité de suspects potentiels ni proposé de nouvelles théories sur la mort d'Iris. Il a simplement mis en avant son travail créatif, son talent. À moins que...

Zara a rouvert la vidéo, a sauté d'un passage à l'autre pour revoir les extraits des documentaires d'Iris qu'elle a inclus. Est-ce qu'elle a montré par inadvertance quelque chose que quelqu'un ne voulait pas voir ? Un détail dans le travail d'Iris qui en disait plus que prévu ?

L'horloge de son ordinateur indiquait 18 h 42. Dehors, le soleil commençait à se coucher, projetant de longues ombres à travers les rideaux fins. Zara s'est approchée de la fenêtre et a regardé le parking presque vide. Aucun véhicule suspect, personne qui observait depuis l'autre côté de la rue. Juste le calme ordinaire de Salt Creek en début de soirée.

Elle est revenue à son ordinateur, a copié les captures d'écran dans un dossier sécurisé sur un espace de stockage en ligne, puis a envoyé un bref message à Dev : « *Je reçois des commentaires inquiétants sur le dernier épisode. Rien de concret, mais je reste sur mes gardes. Tu m'appelles demain ?* »

S'il y avait bien quelqu'un capable de remonter jusqu'à ces comptes anonymes, c'était Dev. Elle ne voulait pas l'alarmer, mais envoyer un signal d'alerte lui paraissait simplement prudent, et elle savait qu'il allait s'y mettre tout de suite.

Le climatiseur a de nouveau toussoté, puis a délivré un souffle un peu plus frais. Zara s'est essuyé la nuque, où la sueur s'accumulait malgré son immobilité relative. Les commentaires ne devraient pas l'intimider, elle le savait. Le fait même de travailler comme journaliste, et a fortiori sur une possible dissimulation de meurtre, amenait presque forcément du harcèlement en ligne. Mais la spécificité la troublait : le savoir local, l'intention claire de la déstabiliser.

Elle a fermé le document et a ouvert à la place son logiciel de montage. La meilleure réponse n'était pas la retraite, mais l'offensive. Elle a commencé à esquisser le prochain épisode, en se concentrant sur les incohérences de l'enquête officielle. Si quelqu'un essayait de lui faire peur, cette personne se trompait fondamentalement sur ce qui la portait. Les menaces ne la faisaient pas fuir ; elles la poussaient à creuser davantage.

La mention précise de sa chambre de motel, toutefois, la travaillait. Elle a relancé un regard vers la porte, les fenêtres, la salle de bains où le petit vasistas restait fermement clos. Elle devrait peut-être envisager de déménager, de trouver un endroit moins évident où loger. Le cottage de Jane Goulding était assez grand pour une chambre d'amis ; elle pourrait la louer pour quelques semaines, si Zara le lui demandait. Mais non ; partir enverrait un signe de faiblesse, confirmerait que l'intimidation fonctionnait.

Zara a redressé les épaules et est revenue à son travail. Elle ne comptait pas bouger. Pas avant de découvrir ce qui est vraiment arrivé à Iris Zhang. Pas avant de comprendre pourquoi sa mort suscitait encore des réactions aussi viscérales, onze ans plus tard.

Et seulement après avoir identifié exactement qui tentait si dés-espérément d'enterrer une vérité qui refusait de rester cachée.

Zara est revenue au Salt Creek Motel un peu après cinq heures l'après-midi suivant, son compte en banque allégé de près de mille dollars mais sa voiture enfin stable sur la route. Elle a renoncé à la suggestion de Garrett d'acheter des pneus d'occasion après que Mick lui a montré la différence de qualité de la bande de roulement.— Ceux-là vous feront facilement deux ans, vu les quelques kilomètres que vous faites par an, a dit Mick en tapotant les Michelin neufs qu'il a commandés pour elle quand elle a déposé la voiture la première fois.— Des pneus de seconde main auraient pu lâcher en six mois, a-t-il ajouté. Avec plus de vingt mille dollars qui allaient lui revenir grâce au suc-cès du podcast, elle pouvait enfin faire les choses correctement. Elle a garé la voiture devant sa chambre, et la vue familière de son logis provisoire, miteux, l'a étrangement réconfortée après une journée passée à se perdre dans l'univers créatif d'Iris à la bibliothèque, tandis qu'Esther restait en arrière-plan, présence légèrement hostile et vigilante.

Mais quand elle a ouvert la porte, quelque chose a changé dans sa perception. La porte était verrouillée. Les rideaux étaient tirés exactement comme elle s'en souvenait. Rien ne semblait anor-mal. Et pourtant, quelque chose n'allait pas, une perturbation subtile dans l'atmosphère que son corps a enregistrée avant que son esprit conscient puisse l'identifier.

La chambre paraissait normale au premier coup d'œil : le lit était fait, une chemise propre était posée sur la chaise où elle l'avait laissée, l'étui de l'ordinateur était sur le bureau. Mais quand elle est entrée, le malaise s'est cristallisé en détails précis.

Ses livres sur la table de chevet, trois poches et son carnet en cuir, n'étaient plus dans le même ordre. Par habitude, elle laissait le carnet au-dessus ; maintenant, il se trouvait en troisième position dans la pile. La fermeture éclair de sa valise, qu'elle laissait toujours complètement fermée, bâillait d'un centimètre à une extrémité. Sa trousse de toilette, qu'elle avait posée sur le plan de la salle de bains le matin, se trouvait de l'autre côté du lavabo.

Quelqu'un est entré dans sa chambre. Quelqu'un a touché à ses affaires.

Zara s'est d'abord dirigée vers le bureau, le cœur battant, pour vérifier son étui de matériel. Le cadenas était intact. Elle l'a ouvert et a trouvé son ordinateur et le disque dur de Jane contenant les fichiers d'Iris toujours à leur place, intacts. Son matériel d'enregistrement, la caméra Sony coûteuse et les micros qu'elle remboursait depuis dix-huit mois, n'avaient pas bougé.

Ils n'ont rien volé. Ils ont cherché quelque chose.

Elle a eu la chair de poule à l'idée de mains inconnues fouillant son espace privé, examinant ses affaires, ouvrant sa valise où ses vêtements étaient pliés, des objets intimes exposés au regard d'un inconnu. Elle s'est dirigée vers la salle de bains et l'a inspectée plus attentivement. La brosse à dents était exactement dans son support, mais sa crème hydratante a été déplacée, le bouchon pas tout à fait serré.

— Merde, a-t-elle chuchoté, le mot tremblant dans la chambre silencieuse.

Zara a sorti son téléphone, a regardé l'heure : 17 h 23. Le personnel de ménage a fini ses tournées des heures plus tôt et, de toute

façon, elle accrochait toujours le panneau « Ne pas déranger »
en partant. Ce n'était pas l'intendance. C'était délibéré.

Elle s'est approchée des fenêtres, a vérifié les verrous, a examiné
les cadres à la recherche de traces d'effraction. Rien. En revenant
vers l'étui, elle s'est accroupie pour mettre le cadenas à hauteur
des yeux, et là elle a pu les voir : de fines rayures autour de
la serrure, comme si quelqu'un essayait maladroitement de la
crocheter.

Celui ou celle qui avait fait ça n'était pas vraiment un professionnel. Ont-ils soudoyé ou convaincu le réceptionniste de donner
l'accès à sa chambre ? Ont-ils subtilisé le passe-partout que l'em-
ployé·e de ménage devait avoir pour ouvrir toutes les chambres
? De toute façon, Zara était presque sûre qu'elle n'allait pas
obtenir de réponse franche de quiconque travaillait au motel.

Les commentaires anonymes de la veille lui ont traversé l'esprit
: « *Est-ce que la porte de votre chambre de motel ferme bien la
nuit ? Salt Creek n'est pas toujours sûr pour les gens de l'extérieur.*
» Pas une menace en l'air, mais un avertissement délibéré de
quelqu'un qui savait déjà qu'il pouvait accéder à son espace.

Elle a fait les cent pas dans la petite chambre, six pas d'un mur
à l'autre, en essayant de contrôler sa respiration. Qu'est-ce qu'ils
cherchaient ? Le disque dur de Jane avec le travail d'Iris ? Ses
notes de recherche ? Ou bien était-ce simplement de l'intimidation, un message disant que nulle part n'était vraiment privé,
qu'on la surveillait ?

Dans tous les cas, l'intention était claire : l'effrayer, la rendre
vulnérable, la faire partir.

Zara s'est forcée à rester immobile, à réfléchir. Elle pouvait ne
rien dire, faire semblant de n'avoir rien remarqué, mais alors la
personne penserait que son message n'était pas passé.

Ou elle pouvait appeler la police. Signaler l'effraction, créer une trace officielle. Forcer la personne derrière tout ça à comprendre qu'elle ne se laisserait pas intimider au silence.

Elle regardait son téléphone ; le numéro du poste de police de Salt Creek était déjà enregistré dans ses contacts. Appeler voulait dire que Garrett répondrait probablement. Garrett, avec ses yeux gris-bleu qui voyaient trop de choses, avec ses avertissements qui, maintenant, semblaient moins des menaces que de vraies marques d'inquiétude.

Le souvenir de sa présence physique à Childers, de sa proximité dans la salle d'audition de la police, cette nuit où il l'a raccompagnée depuis le pub, lui a soulevé un papillon peu bienvenu dans le ventre. Compliqué. Beaucoup trop compliqué.

Mais ses réflexes de journaliste ont pris le dessus sur ses hésitations personnelles. *Tout consigner. Laisser une trace écrite. Suivre la procédure.* Elle n'avait pas besoin d'aimer Garrett Pennell pour utiliser le système qu'il représentait.

Zara a pris des photos des objets déplacés avec son téléphone, en veillant à ne plus rien toucher. Puis elle a ravaler sa fierté et a composé le poste. Tandis que le téléphone sonnait, elle a fixé son espace de vie violé, et la colère remplaçait peu à peu le choc initial.

Quelqu'un pensait pouvoir l'intimider avec ces intrusions mesquines. Quelqu'un croyait qu'elle allait fuir au premier signe de résistance. Ils ne comprenaient clairement pas ce qui l'amenait à Salt Creek : pas seulement une détresse professionnelle, mais une véritable croyance en la justice, un engagement envers la vérité qui l'a soutenue face à des menaces pires que celle-ci.

— Poste de police de Salt Creek, a dit la réceptionniste.— Ici Zara Langley, a-t-elle dit, la voix ferme malgré le malaise persistant. Je voudrais signaler une effraction au Salt Creek Motel.

Elle ne se laisserait pas chasser. Ni par des commentaires anonymes, ni par une vie privée violée, ni par des menaces subtiles. Celui ou celle qui a fouillé sa chambre n'a réussi qu'à confirmer ce qu'elle soupçonnait déjà : elle se rapprochait de quelque chose que quelqu'un voulait désespérément garder caché.

Garrett est arrivé dix-sept minutes après son appel. Zara comptait, juchée sur le bord de la chaise de bureau, refusant de s'asseoir sur le lit où des mains inconnues avaient peut-être touché. Elle a reconnu le bruit de son véhicule avant de le voir, le grondement distinct du LandCruiser de police qui se garait sur la place juste sous sa fenêtre. Quand on a frappé, trois coups secs, elle s'est levée d'un bond, a lissé sa chemise et a ouvert la porte. Il remplissait l'encadrement, le visage figé dans des lignes professionnelles qui ne masquaient pas tout à fait l'inquiétude dans ses yeux.

— Mme Langley, a-t-il dit d'un ton formel, même si quelque chose dans sa voix adoucissait la distance professionnelle. Vous avez signalé une effraction ?Elle s'est écartée pour le laisser entrer, hyperconsciente du fait que sa présence rendait la petite chambre encore plus petite. Il portait l'uniforme aujourd'hui : chemise bleu clair avec l'insigne de la police de Salt Creek, pantalon sombre, ceinturon. Officiel, autoritaire. Et pourtant, elle se rappelait Childers, ses vêtements civils, son corps contre le sien.

— Il ne manque rien, a-t-elle expliqué en montrant les signes subtils d'intrusion. Mais quelqu'un a fouillé dans mes affaires. En cherchant quelque chose.

Garrett a acquiescé, a sorti un petit appareil photo numérique et un carnet.

— Vous pouvez me montrer, étape par étape, ce que vous avez constaté ? a-t-il demandé, se tenant assez près pour qu'elle sente son après-rasage mêlé au café et à une légère odeur de lessive. Trop près pour une interaction professionnelle, et pourtant, aucun d'eux ne s'est écarté.

Elle a décrit chaque objet dérangé, où il se trouvait, comment elle savait qu'on l'avait déplacé. Pendant qu'elle parlait, ses yeux à lui revenaient sans cesse vers son visage, scrutant son expression d'une façon qui allait au-delà de la procédure. Il se déplaçait avec elle dans la chambre, en photographiant les livres réarrangés, la fermeture éclair de la valise entrouverte. Ses gestes étaient mesurés, professionnels, mais Zara a remarqué comment il se plaçait, toujours entre elle et la porte, comme s'il s'attendait à tout moment au retour de l'intrus.

— Vous avez la même chambre depuis votre arrivée ? a-t-il demandé, en écrivant dans son carnet.

— Oui, depuis dix jours.

— Quelqu'un d'autre que le ménage a eu accès ? Des amis ? Des collègues ?

— Non. J'ai rencontré des gens en ville, Jane Goulding, May Zhang, mais jamais ici. Ah, sauf Vince Thorne, mais il est sur le site de la mine où il travaille. Elle s'est interrompue. — Je mets toujours le panneau « Ne pas déranger ». Le ménage n'est pas passé depuis trois jours.

Il a noté cela, puis a relevé la tête, ses yeux gris-bleu accrochés aux siens.— Est-ce que vous avez remarqué quelqu'un qui vous suivait ? Quelqu'un qui s'intéressait de façon inhabituelle à vos déplacements ?

Ces questions dépassaient la procédure habituelle pour une simple effraction sans vol. C'était de l'inquiétude personnelle, mal déguisée en zèle professionnel.

— Pas précisément. Mais il y a eu... Elle a hésité, puis elle a sorti son téléphone, lui montrant des captures d'écran de commentaires anonymes. — Ceux-ci ont commencé à apparaître hier. Après la mise en ligne de mon dernier épisode.

Garrett a pris le téléphone, faisant défiler les messages. Un muscle de sa mâchoire tressaillait pendant qu'il lisait, son expression s'assombrissait. Quand il a atteint le commentaire au sujet de la serrure de sa chambre de motel, ses doigts se sont crispés sur l'appareil.

— Pourquoi vous ne les avez pas signalés ? Sa voix était basse, tendue par ce qui sonnait comme une colère sincère. Pas contre elle, a-t-elle compris, mais contre la personne derrière ces menaces.

— Ça ressemblait à du harcèlement en ligne ordinaire. Jusqu'à maintenant.

Il lui a rendu le téléphone, ses doigts effleurant les siens.— Ce n'est pas du simple harcèlement en ligne. C'est de l'intimidation ciblée. Il s'est rapproché, la voix plus basse. — Vous vous faites une cible, Zara. Ce n'est plus seulement de la résistance de petite ville.

— Je ne vais pas reculer, a-t-elle dit, le menton relevé. Si quelqu'un est aussi déterminé à me faire fuir, c'est que je dois m'approcher de quelque chose d'important.

— Ou de quelqu'un de dangereux. Sa main s'est levée, a presque touché son visage avant de retomber. — Vous ne comprenez pas dans quoi vous avez mis les pieds.

— Alors dites-le-moi, a-t-elle lancé en s'approchant malgré elle. Qu'est-ce qui m'échappe, Garrett ? Qu'est-ce que vous ne dites pas ?

L'air entre eux semblait se comprimer, lourd de mots tus, du souvenir de cette nuit à Childers, de la tension qui s'accumulait à chaque rencontre depuis. Ses yeux sont descendus vers sa bouche, s'y sont attardés, puis sont revenus accrocher son regard. La distance professionnelle s'est entièrement effondrée.

Elle ne savait pas qui a bougé en premier. Peut-être tous les deux, attirés par cette force qui les liait depuis leur première rencontre. Sa bouche a trouvé la sienne, brûlante, désespérée, sa main est venue soutenir l'arrière de sa tête. Elle a répondu aussitôt, le désir l'a traversée tandis qu'elle se pressait contre lui, les doigts agrippant sa chemise.

Ce baiser n'était en rien celui de Childers : pas enjoué, pas exploratoire, mais chargé de besoin, de peur, de colère et de quelque chose de plus profond qu'elle ne savait pas nommer. Son bras a enserré sa taille, la tirant plus près, comme s'il pouvait la protéger physiquement de tout ce qui rôdait dehors. Son corps se souvenait du sien, l'instinct prenait le dessus tandis qu'elle se cambrait contre lui.

C'est Garrett qui s'est écarté le premier, sans toutefois la lâcher, le front contre le sien pendant qu'ils reprenaient leur souffle.

— Je suis inquiet pour vous, a-t-il dit, la voix rauque. Ce n'est pas un jeu. Salt Creek a des secrets que des gens protégeront à n'importe quel prix.

La chaleur de son corps contre le sien rendait la concentration difficile, mais Zara s'est forcée à faire un pas en arrière, pour se laisser l'espace de réfléchir.— Je peux me débrouiller. Je ne vais pas me laisser chasser par des manœuvres d'intimidation.

— Ce ne sont pas seulement des manœuvres d'intimidation. Ses mains sont retombées à contrecœur de sa taille. — Quelqu'un est entré dans votre chambre, Zara. Quelqu'un qui sait où vous dormez, sur quoi vous travaillez. La situation s'aggrave.

— Raison de plus pour continuer à creuser. Elle a lissé son chemisier, essayant de retrouver contenance. — Je ne partirai pas tant que je ne saurai pas ce qui est arrivé à Iris.

Son expression a vacillé, entre frustration, inquiétude et peut-être une admiration à contrecœur. Il est passé une main dans ses cheveux, regardant autour de lui cette chambre malmenée.— Laissez-moi au moins parler au gérant du motel pour faire changer vos serrures. Peut-être en ajouter une dont vous seule aurez la clé. Et faites attention à qui vous faites confiance.

L'ironie ne lui échappait pas. Elle faisait confiance à l'homme même qui l'avait mise en garde contre cette enquête dès le début. Elle lui confiait sa sécurité, sa bouche, les instincts de son corps.

Garrett a rassemblé son carnet et son appareil photo, s'est dirigé vers la porte. Il s'est arrêté sur le seuil, s'est retourné comme s'il allait ajouter quelque chose. Leurs regards se sont croisés avant qu'il n'acquiesce d'un signe de tête et qu'il parte.

La porte s'est refermée derrière lui. Zara est restée immobile, à écouter ses pas s'éloigner, les lèvres encore picotantes de son baiser. La chambre paraissait à la fois plus vide et plus encombrée de son absence, plus vide sans sa présence physique, plus encombrée de questions sur ce qui venait de se passer, ce que cela signifiait, où cela pouvait mener.

Elle s'est laissée tomber sur le bord du lit, sans plus se soucier de la moindre trace de mains étrangères. Son cœur est peu à peu revenu à un rythme normal, mais le souvenir du corps de Garrett contre le sien, sa posture protectrice, l'odeur — savon, café et ce quelque chose qui n'appartenait qu'à lui — qui flottait encore dans la chambre, maintenait sa peau chaude et sensible.

Il était sincèrement inquiet pour sa sécurité. Ce n'était pas du faux, pas une mise en scène. Mais est-ce que cela signifiait qu'il n'était pas impliqué dans ce qui est arrivé à Iris ? Ou bien que son inquiétude était personnelle, distincte de ses loyautés et obligations professionnelles ?

Zara a pressé ses doigts contre ses tempes, essayant d'éclaircir ses idées. L'effraction, les messages menaçants, le baiser, tout se mélangeait en un écheveau confus de danger et de désir. Le pire n'était ni l'intrusion dans sa chambre, ni les menaces anonymes en ligne.

Le pire, c'était que, quand Garrett se tenait dans l'embrasure de la porte, prêt à partir, elle a eu envie de lui demander de rester.

DIX

Un coup frappé à la porte a tiré Zara de rêves agités, insistant mais hésitant. Elle a cligné des yeux sur le réveil de la table de nuit : 6 h 17. Trop tôt pour le ménage. Après l'effraction d'hier, son pouls s'est accéléré pendant qu'elle se glissait hors du lit, enfilant un gilet sur son tee-shirt de nuit avant d'approcher prudemment de la porte. Elle a regardé par l'œilleton, se raidissant jusqu'à ce qu'elle reconnaisse la petite silhouette de l'autre côté : May Zhang, qui se tenait les mains jointes devant elle, l'air à la fois déterminée et incertaine dans la lumière déjà vive du matin.

Zara a déverrouillé la porte, a fait glisser la chaîne.— May ? Tout va bien ?

May portait un pantalon noir impeccable et un simple chemisier bleu, ses cheveux striés de gris tirés en leur chignon habituel, quoique plus lâche que d'ordinaire, comme si elle s'habillait à la va-vite. Dans ses mains, elle serrait un petit bouquet de fleurs locales, dont les couleurs vives juraient avec son expression sombre.

— J'aimerais vous montrer quelque chose, a dit May, la voix ferme malgré un léger tremblement de ses doigts. Si vous avez du temps. Maintenant.

— Bien sûr, a dit Zara, la surprise laissant place à la curiosité. Donnez-moi cinq minutes pour m'habiller.

May a hoché la tête en reculant.— Je vous attends.

Zara s'est habillée rapidement, a enfilé un short et une chemise légère en coton, a passé un coup de brosse dans ses cheveux avant de les attacher en queue de cheval. Elle a pris son enregistreur et son téléphone par réflexe, puis elle a hésité, sans savoir si c'était ce genre d'invitation. L'enregistreur est resté sur la table, mais elle a glissé son téléphone dans sa poche.

Dehors, l'air était lourd d'humidité, le soleil luttait encore pour percer la brume qui s'accrochait à l'horizon. May se tenait les épaules droites, le regard fixé au loin. Quand Zara est sortie, May a simplement hoché la tête et a commencé à marcher, s'attendant à ce que Zara la suive.

Elles traversaient la ville qui s'éveillait en silence. Le patron du café, en train d'ouvrir sa boutique, a salué May d'un signe de tête, puis son expression a viré à la surprise en apercevant Zara à ses côtés. Curiosité de petite ville, s'est dit Zara, ou quelque chose de plus précis, la conscience de ce que cela signifiait de voir May Zhang marcher avec l'animatrice du podcast.

May les a conduites le long de la rue principale, a dépassé l'hôtel, puis a bifurqué dans le petit parc public, avec ses tables de pique-nique patinées et ses jeux pour enfants. La rosée du matin s'infiltrait dans les baskets de Zara tandis qu'elles coupaient à travers la pelouse, se dirigeant non pas vers le sentier qui descendait au ruisseau où le corps d'Iris avait été retrouvé, mais vers la vieille passerelle en bois qui enjambait le ravin.

— C'est ici que je viens, a dit May, ses premiers mots depuis qu'elles avaient quitté le motel. — Toutes les semaines. Depuis onze ans.

Elle a désigné la passerelle du geste ; son bois était grisé par le soleil et la pluie, les planches restaient solides mais montraient leur âge, veinures fendillées et nœuds assombris. Des acacias jaunes fleurissaient le long des berges du ravin, leur parfum sucré se mêlait à l'odeur de terre du ruisseau en contrebas. L'eau courait claire et peu profonde sur des pierres lisses, à peine jusqu'aux chevilles.

May est montée sur la passerelle, des gestes rodés, familiers. À mi-chemin, elle s'est arrêtée et s'est agenouillée, glissant les fleurs indigènes qu'elle avait portées par une ouverture de la rambarde, les posant sur une petite plaque métallique fixée à la poutre latérale. Zara s'est rapprochée pour lire la gravure simple : « Iris Zhang, fille bien-aimée, 1997-2014 ».

— La mairie n'a pas autorisé un véritable mémorial, a expliqué May, la voix neutre, même si ses doigts s'attardaient sur la plaque, traçant le nom de sa fille. — Ils ont dit que ça allait « encourager le tourisme macabre ». Richard Cannon a arrangé ce compromis. Assez discret pour passer inaperçu si on ne sait pas où regarder.

Elle restait agenouillée, ajustant les fleurs, veillant à ce qu'elles ne tombent pas facilement dans le ruisseau en dessous. — Je viens ici pour lui parler, a poursuivi May, plus douce cette fois. — Lui raconter le restaurant, les nouvelles recettes de son père. Lui poser des questions auxquelles elle ne peut pas répondre.

May a levé les yeux vers Zara, ses yeux sombres brillaient d'une pellicule de larmes qu'elle refusait de laisser tomber. — Asseyez-vous avec moi, a-t-elle dit, ni vraiment une question ni tout à fait un ordre. Elle a tapoté le bois patiné à côté d'elle.

Zara s'est assise sur la passerelle ; elle sentait le bois rugueux contre ses paumes et ses cuisses pendant qu'elle passait les pieds entre la rambarde pour les laisser pendre à côté de ceux de

May. Sous cet angle, elle voyait le ruisseau plus nettement, les galets lisses sous l'eau, l'ombre de la passerelle qui créait une zone plus fraîche où se rassemblaient de petits poissons. Quinze centimètres d'eau. Pas de quoi se noyer par accident.

— Ils ont dit qu'elle est tombée, a dit May en suivant le regard de Zara. — Qu'elle s'est cogné la tête, a perdu connaissance, s'est noyée malgré l'eau peu profonde. Sa voix restait posée. — Mais Iris connaissait le ruisseau. Elle y jouait depuis qu'elle était enfant. Elle avait le pied sûr, elle était prudente.

Zara a hoché la tête ; l'impossibilité du récit officiel apparaissait encore plus clairement depuis cet angle. — Avait-elle une raison d'être ici cette nuit-là ? a-t-elle demandé doucement.

Les doigts de May poursuivaient leur mouvement inconscient sur la plaque du mémorial. — Aucune dont elle nous avait parlé. Elle était censée aller du restaurant directement à la maison. L'autre direction. Aucune raison de faire un détour par le ruisseau, sauf si... Elle s'est interrompue.

— À moins que quelqu'un ne lui ait donné rendez-vous ici, ou ne l'ait croisée en chemin et convaincue de l'accompagner, a conclu Zara doucement.

May a hoché la tête, le regard toujours fixé sur l'eau en contrebas. — Quelqu'un en qui elle avait assez confiance pour venir ici avec cette personne, la nuit.

Elles sont restées silencieuses. Une brise faisait frémir les feuilles des eucalyptus qui bordaient le ravin, envoyant des ombres tachetées danser à la surface de l'eau. Zara a bougé, a réajusté sa position sur le bois dur, et, en posant la paume pour se stabiliser, son regard a accroché quelque chose d'inhabituel entre les planches vieillies.

Quelque chose de noir, coincé profondément dans l'interstice entre deux planches, posé sur l'une des poutres de soutien sous la surface de la passerelle. Ce n'était pas une feuille ni un débris ; la forme était trop régulière, la matière trop solide. Zara s'est penchée, les yeux plissés.

— May, a-t-elle dit doucement, il y a quelque chose là-dessous, entre les planches.

May a levé les yeux, la confusion traversait son visage. — Où ça ?

Zara a désigné la fente étroite. — Là. Quelque chose de noir, avec ce qui ressemble à... un autocollant ? Sur une surface en métal ou en plastique.

May s'est penchée en avant, plissant les yeux pour voir dans l'ombre sous les planches de la passerelle. — Je ne... attendez. Son souffle s'est coupé. — Je le vois.

— Ça fait longtemps que c'est coincé là, a dit Zara, en observant la façon dont l'objet s'était calé, dont le bois s'était patiné autour, refermant presque ce qui restait prisonnier en dessous. — Des années, peut-être. On dirait un téléphone.

La main de May est venue se poser sur le poignet de Zara, serrant fort. — Ils n'ont jamais retrouvé le téléphone d'Iris ! Est-ce que ça pourrait... ? Elle n'a pas pu finir sa phrase, l'espoir et la peur se livraient bataille sur son visage.

Les instincts d'enquêtrice de Zara étaient en éveil, son esprit calculait des possibilités, des liens. Quelque chose de perdu ou caché sur la passerelle où Iris Zhang avait été vue vivante pour la dernière fois, resté inaperçu pendant onze ans. Quelque chose de petit, de noir, avec ce qui semblait être un autocollant décoratif.

— Il faut le récupérer, a-t-elle dit, évaluant déjà comment atteindre l'objet entre les fentes étroites. — Pouvez-vous voir s'il bouge un peu ?

May a hoché la tête, la détermination remplaçait l'incertitude. Elle s'est penchée, a scruté l'interstice, ses doigts étaient trop gros pour passer dans l'espace vieilli.

— Je peux presque…, a commencé May, puis elle s'est redressée, frustrée. — Ça ne bouge pas. Et si on le pousse à l'aveugle, il pourrait tomber dans l'eau.

— Alors il faut essayer aussi par en dessous, a dit Zara, déjà debout, le regard allant de l'objet coincé au ruisseau peu profond. — Je vais descendre à l'eau. S'il tombe, je le rattraperai.

Les yeux de May se sont écarquillés. — Vous pensez que ça pourrait être… ?

Zara n'a pas répondu directement, ne voulant pas susciter des espoirs qu'elle ne pourrait pas combler, mais les possibilités défilaient dans son esprit. — Voyons ça, a-t-elle dit à la place, déjà en train d'avancer vers l'extrémité de la passerelle et le sentier qui descendait vers le ruisseau.

Le sentier qui menait au ruisseau était aussi raide qu'elle s'en souvenait lors de sa première descente ici, forçait Zara à attraper racines apparentes et jeunes pousses pour stabiliser sa descente. L'humidité du matin lui collait à la peau, sa chemise collait déjà à son dos avant qu'elle n'atteigne la berge. Au-dessus d'elle, May avait trouvé une branche tombée et se plaçait avec précaution sur la passerelle, juste au-dessus de l'objet coincé, des gestes lents et délibérés comme si un faux pas pouvait envoyer leur découverte plonger dans l'eau en dessous.

— Je suis en bas, a crié Zara, en retirant ses baskets et en entrant dans le ruisseau.

Le choc de l'eau froide contre ses chevilles lui a arraché un hoquet. Malgré la chaleur étouffante qui montait dans l'air, le ruisseau restait frais, alimenté par des sources souterraines qui maintenaient un petit débit malgré le barrage en amont qui étouffait la majeure partie de l'alimentation. Des galets lisses glissaient sous ses pieds tandis qu'elle avançait vers le milieu et se plaçait juste sous l'interstice où l'objet était coincé.

— Vous le voyez de là ? a demandé May en se penchant par-dessus la rambarde, la voix tendue.

Zara a renversé la tête en arrière, plissant les yeux contre la lumière de plus en plus vive qui filtrait entre les planches. — Non, rien. Je suis juste en dessous de vous, par contre. Si vous pouvez le décoincer un peu, j'essaierai de l'attraper.

May s'est agenouillée sur la passerelle, la fine branche passée dans l'interstice entre les planches, le visage tout à sa concentration. — Je vais essayer de le dégager, a-t-elle dit. — Soyez prête.

La branche raclait le bois, cherchant une prise. La sueur perlait sur le front de Zara tandis qu'elle attendait ; sa nuque lui faisait mal à force de lever la tête, et l'eau lui engourdissait les pieds malgré la chaleur croissante de la journée.

— Je crois..., a soufflé May. Elle a poussé de nouveau, plus fort.
— Je crois que ça commence à...

Un craquement sec l'a interrompue quand la pointe de la branche s'est rompue, ce qui a fait perdre l'équilibre à May un instant. La branche principale a frappé l'objet avec force, et Zara a vu un coin de l'objet apparaître par-dessus le rebord de la poutre de soutien, vacillant sur son perchoir précaire.

— Ça se dégage ! a-t-elle lancé, en écartant sa position dans l'eau, les mains levées, prête.

May s'est reprise. Elle a ajusté sa prise sur la branche raccourcie.— Encore une poussée, a-t-elle dit, plus pour elle-même que pour Zara.

La branche a accroché le bord de l'objet, lui donnant juste assez d'effet de levier. Pendant un instant suspendu, il semblait rester dans l'interstice, indécis. Puis il s'est incliné, a glissé hors de sa prison de plusieurs années, a basculé dans l'air.

Zara a jailli, l'eau a éclaboussé ses mollets tandis que ses mains se levaient. L'objet a tapé dans ses paumes, a failli lui échapper avant qu'elle ne les referme bien dessus. L'élan l'a fait chanceler d'un pas, mais elle est restée debout, sa prise serrée contre sa poitrine.

— Je l'ai ! a-t-elle appelé en regardant ce qu'elle tenait désormais.

C'était sans équivoque un téléphone portable, un smartphone ancien ; sa coque noire était fendue le long d'un bord, l'écran formait une toile de fissures. Il y avait des autocollants au dos, mais ce qu'ils montraient n'était plus visible depuis longtemps.

Au-dessus, May s'est déjà mise en mouvement. Elle a abandonné la branche et s'est dépêchée le long du pont ; son pas d'ordinaire mesuré cédait la place à une urgence à peine maîtrisée. Zara est revenue vers la berge en pataugeant, en faisant attention à ne pas glisser sur les galets lisses, le téléphone tenu bien haut au-dessus de l'eau.

Quand elle a atteint la terre ferme, May était là ; malgré son âge, elle est descendue plus vite que Zara. Ses yeux étaient fixés sur le téléphone.

— Laisse-moi voir, a-t-elle dit, la voix à peine plus qu'un souffle.

Zara le lui a tendu avec précaution. Elle a regardé les doigts de May trembler autour des bords de l'appareil pendant qu'elle le retournait pour examiner les autocollants au dos.

— C'est à elle, a dit May, sa voix se brisant sur le deuxième mot. C'est le téléphone d'Iris. Ces autocollants, elle les a mis le jour où elle a eu le téléphone. Elle a dit que c'était son « kit média » en miniature. Son pouce a suivi un autocollant, le geste doux. Celui-ci a la forme d'un micro, tu vois ? C'était l'image qui était dessus. Elle avait les mêmes sur son ordinateur portable.

May a levé les yeux, des larmes non versées faisaient briller son regard.— La police a dit qu'ils ne pouvaient pas trouver son téléphone. Qu'il a dû se perdre dans l'eau, emporté en aval. Sa voix s'est durcie. Mais il était ici. Tout ce temps. Là où elle... là où on l'a retrouvée.

Zara regardait la prise de conscience passer sur le visage de May, et les implications d'un téléphone coincé dans le pont plutôt qu'emporté par le courant. Des preuves qui pouvaient révéler ce qui s'était vraiment passé cette nuit-là, qui Iris avait rencontrée, ce qu'elle avait vu ou su.

— Son ordinateur portable a disparu, lui aussi, a poursuivi May, la colère traversant à présent son chagrin. Le détective Finch est venu chez nous le lendemain de... après qu'ils l'ont trouvée. Il a dit qu'ils avaient besoin de son ordinateur pour l'enquête. On le lui a donné, bien sûr. Trois semaines plus tard, quand nous en avons demandé la restitution, il a dit qu'il était « traité et remis en salle des scellés ». Mais quand David est allé le récupérer, personne ne l'a trouvé. Disparu. Comme s'il n'existait pas.

May a fait un pas de plus, sa prise sur le téléphone blanchissant les jointures.— Tu ne peux pas leur donner ça, a-t-elle dit, soudain farouche ; son autre main a refermé sa prise sur le poignet de Zara. Promets-le-moi. La police d'ici... elle fait partie de ce qui est arrivé. Ils ont pris son ordinateur, ils ont ignoré les bleus sur ses bras, ils ont conclu à un accident alors que n'importe qui voyait bien que... Elle s'est interrompue, respirant fort.

Zara a hésité ; l'éthique journalistique entrait en conflit avec l'empathie humaine. Retenir des preuves d'une enquête de police franchissait une limite inédite pour elle, une limite susceptible de la compromettre professionnellement si on la découvrait. Mais le désespoir dans les yeux de May, les doigts tremblants qui serraient à la fois le téléphone et le poignet de Zara, parlaient d'une vérité plus profonde : il ne s'agissait pas seulement d'intégrité journalistique, mais d'une justice longtemps déniée.

Et il n'y avait pas d'enquête de police. Ce n'était pas une affaire non résolue ; c'était clos depuis longtemps. À moins que Zara ne puisse apporter de nouvelles preuves irréfutables, des preuves qu'elles pouvaient peut-être trouver dans ce téléphone.

— Je te le promets, a dit enfin Zara. Mais May, on doit essayer de récupérer ce qu'il y a dedans. Il peut y avoir des preuves, des textos, des photos, des historiques d'appels ou des messages, qui peuvent nous dire ce qui s'est passé cette nuit-là.

Le soulagement a détendu les traits de May ; sa prise sur le poignet de Zara s'est relâchée sans se desserrer complètement.— Tu crois que c'est possible ? Après tout ce temps aux intempéries ?

— Les téléphones modernes sont étonnamment résistants, a dit Zara, même si elle n'en était pas totalement sûre. La coque a l'air intacte, ce qui a pu lui offrir un peu de protection. Et il n'a pas été immergé dans l'eau, seulement exposé aux éléments. Elle a hoché la tête en direction de l'appareil. Il y a des spécialistes qui pourraient récupérer les données.

May a acquiescé. Elle a rendu le téléphone à Zara avec soin, un transfert délibéré, significatif, autant un passage de confiance qu'un simple objet. — La dernière chose qu'elle a touchée, a-t-elle soufflé, comme si la pensée lui venait pour la première fois.

Zara a pris le téléphone doucement, comprenant ce qu'elle tenait maintenant : pas seulement des preuves potentielles, mais un lien direct avec Iris, peut-être ses derniers échanges, ses derniers instants. Les doigts de May s'attardaient sur la coque, réticents à rompre le contact avec ce lien inattendu avec sa fille.

— Je ferai attention, a promis Zara en soutenant le regard de May. Et je te tiendrai au courant de tout ce qu'on trouve, et je veillerai à ce que tu le récupères, quoi qu'il arrive.

Les doigts de May ont fini par se détacher. Ses épaules se sont redressées tandis qu'elle se reprenait visiblement. — Elle t'aurait aimée, a-t-elle dit soudain, prenant Zara au dépourvu. Iris. Elle ne supportait pas les sots ni les poseurs. Elle aurait apprécié ta détermination. Un fantôme de sourire a effleuré ses lèvres. Et ton entêtement.

Le compliment inattendu a touché quelque chose chez Zara, lui a serré la gorge. Elle a hoché la tête, incapable de trouver une réponse adéquate, et elle a glissé prudemment le téléphone dans sa poche.

— On devrait y aller, a dit May en jetant un coup d'œil au pont où les fleurs du mémorial d'Iris reposaient encore contre la plaque. Avant que quelqu'un ne nous voie.

Elles ont remonté en silence le sentier du ravin. Zara avait une conscience aiguë de ce qu'elle portait dans sa poche. Le téléphone paraissait plus lourd que sa masse réelle ne le justifiait. Elle a résisté à l'envie de le toucher à travers le tissu de son short, comme si ce contact pouvait perturber les données fragiles qui restaient dedans. Au lieu de ça, elle s'est concentrée sur le problème pratique qui se posait : qui pouvait extraire des informations d'un appareil aussi endommagé après tant d'années d'exposition aux éléments ? Et surtout, à qui pouvait-on confier son contenu ?

Quand elles ont atteint le plat, May a regardé autour d'elle avec prudence avant de parler, la voix basse.— Tu pourras... voir ce qu'il y a dedans ?

Zara a pesé la question avec soin.— Pas moi, non. Les dégâts sont importants, et la récupération de données sur un téléphone aussi abîmé demande du matériel spécialisé. Même s'il s'allumait encore, ce dont je doute, les composants internes se sont probablement oxydés.

Les épaules de May se sont légèrement affaissées, et l'espoir fugace s'éteignait dans ses yeux.

— Mais, a repris Zara en guettant de près l'expression de May, je connais peut-être quelqu'un qui pourrait aider.

La police était hors de question après la révélation de May au sujet de l'ordinateur portable disparu. Dans une ville de cette taille, les experts informatiques locaux finissaient toujours par parler. Un service commercial de récupération de données impliquait des formalités, des dossiers, des risques de fuites. Et même si Garrett pouvait être digne de confiance, sa position le rendait impossible à envisager, quels que soient les sentiments compliqués qui existaient entre eux.

Mais il y avait une personne qu'elle connaissait, à la fois compétente techniquement et absolument discrète. Quelqu'un dont les limites éthiques étaient claires et dont elle ne mettait pas la loyauté en doute. Quelqu'un qui voyait là un casse-tête tech-

nique irrésistible plutôt qu'une complication juridique potentielle.

— Mon colocataire à Brisbane, dit Zara, sa décision se solidifiant
à mesure qu'elle parlait. — Dev. Il prépare une thèse en génie
électrique, spécialisé en récupération de données et en crimi-
nalistique numérique. Il a du matériel qui rivalise avec les labos
universitaires, et pour la plupart, il les a construits lui-même.
Un soupçon de fierté a glissé dans sa voix. — Il a récupéré des
données sur des appareils que des professionnels avaient déclarés
irrécupérables. Et il est totalement digne de confiance.

May a scruté son visage, en quête de certitude.— Vous re-
tourneriez à Brisbane ?

Zara a hoché la tête.— Aujourd'hui. Je pourrais y être en fin
d'après-midi si je pars bientôt, je lui donne le téléphone, et je
reviens demain. Elle a soutenu le regard de May sans ciller. —
Il n'impliquerait jamais les autorités sans notre accord explicite,
et il comprend la discrétion. Ce genre de défi technique, c'est
exactement ce pour quoi il vit.

— Et vous lui faites complètement confiance ? a demandé May,
la question lestée de toutes ses années de méfiance envers les
voies officielles, de promesses trahies.

— En ce moment, je lui confie littéralement ma maison. Et je lui
confierais ma vie, dit simplement Zara. — Dev est... il est brillant
mais d'une intégrité absolue. Elle a esquissé un sourire. — C'est
probablement la seule personne que je connaisse qui soit plus
têtue que moi quand il s'agit de résoudre un problème.

May semblait peser ces mots, les mettant en balance avec son
besoin désespéré de protéger ce dernier lien avec sa fille. Enfin,
elle a hoché la tête, le soulagement visible dans la détente autour
de sa bouche.

— Combien de temps lui faudrait-il pour... pour voir si on peut récupérer quelque chose ?

— Ça dépend de l'ampleur des dégâts, a admis Zara. — Ça peut prendre des jours, voire des semaines. Le téléphone a été exposé pendant onze ans. La batterie s'est certainement dégradée, a peut-être fui des substances corrosives vers d'autres composants. Les puces mémoire sont peut-être endommagées au-delà de toute réparation. Elle ne voulait pas donner de faux espoirs. — Dev sera honnête sur les possibilités.

Elles sont arrivées au bord du parc, la ville s'éveillait autour d'elles. Un homme âgé qui promenait son chien a salué May d'un signe de tête, et son regard s'est attardé avec curiosité sur Zara. Une camionnette de messagerie a cahoté en passant ; le conducteur a ralenti pour les observer avant de réaccélérer.

— Les gens vont parler, a murmuré May en remarquant l'attention. — Ils le font toujours.

— Qu'ils parlent, a répondu Zara, veillant à garder une posture décontractée malgré le précieux objet dans sa poche. — On est juste deux personnes qui sont allées se promener ensemble.

Les lèvres de May se sont incurvées en l'esquisse d'un sourire.— Et quelle promenade. Elle a secoué la tête lentement. — Je suis tellement contente d'avoir écouté la petite voix qui me disait de vous inviter à marcher avec moi ce matin. C'était Iris, vous pensez, qui me poussait dans la bonne direction ?

— Je ne sais pas, a dit Zara en toute franchise. — Peut-être. J'ai vu des choses étranges en enquêtant sur des affaires non résolues. Des gens prenaient des décisions bizarres qui aboutissaient à des percées, et ensuite ils n'arrivaient pas à expliquer pourquoi ils l'avaient fait. Je garde l'esprit ouvert.

Pendant qu'elles marchaient, l'esprit de Zara s'emballait déjà sur la logistique. Elle allait devoir appeler Dev, le prévenir de ce qu'elle apportait. Rassembler son matériel pour l'emporter ; elle ne voulait pas le laisser dans la chambre du motel pour la nuit, pas après l'effraction.

— S'il y a des messages, a dit May soudain, interrompant les pensées de Zara, — des textos ou des appels de cette nuit-là... Elle a hésité, puis a repris. — Je veux savoir. Même si c'est difficile à entendre. Même si ça change la façon dont je me souviens d'elle. Sa voix s'est affermie. — Je vis avec des demi-vérités depuis onze ans. Je peux supporter la vérité entière maintenant, quelle qu'elle soit.

Zara a hoché la tête, consciente du courage qu'une telle ouverture exigeait après des années d'isolement protecteur.— Je partagerai tout ce qu'on trouvera, a-t-elle promis. — Rien ne sera caché.

Elles ont tourné dans la rue principale, le Golden Horse était visible devant, son enseigne rouge et or accrochant la lumière du matin. David se trouvait certainement à l'intérieur, il préparait la journée, sans savoir ce qu'elles avaient découvert. Ignorant que sa femme venait de faire un pas immense vers la découverte de la vérité sur la mort de leur fille.

— Vous devriez y aller, a dit May lorsqu'elles ont approché du restaurant. — Prenez ce qu'il vous faut pour Brisbane. Plus tôt vous partirez, plus tôt vous reviendrez. Elle a marqué une pause, puis a ajouté doucement : — Je dirai à David ce qu'on a trouvé. Ce qu'on fait.

Zara a hoché la tête, consciente des regards qui les observaient depuis les vitrines, depuis les voitures qui passaient. Les petites villes n'offraient aucune intimité, surtout pour les personnes de passage. — Je vous appellerai quand j'arriverai à Brisbane, a-t-elle dit. — Et à nouveau quand je repartirai demain.

May a tendu la main soudain, a serré celle de Zara. Le contact a été bref mais ferme, la gratitude et la confiance passant dans ce geste simple. Puis elle s'est tournée et elle a marché vers le restaurant, sa posture se redressait à chaque pas, l'armure familière de la dignité reprenait sa place.

Zara l'a regardée s'éloigner, sentant la responsabilité peser sur ses épaules plus lourdement que le téléphone dans sa poche. Ce n'était plus seulement sauver sa carrière, ni même découvrir la vérité pour elle-même. C'était une mère qui vivait avec une incertitude insupportable depuis onze ans, un père qui se réfugiait dans le travail plutôt que d'affronter son chagrin, une jeune femme talentueuse à qui on a volé la vie par une violence déguisée en accident.

Elle s'est détournée, repartant vers son motel pour faire sa valise, ses pas s'accéléraient. Au coin, elle s'est arrêtée et a regardé vers le ravin où le ruisseau coulait placidement entre ses berges. De cette distance, cela paraissait paisible, ordinaire, impossible à imaginer comme la scène d'une violence qui a mis fin à une vie et en a brisé d'autres.

Zara a pensé à Iris traversant cette passerelle lors de sa dernière nuit, rencontrant peut-être quelqu'un en qui elle avait confiance, quelqu'un qui a trahi cette confiance de la pire des manières. A-t-elle laissé tomber le téléphone par accident pendant une lutte ? L'a-t-on caché volontairement après coup ? Les questions se multipliaient, mais pour la première fois depuis son arrivée à Salt Creek, Zara a eu le sentiment qu'elles allaient enfin avoir une piste vers des réponses.

— Je ne vous laisserai pas tomber, a-t-elle chuchoté, une promesse destinée à Iris comme à May, même si aucune ne pouvait l'entendre. — Quoi qu'il vous soit arrivé cette nuit-là, on va le découvrir. Et quelqu'un finira par en répondre.

Sur ce, elle s'est retournée et s'est éloignée, se préparant déjà mentalement pour la route vers Brisbane, les conversations avec Dev, la manipulation soigneuse de ce qui était peut-être leur pièce à conviction la plus importante. Le téléphone dans sa poche n'était pas qu'un appareil ; c'était la clé qui pouvait enfin ouvrir la vérité sur la fille du ruisseau.

ONZE

LA BRUCE HIGHWAY S'ÉTENDAIT devant Zara, la chaleur ondulait au-dessus du bitume tandis que le soleil de l'après-midi tapait à travers son pare-brise. Six heures de route avec pour seules compagnes ses pensées et la radio. Six heures pour rejouer chaque moment au ruisseau avec May Zhang, pour sentir le téléphone d'Iris contre sa cuisse à travers le tissu de sa poche, pour calculer et recalculer la toile de liens qui se tissait à Salt Creek et qui menait, d'une façon ou d'une autre, au corps d'une fille de dix-sept ans dans 15 centimètres d'eau.

Les champs de canne laissaient place à de la brousse rabougrie, puis de nouveau à des terres agricoles, le paysage s'imprimait à peine tandis que son esprit filait. Onze ans. Le téléphone était resté coincé dans ce pont pendant onze ans tandis que May et David Zhang vivaient avec le mensonge officiel sur la mort de leur fille. Pendant que le ou les responsables restaient libres, se construisant une vie sur le fondement de ce mensonge.

— S'il y a des messages, a dit May, je veux savoir. Même s'ils sont difficiles à entendre.

Zara a resserré sa prise sur le volant, et ses jointures ont blanchi. L'effraction dans sa chambre de motel a pris une nouvelle importance. Quelqu'un pensait qu'elle se rapprochait. Quelqu'un avait peur de ce qu'elle pourrait découvrir. Et maintenant, si quelqu'un découvrait qu'elle a emporté des éléments de preuve de la scène d'un décès, d'un accident ou d'un meurtre, sa crédibilité serait détruite, tout comme la moindre chance de justice pour Iris.

Son téléphone a émis un bip de notification. Dev confirmait qu'il serait chez lui à son arrivée. Elle a appelé avant, mais elle est restée vague sur les raisons de son retour ; elle n'a pas voulu expliquer au téléphone ce qu'elle apportait. Mieux valait lui montrer en personne. Dev comprenait la discrétion mieux que la plupart ; son activité annexe d'aide à la récupération de données perdues lui a appris quand il valait mieux ne pas poser de questions.

Quand les banlieues nord de Brisbane ont commencé à empiéter sur l'autoroute, les épaules de Zara se sont un peu détendues. Elle a laissé derrière elle les regards de Salt Creek, au moins pour une nuit. Plus de surveillance de petite ville, plus de Garrett et de ses yeux gris-bleu qui voyaient trop, plus de questions fouilleuses des habitants qui se demandaient pourquoi elle refusait de laisser les choses en l'état. Juste sa maison en bois à Aspley, avec ses gouttières affaissées, et le coloc qui était probablement ce qu'elle avait de plus proche d'un meilleur ami.

La lumière de fin d'après-midi baignait la rue de reflets dorés quand elle a tourné dans l'allée, et le crissement familier du gravier sous les pneus était plus réconfortant qu'elle ne l'aurait cru. La maison paraissait exactement inchangée : la peinture blanche s'écaillait aux angles, la porte moustiquaire penchait légèrement, des herbes en pot sur les marches, à des stades divers de négligence malgré les promesses de soins de Dev.

Avant qu'elle puisse chercher ses clés, la porte s'est ouverte, révélant Dev, sa silhouette longiligne remplissant l'embrasure, les lunettes glissant sur son nez comme toujours.

— La podcasteuse prodigue est de retour ! s'est-il exclamé. Il a fait un pas, puis il a hésité, sa gaucherie sociale reprenait le dessus. — C'est un moment câlin ? Ton dernier épisode était brillant, donc je pense que ça s'impose.

Zara s'est surprise à sourire malgré tout. — Clairement un moment câlin, a-t-elle dit. Elle a laissé tomber son sac à dos pour accepter son étreinte brève, un peu raide.

— Tu as une sale tête, a-t-il observé en se reculant, fidèle à son honnêteté habituelle. Tu dors mal, là-haut, dans le Queensland des petites villes ?

— Je ne dors pas beaucoup, tout court. Elle a repris son sac et elle l'a suivi à l'intérieur ; l'odeur familière d'électronique, de café et la légère odeur chimique des produits de Dev l'accueillaient. — Ça me ferait du bien de passer une nuit dans mon propre lit. Mais je ne suis pas là pour ça ; j'ai apporté quelque chose pour lequel j'ai besoin de ton aide.

L'espace de Dev s'est étendu davantage sur les pièces communes depuis son départ : des circuits imprimés et du matériel de soudure s'étendaient sur la table de la salle à manger, trois écrans au lieu de deux trônaient désormais sur le bureau du coin. Mais il a gardé son fauteuil préféré libre pour elle, le tissu bleu usé l'appelait comme un vieil ami.

— Un thé d'abord ? Ou on passe direct aux choses sérieuses ?, a-t-il demandé, se dirigeant déjà vers la bouilloire électrique, devinant à sa posture son besoin de caféine.

— Les affaires, a dit Zara en fouillant prudemment dans sa poche. C'est... délicat, Dev. Bien au-delà de tes missions habituelles.

Ses sourcils se sont haussés au-dessus de ses lunettes, la curiosité éveillée. — Intriguant. Tu sais que je vis pour les défis.

Au salon, Zara a déballé le téléphone de plusieurs couches de tissu — une écharpe, puis un T-shirt — dont elle s'est servie pour l'amortir pendant le trajet. Elle l'a posé délicatement sur la table basse entre eux, ses gestes étaient presque révérencieux, consciente de ce que cet appareil avait peut-être vu.

— J'ai des raisons de penser que c'est le téléphone d'Iris Zhang, a-t-elle dit à voix basse.

Les yeux de Dev se sont écarquillés ; son regard allait du téléphone au visage de Zara.— La fille du ruisseau ? Son véritable téléphone ? Ses mains sont restées le long du corps, sans toucher l'appareil, il reconnaissait le poids de ce qui se trouvait devant eux. Où est-ce que tu... non, en fait, ne me dis pas les détails. Je suppose que la police ne te l'a pas remis officiellement.

— Non, a confirmé Zara. Et j'ai besoin d'une confidentialité absolue. Aucune question sur la chaîne de possession, aucune discussion avec qui que ce soit.

Il a hoché la tête une fois, d'un geste net.Puis sa curiosité professionnelle a repris le dessus ; il s'est penché, examinant le téléphone sans le toucher.— Samsung Galaxy S3, sorti en 2012, donc il était assez récent quand elle est morte en 2014.Ses yeux suivaient les fissures de l'écran, la corrosion visible sur les bords.— Dégâts importants, peut-être pas autant que ce à quoi je m'attendrais après onze ans d'exposition ?Il a lancé à Zara un regard interrogateur.

— Il était dans un endroit semi-abrité, a-t-elle esquivé.

Il est allé chercher une petite trousse dans sa chambre et l'a ouverte pour révéler des outils : pinces, micro-tournevis, loupe avec éclairage.— Laisse-moi l'examiner comme il faut.

Zara regardait pendant que Dev démontait délicatement le téléphone. Il documentait chaque étape avec la caméra de son propre téléphone, marmonnait des observations techniques à mi-voix et alignait chaque pièce en une rangée nette au fur et à mesure. Malgré sa gêne sociale de tout à l'heure, avec de la technologie entre les mains, Dev bougeait comme un chirurgien.

— La batterie est complètement dégradée, comme prévu, a-t-il dit en séparant les composants avec soin. Les circuits internes montrent une corrosion étendue. Le processeur est probablement endommagé au-delà de toute récupération.Il a levé les yeux et a croisé directement le regard de Zara.— Mais j'ai une bonne nouvelle. Il y a une carte microSD.

Il a levé un minuscule carré de plastique à contacts métalliques, miraculeusement intact.— Ces petites choses sont étonnamment résistantes. Le boîtier l'a protégée d'une exposition directe. Il y a une chance raisonnable — pas une garantie, mais une chance — que je puisse en récupérer des données.

— Ça prendrait combien de temps ?, a demandé Zara.

Le visage de Dev est devenu sérieux.— Une semaine, minimum. Peut-être plus. Je vais devoir nettoyer les contacts, créer un environnement de récupération sur mesure, peut-être même réparer la carte elle-même.Il a reposé le composant avec précaution.— Et Zara, je préfère être clair : ça peut ne pas marcher. Après onze ans dans ces conditions, les données peuvent être corrompues au point d'être irrécupérables.

Elle a hoché la tête, l'épuisement l'a submergée d'un coup. L'adrénaline de la découverte, la longue route, le poids de la confiance de May, tout l'a percutée en même temps. Elle s'est affaissée dans le fauteuil, son corps reconnaissait enfin la tension des dernières semaines.

— Je comprends, a-t-elle dit. Mais on doit essayer. C'est la seule piste qui n'a pas été contaminée par onze ans de silence de petite ville.

Dev a levé la tête du téléphone démonté ; ses doigts arrangeaient encore les composants. — Zara, a-t-il dit, sa voix passant du technique au personnel, tu es en sécurité, là-haut ? Ces effractions, ces menaces anonymes... on dirait que tu as remué quelque chose de sérieux.

La question planait entre eux, directe et inévitable. Zara a attrapé sa gourde et a pris une gorgée pour gagner un instant de réflexion. La vérité était compliquée : des menaces inconnues, un détective qu'elle n'arrivait pas tout à fait à cerner, une ville aux secrets enfouis pour lesquels certains étaient prêts à tuer. Mais elle a perfectionné l'art de la dissimulation décontractée au fil d'années de travail d'enquête.

— Bien sûr que oui, a-t-elle répondu, d'un ton léger, désinvolte. — Les petites villes, c'est du vent. Elles veulent me faire fuir, mais en réalité elles ne sont pas dangereuses.

Les yeux de Dev se sont plissés derrière ses lunettes. Il la connaissait depuis assez longtemps — un an de factures partagées, de plats à emporter et de conversations nocturnes occasionnelles — pour reconnaître la cadence particulière que prenait sa voix quand elle n'était pas tout à fait sincère. Ses doigts se sont immobilisés sur la carte microSD, mais il n'a pas insisté davantage. C'était leur arrangement tacite : respecter les limites de l'autre, même quand ils soupçonnaient que ces limites cachaient des ennuis.

— Eh bien, ta carrière de podcasteuse n'est certainement pas en danger, a-t-il dit, changeant de cap. — Ton nombre d'abonnés a triplé depuis le premier épisode. Les statistiques que je suis montrent des taux d'engagement qui feraient pleurer de joie des annonceurs.

Un soulagement a envahi Zara au changement de sujet.— C'est surréaliste, a-t-elle admis. — Après la catastrophe Little Girls Lost, je pensais que c'était fini pour moi. Elle a passé une main dans ses cheveux, encore surprise par son propre succès. — J'ai payé la mensualité du prêt immobilier de ce mois-ci et j'ai épongé la dette de carte bancaire avec mes économies. La grosse rentrée, près de trente mille dollars, devrait tomber le mois prochain.

— Trente mille ? Dev a sifflé doucement. — Pour seulement quatre épisodes ?

— L'algorithme m'aime de nouveau, a-t-elle dit en haussant les épaules, même si une pointe de fierté perçait malgré son air nonchalant. — Les gens se soucient d'Iris maintenant. Ils veulent qu'elle ait justice.

— Ils veulent le prochain épisode, a corrigé Dev, sans malice. — Tu les as accrochés avec un mystère ignoré depuis plus de dix ans. Et la qualité de production est exceptionnelle, surtout vu que tu fais tout toute seule.

Zara a souri, se permettant de savourer l'instant. Après des mois de chute libre professionnelle, elle a retrouvé ses marques.— Je pensais qu'on devrait fêter ça avec du thaï de ce restau absurdement cher à Chermside, a-t-elle proposé. — C'est pour moi.

— Audacieux, financièrement, a lâché Dev d'un ton plat, mais ses yeux se sont allumés à la perspective.

Pendant que Dev passait leur commande — curry vert pour elle, curry massaman pour lui, rouleaux de printemps à partager —, Zara est allée à la cuisine préparer du thé. La routine familière de remplir la bouilloire, de choisir des mugs, de mesurer les feuilles dans l'infuseur l'a apaisée. De là, elle pouvait observer Dev au travail, la posture penchée, concentrée sur le téléphone d'Iris, complètement absorbé.

Elle a eu de la chance avec lui comme colocataire. Il comprenait ses horaires irréguliers et son besoin ponctuel de silence absolu quand elle travaillait. Leur amitié se développait peu à peu, fondée sur le respect mutuel des limites et une estime partagée pour la compétence technique.

— À propos de ces commentaires anonymes, a dit Dev quand elle est revenue avec le thé. Il a pris son mug. — J'ai fouiné un peu.

— Bien sûr que oui, a répliqué Zara en se calant dans le fauteuil. L'idée que Dev se faisait de la détente consistait souvent à remonter des miettes numériques juste pour voir où elles menaient. — Tu as trouvé quelque chose d'intéressant ?

— Intéressant n'est pas le mot. Il a posé son mug, l'expression soudain grave. — Je me suis heurté à une barrière en cybersécurité qui ne devrait pas exister pour des trolls au hasard. Celui qui a laissé ces commentaires sait ce qu'il fait : bon chiffrement, VPN sophistiqué, peut-être même des protocoles de sécurité de niveau gouvernemental.

Un frisson glacé a glissé le long de l'échine de Zara malgré la chaleur du mug entre ses mains. — De niveau gouvernemental ? Tu veux dire des systèmes de police ?

Dev a haussé les épaules, mais ce geste décontracté ne correspondait pas à l'inquiétude dans ses yeux. — Possible. Ou militaire. Ou quelqu'un qui a appris ces techniques par des voies officielles. L'idée, c'est que ce ne sont pas juste des locaux en colère tapotant sur leur téléphone. C'est quelqu'un de formé.

L'implication pesait lourd entre eux. Zara a pensé à Garrett, à ses yeux gris-bleu et à ses avertissements mesurés. À Kirsty Cannon et à ses connexions politiques. Jusqu'où s'étendait la toile de protection autour de la mort d'Iris ?

— Il y a autre chose, a repris Dev. Il a remonté ses lunettes sur son nez. — Le schéma temporel suggère que quelqu'un surveille tes mises en ligne en temps réel. Les commentaires apparaissent à quelques minutes de la mise en ligne, de façon assez régulière pour indiquer des alertes automatisées.

Les doigts de Zara se sont crispés autour de son mug.— Donc quelqu'un surveille tout ce que je publie. Immédiatement.

— Et qui répond avec des messages de plus en plus hostiles. Dev a planté son regard dans le sien. — Zara, je te connais assez pour savoir que tu ne lâcheras pas cette histoire. Mais fais attention. Quoi que tu aies remué, ça inquiète des gens.

— Je ferai attention, a-t-elle promis, des mots automatiques, creux.

Dev a soupiré, reconnaissant le vide de son assurance.— Au moins, garde tes portes fermées à clé et donne-moi des nouvelles régulièrement ? Je m'inquiète.

La sonnette les a interrompus : leur repas arrivait. Pendant qu'ils étalaient les boîtes sur la table basse, le téléphone démonté soigneusement posé de côté, Zara s'est sentie reconnaissante envers Dev. Il n'allait pas la presser de donner des détails qu'elle n'était pas prête à partager, n'allait pas exiger qu'elle abandonne l'enquête, n'allait pas lui faire la leçon sur les risques. À la place, il l'aiderait comme il le pouvait : récupérer des données depuis des sources impossibles, suivre des traces numériques, offrir un refuge quand elle avait besoin de se remettre.

— À La Fille du Ruisseau, a dit Dev en levant un rouleau de printemps comme pour trinquer. — Qu'elle te mène à la vérité et à un compte en banque en bonne santé.

Zara a fait tinter son propre rouleau de printemps contre le sien, appréciant sa tentative d'alléger l'atmosphère. — À la vérité, a-t-elle renchéri. — Et aux amis qui ne posent pas trop de questions.

Il a souri, mais ses yeux sont restés sérieux derrière ses lunettes. Ils savaient tous les deux qu'elle allait revenir à Salt Creek le lendemain, vers des dangers que ni l'un ni l'autre ne comprenait entièrement. Mais pour ce soir, ils pouvaient faire semblant que la plus grande menace était de choisir entre reprendre du curry vert ou garder de la place pour le riz gluant à la mangue sur lequel ils ont craqué pour le dessert.

Des champs de canne défilaient derrière les vitres de la voiture en rangées sans fin, ponctués de petites villes qui apparaissaient puis disparaissaient comme des pensées fugaces. Zara a quitté Brisbane à l'aube, impatiente de revenir à Salt Creek avant que quiconque ne remarque son absence, même si, apparemment, c'était trop tard si l'enquête de Dev sur les commentaires anonymes était juste. Quelqu'un surveillait de près son contenu. Savaient-ils aussi qu'elle a quitté la ville dans la nuit ? Soupçonneraient-ils pourquoi ?

La valise de vêtements propres sur la banquette arrière lui paraissait une petite victoire. Des chemises propres, des sous-vêtements pas rincés dans le lavabo du motel, son short préféré qu'elle a laissé au départ en pensant que cette enquête prendrait des jours plutôt que des semaines. De petits réconforts pour une situation qui s'annonçait de plus en plus inconfortable.

Le souvenir du téléphone d'Iris, à présent soigneusement démonté dans l'atelier de Dev, pesait sur son esprit. Elle a fait une promesse à May : tenir la police à l'écart de cette découverte, suivre les indices où qu'ils la mènent sans ingérence officielle. Mais après les révélations de Dev sur la sécurité sophistiquée derrière ces menaces anonymes, elle ne pouvait pas s'empêcher de se demander si elle a fait le bon choix. Si Garrett était impliqué dans l'étouffement de l'affaire, retenir des preuves était justifié. S'il ne l'était pas, elle entravait potentiellement la justice pour Iris.

Elle a laissé Dev penché sur son établi, déjà en train de préparer des solutions de nettoyage spécialisées pour la carte microSD. — N'attends pas de résultats rapides, a-t-il averti. — Ce type de récupération est minutieux. — Et Zara... Son expression était inhabituellement grave. — Fais attention à qui tu en parles. Si quelqu'un est allé aussi loin pour t'intimider, il ne s'arrêtera pas aux effractions et aux menaces en ligne.

Le panneau de bienvenue familier de Salt Creek a apparu, des lettres délavées sur une peinture écaillée. Zara a ralenti en entrant dans la commune, passant devant le Golden Horse et sa signalétique rouge et or. Un mouvement à l'intérieur a attiré son regard : May essuyait des tables avant le coup de feu du déjeuner. Elle devrait contacter les Zhang, les tenir au courant de l'évaluation de Dev sans leur donner de faux espoirs. Mais cette conversation devrait attendre. D'abord, elle devait se réinstaller dans sa chambre, planifier sa prochaine étape, vérifier si autre chose avait été dérangé pendant son absence.

Le parking du Salt Creek Motel était presque vide ; la plupart des clients avaient quitté l'établissement ce matin-là et les nouveaux n'étaient pas encore arrivés. Zara a garé sa voiture à sa place habituelle, a récupéré sa valise et son sac à bandoulière avant d'entrer dans sa chambre. La nouvelle serrure que Garrett avait fait installer luisait au soleil, une petite concession à la sécurité dans un endroit où les secrets semblaient suinter à travers les murs.

La chambre semblait intacte, exactement comme elle l'avait laissée. Zara a posé sa valise sur le lit ; les ressorts familiers ont grincé sous le poids. Elle l'avait à peine dézippée quand un coup sec à la porte l'a fait sursauter, trois frappes nettes qu'elle a reconnues immédiatement. Son rythme cardiaque a accéléré d'une manière qu'elle refusait d'analyser de trop près.

Quand elle a ouvert, Garrett se tenait dans l'embrasure, la posture rigide, les yeux gris-bleu fouillant son visage comme s'il cherchait des blessures. Il portait son uniforme aujourd'hui ; la chemise bleu clair rendait ses yeux plus gris que bleus, le pantalon sombre était repassé au cordeau. Le professionnel jusqu'au bout des ongles, à ceci près qu'un éclair décidément peu professionnel traversait son regard.

— Où étais-tu ? a-t-il demandé, la voix tendue par quelque chose qui pouvait être de la colère ou de l'inquiétude. Tu n'es pas revenue au motel hier soir.

Zara a haussé un sourcil et s'est délibérément adossée au chambranle. — Je ne savais pas que je devais te prévenir si je rentrais chez moi pour une nuit.

Son masque professionnel a glissé ; la frustration transparaissait. — Je me suis inquiété pour toi, a-t-il lâché, comme si on avait dû lui arracher l'aveu. Avec l'effraction, les menaces... Je suis passé hier soir pour prendre de tes nouvelles, et tu n'étais pas là. Ta voiture n'y était plus. Aucun mot, aucun message.

— Inquiet dans l'exercice de tes fonctions de sergent-détective attitré de Salt Creek ? a-t-elle piqué, en ignorant la chaleur qui se diffusait en elle à son sujet.

— Zara.

Rien que son prénom, dit comme ça, a défait quelque chose en elle.

Elle ne savait pas qui avait bougé le premier. Peut-être tous les deux, attirés par le courant qui courait entre eux depuis Childers. Sa bouche a trouvé la sienne, chaude et exigeante ; sa main s'est plaquée dans le creux de ses reins pour la ramener contre lui. Elle a répondu aussitôt, les doigts agrippant le tissu de sa chemise d'uniforme, le baiser s'approfondissant.

Puis la réalité est revenue en pleine figure. Le téléphone. La confiance de May. Les preuves qu'elle avait retirées de Salt Creek, des preuves que cet homme, ce policier, avait l'obligation professionnelle de collecter. Des preuves qu'elle lui cachait délibérément.

Zara s'est raidie, s'est dégagée, a mis de la distance. Les yeux de Garrett se sont assombris quand il a enregistré le changement ; ses mains sont retombées le long de son corps.

— Qu'est-ce qu'il y a ? a-t-il demandé, la voix rauque.

— Rien, a-t-elle menti, le mot au goût amer. Je... c'est compliqué. Tu es policier. J'enquête sur une affaire que ton service a classée il y a des années.

Ce n'était pas faux, seulement incomplet. Elle ne pouvait pas lui parler du téléphone sans trahir May. Elle ne pouvait pas continuer à l'embrasser sans avoir l'impression de trahir sa propre éthique professionnelle. Des loyautés contradictoires se tordaient en elle.

— Ce n'est pas ça, a dit Garrett, les yeux se plissant légèrement tandis qu'il étudiait son visage. Il y a autre chose. Quelque chose que tu ne me dis pas.

La culpabilité a traversé son visage malgré tous ses efforts pour la masquer. Elle n'avait jamais été douée pour cacher ses émotions ; c'est pourquoi elle préférait être derrière un micro plutôt que devant une caméra. Elle a reculé davantage dans la chambre ; elle avait besoin d'espace pour réfléchir.— Il y a plein de choses que je ne te dis pas. Comme je suis sûre qu'il y a des choses que tu ne me dis pas.

Garrett la regardait ; le détective en lui cataloguait visiblement ses réactions, lisait les signes subtils qu'elle ne contrôlait pas. Sa posture a changé, presque imperceptiblement, de l'homme qui l'avait embrassée à l'officier qui l'avait mise en garde contre cette enquête.

— Tu as trouvé quelque chose, a-t-il dit, sur le ton de l'affirmation. Pendant ton absence.

Zara a gardé une expression neutre, fruit d'années de formation journalistique.— Je suis rentrée pour prendre des vêtements propres et vérifier ma maison. Tout ne tourne pas autour de l'enquête.

Ses yeux ne quittaient pas les siens, à la recherche de la vérité qu'elle lui cachait.— Si, non ? Pour toi ? a-t-il repris après un silence lourd de questions inavouées. Fais attention, Zara. Quoi que tu fasses, qui que tu protèges... tu n'as pas encore toutes les cartes en main.

L'avertissement restait en suspens entre eux, assez ambigu pour qu'elle ne sache pas s'il la menaçait ou s'il se souciait réellement de sa sécurité. Peut-être les deux. La complexité de leur relation — adversaires professionnels, alliés réticents, quoi que soit cette attirance physique — rendait chaque interaction aussi piégée qu'un champ de mines.

— Je devrais défaire ma valise, a-t-elle dit finalement en désignant la valise ouverte.

Garrett a hoché la tête une fois, acceptant le congé même si ses yeux lui disaient que cette conversation n'était pas terminée.— Verrouille ta porte, a-t-il dit en se tournant pour partir. Et Zara ? La prochaine fois que tu décides de disparaître pour la nuit, un petit mot serait apprécié.

La porte s'est refermée derrière lui. Zara est restée immobile, elle a écouté ses pas s'éloigner ; ses lèvres picotaient encore de son baiser, et le poids de son secret pesait lourd sur sa conscience. Une semaine, avait dit Dev. Une semaine avant qu'ils puissent peut-être savoir ce qu'il y avait dans le téléphone d'Iris. Une semaine pour naviguer dans les eaux de plus en plus dangereuses de Salt Creek sans se noyer dans ses secrets, ni dans les profondeurs gris-bleu des yeux de Garrett Pennell.

Douze

Zara a regardé sa montre pour la troisième fois en autant de minutes, puis a de nouveau scruté l'entrée du lycée de Salt Creek. D'après la secrétaire du lycée, la proviseure Eleanor Hargrove finissait en général son travail administratif à quatre heures, ce qui laissait à Zara environ quinze minutes pour l'intercepter. La même Eleanor Hargrove qui avait enseigné l'anglais ici quand Iris était élève, la prof dans la classe de laquelle Iris avait réellement été, contrairement à ce que Zara avait dit par erreur dans son podcast. Une petite erreur, mais que des commentateurs anonymes avaient immédiatement exploitée. Des auditeurs qui connaissaient trop bien l'établissement pour être de simples trolls d'Internet.

Elle a changé d'appui contre l'eucalyptus, essayant de trouver de l'ombre sur le parking du lycée. La sonnerie finale avait retenti quarante-cinq minutes plus tôt, à trois heures, et la plupart des parents avaient déjà récupéré leurs enfants. Quelques traînards sortaient encore du bâtiment, en criant des au revoir à des amis.

Un groupe de grands élèves est passé, jetant à Zara des regards curieux. Une fille a chuchoté à une autre, et Zara a saisi les mots « la dame du podcast » avant qu'elles n'éclatent de rire. À Salt Creek, les nouvelles allaient vite ; elle devenait une petite célébrité, même si restait à voir si cela allait aider ou freiner son enquête.

Elle a changé de jambe d'appui ; l'humidité faisait coller sa chemise désagréablement dans son dos. Une autre conversation avec Jane Goulding avait clairement montré qu'Eleanor Hargrove pourrait avoir des éclairages précieux sur les dernières semaines d'Iris. Jane avait mentionné que la tension entre Iris et Kirsty se remarquait en classe. Eleanor Hargrove avait été la prof d'anglais des deux filles.

Un mouvement sur le parking a attiré son attention. Un SUV argent profilé s'est garé sur une place et Kirsty Cannon est sortie, des lunettes de soleil posées sur ses cheveux blond miel, une robe bleue ajustée qui parvenait à paraître à la fois professionnelle et accessible. Elle a balayé du regard la cour du lycée avant que son regard ne se pose sur Zara.

Même à cette distance, Zara voyait que les yeux de Kirsty étaient cernés de rouge. Alors qu'elle s'approchait, sa démarche semblait délibérée, une mise en scène publique soignée plutôt qu'une rencontre fortuite. Elle s'est placée directement sur le trottoir, s'assurant une visibilité maximale depuis la route et pour quiconque pouvait sortir de l'école.

— Zara, a appelé Kirsty, sa voix portant juste assez pour attirer l'attention sans donner l'impression de la chercher. — Je suis tellement contente de vous croiser.

Zara s'est redressée, ses réflexes de journaliste en alerte.— Conseillère Cannon. C'est inattendu.

— S'il vous plaît, c'est juste Kirsty. Elle s'est arrêtée à une distance mesurée d'un bras, assez près pour l'intimité mais assez loin pour la bienséance. Sa voix tremblait légèrement, un frémissement qui semblait calibré plutôt qu'incontrôlable. — Je voulais vous parler de votre podcast.

— J'écoute, a répondu Zara d'un ton neutre.

— Ça fait tellement de mal, a dit Kirsty, ses yeux se remplissant de larmes sans tout à fait couler. — Pour nous tous. La ville commençait à se remettre, et maintenant... Elle a fait un geste impuissant, le mouvement élégant malgré la détresse apparente. — Vous rouvrez des plaies qui ne se sont jamais vraiment refermées.

Zara observait le visage de Kirsty, le mascara impeccable qui ne s'était pas étalé malgré ses pleurs supposés, le tremblement soigneusement maîtrisé de sa lèvre inférieure. — Je comprends que cela doit être difficile, a-t-elle dit. — Surtout pour quelqu'un qui était proche d'Iris.

— Nous étions meilleures amies, a dit Kirsty, sa voix est tombée en un chuchotement douloureux. Une larme a fini par déborder, traçant sa joue au ralenti. — Depuis l'école primaire. Je la connaissais mieux que personne. Elle a essuyé la larme. — C'est pour ça que ça fait si mal. La voir réduite à... du contenu.

Le choix de ce mot paraissait délibérément provocateur, conçu pour la mettre sur la défensive. Elle est restée calme, observant comment les yeux de Kirsty fusaient par instants pour s'assurer que leur public restait accroché.

— Je n'essaie pas de réduire Iris à du contenu, a répliqué Zara d'un ton égal. — J'essaie de comprendre ce qui lui est arrivé. L'explication officielle ne colle pas avec les faits.

— Des faits ?, a craqué parfaitement la voix de Kirsty. — Et le fait que ses parents doivent revivre leur pire cauchemar ? Et le fait que notre communauté soit dépeinte comme... comme quoi ? Des conspirateurs ? Des meurtriers ? Une autre larme, un autre geste élégant pour l'essuyer. — Ce n'est pas seulement à propos d'Iris. C'est à propos de nous tous qui l'avons aimée.

Zara a remarqué comment Kirsty mettait l'accent sur la douleur de la communauté plutôt que sur son chagrin personnel, comment chaque référence à Iris revenait à l'expérience collective de la ville.— Si vous étiez aussi proche d'Iris que vous le dites, vous ne voudriez pas savoir la vérité sur ce qui lui est arrivé ?

L'expression de Kirsty a changé, un éclair si bref que Zara aurait pu le manquer si elle n'avait pas observé de près. Derrière les larmes, une froideur a traversé ses yeux avant que le masque de sollicitude ne revienne.

— La vérité ?, a dit Kirsty. — La vérité, c'est que des accidents arrivent, même aux gens prudents. La vérité, c'est que parfois il n'y a pas de coupables, seulement une tragédie. Elle a touché le bras de Zara, ses doigts froids malgré la chaleur. — S'il vous plaît. Pour tous ceux qui la connaissaient et l'aimaient. Laissez Iris en paix.

— Je ne peux pas faire ça, a dit Zara fermement en se reculant du contact de Kirsty. — Pas quand des éléments laissent penser qu'Iris ne s'est pas noyée accidentellement.

La détresse calculée sur le visage de Kirsty a vacillé une fraction de seconde.— Des éléments ?, a-t-elle répété, la voix soudain plus tranchante avant de s'adoucir de nouveau. — Quelles preuves pourraient encore exister après onze ans ?

— C'est pour ça que je suis ici, a répondu Zara en soutenant sans ciller le regard de Kirsty. — Et je n'arrêterai pas avant de comprendre ce qui s'est vraiment passé cette nuit-là.

Le maintien de Kirsty a de nouveau flanché, la froideur a remplacé le chagrin dans ses yeux pendant un battement de cœur avant qu'elle ne reprenne le contrôle. La transformation était dérangeante, comme si une autre personne surgissait brièvement avant d'être aussitôt remisée.

— Vous mettez les gens mal à l'aise, a dit Kirsty, sa voix se durcissant malgré les larmes encore accrochées à ses cils. — Iris aurait détesté ça.

L'affirmation sonnait faux au regard de tout ce que Zara connaissait d'Iris, une cinéaste talentueuse qui documentait l'histoire de la ville, qui créait un art fait pour être vu, qui poursuivait ses ambitions créatives jusqu'à déposer une demande d'admission anticipée à l'université.

— Je pense qu'Iris voudrait la vérité, a rétorqué Zara à voix basse. — D'après tout ce que j'ai appris sur elle, elle valorisait la franchise par-dessus tout.

Le sourire de Kirsty s'est crispé, n'atteignant plus ses yeux.— Vous ne la connaissiez pas, a-t-elle dit, chaque mot précis malgré son état apparemment ému. — Moi, si. Elle a jeté un coup d'œil à sa montre, le geste a brisé l'intensité du moment. — Je dois y aller. J'ai une réunion du conseil.

Elle s'est retournée, composée et élégante malgré la démonstration d'émotion d'il y a quelques instants, et elle est repartie vers son SUV. Le soleil a accroché ses cheveux tandis qu'elle s'éloignait, la posture parfaite, les pas mesurés, sans la moindre indication qu'elle venait de pleurer sa soi-disant meilleure amie.

Zara la regardait partir, désormais certaine que le numéro de meilleure amie inquiète était exactement cela : un numéro. Sous le vernis de Kirsty, quelque chose d'impitoyable se cachait. La question était de savoir si ses mains étaient tachées par la mort d'Iris, et quelles preuves pourraient la relier à cette nuit-là au ruisseau.

Elle s'est tournée de nouveau vers l'entrée de l'école, plus déterminée que jamais à parler à Eleanor Hargrove. Si Kirsty s'investissait autant pour étouffer l'enquête, Zara devait se rapprocher de la vérité. Et Kirsty ne s'arrêterait pas aux larmes publiques et aux mises en garde voilées. Les enjeux venaient de monter d'un cran, et Zara devait agir vite avant que la moindre preuve restante ne disparaisse complètement, comme l'ordinateur portable d'Iris a disparu il y a toutes ces années.

La déception pesait sur Zara tandis qu'elle retournait au motel, le soleil de l'après-midi cognant encore. La proviseure Hargrove s'est révélée une perte de temps : cordiale mais distante, affirmant se souvenir à peine d'Iris Zhang.— Tant d'élèves au fil des années, a-t-elle dit avec un sourire qui n'atteignait pas ses yeux. — Et je suis devenue proviseure peu après. Les charges administratives ont tendance à brouiller les souvenirs de la salle de classe. Un trou de mémoire bien commode qui portait la patte de Kirsty Cannon.

En marchant, Zara repassait mentalement la prestation de Kirsty à l'école. Les larmes soigneusement calibrées, le positionnement stratégique en pleine vue, les moments où son masque glissait pour laisser voir quelque chose de froid et calculateur sous le chagrin. Ce n'était pas le comportement de quelqu'un qui pleurait une vieille amie ; c'était la désespération de quelqu'un qui avait quelque chose à cacher.

Avec un soupir, elle a fouillé dans sa poche pour sa carte magnétique. Elle irait chercher à dîner au Golden Horse et le mangerait en relisant des documents arrivés dans sa boîte mail plus tôt dans la journée ; quelques autres rapports de police initiaux, qui arrivaient au compte-gouttes depuis quelques jours mais ne révélaient rien qu'elle ne savait déjà.

Elle était presque à sa porte, la carte déjà tendue prête à entrer dans la serrure, quand elle a perçu que quelque chose n'allait pas. Sa voiture semblait trop basse, penchée étrangement d'un côté.

Sa voiture, garée juste devant sa porte bien en vue depuis la rue, a été vandalisée sauvagement. Ses quatre pneus tout neufs étaient lacérés, non pas simplement crevés mais déchirés à vif, des fils de caoutchouc étalés sur le gravier comme des organes éventrés. Les entailles évoquaient un couteau bien affûté et une force délibérée, pas un acte de vandalisme au hasard.

Son cœur battait contre ses côtes tandis qu'elle s'approchait du véhicule, fouillant du regard le parking désert à la recherche de témoins, de l'auteur, de n'importe qui. La porte du bureau du motel était fermée, le panneau CHAMBRES LIBRES clignotait au soleil de l'après-midi. Sa voiture était la seule sur le parking ; on était en semaine et le motel serait calme, peut-être quelques voyageurs tardifs qui s'enregistreraient plus tard.

Aucun témoin. Elle savait déjà qu'il n'y avait pas de caméras ; Garrett s'est montré furieusement agacé à ce sujet après l'effraction dans sa chambre.

Elle contournait le capot. Quelque chose de blanc a attiré son regard : un morceau de papier plié, coincé sous l'essuie-glace.

Du bout des doigts qui tremblaient, elle l'a retiré. Le papier était chaud, après avoir cuit au soleil contre la vitre. Le message était écrit à la main au feutre noir ; les lettres, anguleuses et appliquées, étaient manifestement déguisées :

STOP DIGGING OR JOIN HER

Cinq mots. Vingt lettres. Une vie de menaces compressée en une seule ligne.

La bile lui est remontée dans la gorge, acide et brûlante. On a délibérément détruit ses pneus neufs — une dépense importante, un engagement à rester à Salt Creek jusqu'à ce qu'elle découvre la vérité — pour envoyer un message. La progression était claire : harcèlement en ligne, l'effraction, et maintenant cette menace physique associée à des dégradations. C'était une escalade qui reflétait l'avancée de son enquête.

Et « la rejoindre », il n'y avait aucune ambiguïté sur qui désignait ce « elle ». Iris Zhang, que l'on a retrouvée face contre quinze centimètres d'eau.

La main de Zara tremblait. Elle a saisi son téléphone. Elle devait d'abord documenter la scène, prendre des photos des dégâts, conserver le mot comme preuve. La journaliste en elle agissait automatiquement malgré sa peur. Elle a pris des clichés de chaque pneu lacéré, du mot tenu dans sa paume, des environs déserts qui avaient permis à quelqu'un d'approcher sa voiture sans être vu.

Ce n'est qu'alors qu'elle a composé le numéro du commissariat. Son pouce hésitait au-dessus de la ligne directe de Garrett. Puis elle a choisi le standard. Distance professionnelle. Constat d'infraction. Pas un appel personnel à l'aide.

— Commissariat de Salt Creek, a dit la standardiste.

— Ici Zara Langley, au Salt Creek Motel, a-t-elle dit, fière de garder une voix stable malgré le tremblement de ses mains. J'ai besoin de signaler des dégradations et un mot de menace laissé sur mon véhicule.

— J'envoie quelqu'un tout de suite, Mme Langley, a répondu la standardiste, avec une nuance de reconnaissance dans la voix.

— Merci, a dit Zara.

Elle a mis fin à l'appel avant que son sang-froid ne se fissure.

Elle s'est appuyée contre le mur du motel. La brique rugueuse grattait son chemisier fin. Cette sensation l'ancrait dans le concret, tandis que son esprit s'emballait. Qui a fait ça ? Le moment choisi suggérait quelqu'un qui savait. Quelqu'un savait qu'elle est allée à l'école. Peut-être cette personne l'a vue parler à Kirsty. Quelqu'un connaissait ses pneus neufs et ce qu'ils représentaient, son engagement à rester à Salt Creek. Quelqu'un la voulait dehors au point de menacer sa vie.

Le son d'un véhicule en approche l'a ramenée au présent. Un LandCruiser de police est entré sur le parking. Il roulait plus vite que nécessaire. Garrett.

Il s'est garé une place plus loin que sa voiture vandalisée. Il était déjà dehors. Sa chemise d'uniforme était sombre de sueur entre les omoplates, comme s'il restait en plein soleil. Son expression était professionnellement neutre. Ses yeux l'ont rapidement parcourue de la tête aux pieds. On voyait qu'il vérifiait l'absence de blessures.

— Mme Langley, a-t-il dit, d'un ton formel malgré leur histoire compliquée. Vous avez signalé des dégradations ?

Elle a désigné sa voiture. Elle observait son visage pendant qu'il découvrait les pneus lacérés, la destruction méthodique.

— C'est arrivé pendant votre absence ?, a-t-il demandé.

Il a fait le tour du véhicule. Il s'est accroupi pour examiner les entailles dans le caoutchouc.

— Oui. Je suis allée à l'école, puis je suis revenue directement ici. Elle a hésité. Puis elle a tendu la main avec le mot, encore plié.
— C'était sous l'essuie-glace.

Garrett a pris le papier. Il l'a déplié prudemment par les bords, comme pour préserver des empreintes. Ils savaient pourtant tous les deux que l'auteur était trop prudent pour ça. Ses yeux ont parcouru les cinq mots. À cet instant, son masque professionnel est tombé.

Une peur brute et sincère a traversé son visage avant qu'il ne la maîtrise. Ni prévenance ni simple souci : de la peur. Sa mâchoire s'est contractée. Un muscle sous la peau tressautait pendant qu'il serrait les dents. Ses doigts ont blanchi autour des bords du papier. Pendant un instant suffocant, Garrett n'était plus un enquêteur en train d'examiner une preuve, mais un homme face à une menace visant quelqu'un qui lui tenait à cœur.

La transformation n'a duré que quelques secondes, avant qu'il ne reprenne des traits professionnels. Mais Zara l'a vue. Quoi qu'il se passe entre eux, quel que soit son rôle dans l'enquête, sa peur pour sa sécurité était réelle. Et cette réalité compliquait tout.

— À quand remonte la dernière fois où vous avez vu votre voiture intacte ?, a-t-il demandé, la voix de nouveau maîtrisée.Il a glissé le mot dans un sachet de scellés.

Zara a répondu machinalement. Elle a donné des horaires, des détails, ses soupçons sur les personnes susceptibles de l'avoir vue à l'école. Mais son esprit revenait sans cesse à cet éclair de peur dans ses yeux, à ce que cela signifiait, à ce que cela révélait. Et si Garrett Pennell, sergent-détective de Salt Creek, montrait une peur authentique pour sa sécurité, alors le danger était réel.

Garrett a sorti son téléphone. Il a passé deux appels coup sur coup : d'abord à une dépanneuse, avec un ton sec pour demander une intervention immédiate ; puis au garage de Mick, en expliquant la situation, une colère maîtrisée faisant baisser et râper sa voix. — Laisse l'atelier ouvert, Mick. Je me fiche de l'heure. Prépare quatre pneus neufs, les mêmes Michelin qu'elle a achetés. Il a écouté, puis il a ajouté : — Considérez ça comme une priorité de police. Les appels terminés, il s'est tourné vers Zara. Son regard exprimait une protection farouche qui n'avait rien à voir avec l'obligation professionnelle.

— La dépanneuse sera là dans cinq minutes, a-t-il dit en glissant le téléphone dans sa poche. Je vous conduis chez Mick moi-m ême.Ce n'était pas une question ni une offre, mais un fait.

Zara a hoché la tête, encore ébranlée par l'émotion nue qu'elle a entrevue sur son visage quand il a lu le mot. Sa mâchoire restait crispée ; un muscle tressaillait sous la peau tannée. Il a balayé du regard les unités du motel autour, le parking vide, la route au-delà. Il se tenait légèrement devant elle, comme pour la protéger physiquement de menaces potentielles.

— J'ai besoin de prendre quelques affaires dans ma chambre, a-t-elle dit.Elle s'est dirigée vers sa porte.

Garrett l'a suivie, assez près pour qu'elle sente sa présence dans son dos.— Je vous attends ici, a-t-il dit.Il s'est posté dehors pendant qu'elle entrait.

À l'intérieur, Zara a attrapé une bouteille d'eau fraîche et elle a bu une longue gorgée. Elle n'avait pas vraiment besoin de quoi que ce soit dans la chambre, mais elle avait besoin d'un moment pour reprendre contenance, parce que la réaction de Garrett dépassait la simple préoccupation professionnelle et elle ne savait pas très bien comment y faire face. La rapidité de son arrivée, l'intensité de sa colère, sa posture protectrice : rien de tout cela ne rentrait proprement dans le rôle d'un policier local détaché. Et pourtant, c'était le même homme. Il l'a mise en garde de ne pas enquêter sur la mort d'Iris. Il représentait un système défaillant envers les Zhang. Peut-être même qu'il a eu un rôle dans ce qui s'est passé il y a onze ans.

Quand elle est ressortie, Garrett parlait à un dépanneur. Le type secouait la tête et claquait la langue en accrochant la voiture de Zara pour la hisser sur le plateau. La main de Garrett est venue se poser dans le creux de ses reins. Ils marchaient vers son LandCruiser. Le contact était léger mais délibéré, à la fois guide et protection.

L'habitacle était impeccable, à l'inverse du capharnaüm de sa propre voiture. Quand elle s'est installée sur le siège passager, la porte s'est refermée à côté d'elle. Garrett s'est glissé au volant. Ses larges épaules et la console entre eux donnaient soudain à l'espace une impression plus réduite, plus intime qu'elle ne l'imaginait.

Il a démarré le moteur, mais il n'est pas parti tout de suite. Il regardait le dépanneur finir de charger sa voiture endommagée. Ses jointures étaient blanches sur le volant. Son profil était tendu dans son champ de vision périphérique.— Ils vont s'en occuper, a-t-il dit, interprétant à tort son silence comme une inquiétude pour le véhicule.— Ce n'est pas la voiture qui m'inquiète, a répondu Zara en se tournant vers lui. C'est l'escalade. Menaces en ligne, puis une effraction, et maintenant ça. La suite, c'est quoi ?La mâchoire de Garrett s'est encore serrée, si tant est que ce soit possible.— Voilà pourquoi nous allons discuter de mesures de sécurité supplémentaires pendant qu'on vous change les pneus, a-t-il dit.

La féroce protectrice dans sa voix a fait se répandre une chaleur dans sa poitrine, une chaleur dangereuse qui menaçait son objectivité, sa raison d'être à Salt Creek. Elle a regardé par la fenêtre, rassemblant ses idées pendant qu'ils traversaient la petite ville, devant le Golden Horse à l'enseigne rouge et or, devant la boutique d'aliments pour bétail où Ray s'était tu à l'apparition de Garrett.

— Pourquoi tu tiens autant à ce que je ne me blesse pas ?, a-t-elle demandé enfin. La question est restée en suspens dans l'habitacle fermé entre eux.

Ses yeux restaient fixés sur la route. — C'est mon boulot.

— Vraiment ?, a insisté Zara en se tournant sur son siège pour observer son profil. Ton boulot, c'est de protéger les habitants de Salt Creek. J'en fais pas partie. Je suis une étrangère qui enquête sur une affaire que ton service a classée en accident il y a onze ans. Elle a marqué une pause, guettant sa réaction. Certains diraient que l'option la plus simple, ce serait de détourner le regard quand quelqu'un essaie de me faire déguerpir.

Ses jointures ont blanchi sur le volant, le seul signe extérieur que ses mots l'avaient atteint. — C'est pas comme ça que je fonctionne, a-t-il dit d'une voix tendue.

— On dirait que c'est personnel, a-t-elle murmuré.

Les mots sont restés entre eux, lourds de sous-entendus : Childers, le baiser dans sa chambre de motel, le courant de lucidité qui courait entre eux malgré toutes les barrières professionnelles.

Garrett n'a pas répondu. Le silence s'est étiré, seulement troublé par le ronron du moteur et le grésillement sporadique de la radio de la police. Les gens du coin regardaient avec curiosité la voiture de police avec Zara sur le siège passager ; un nouveau ragot se formait sûrement dans leur sillage.

Quand ils sont entrés dans le garage de Mick, l'attitude protectrice de Garrett a repris immédiatement. Il a marché tout près d'elle, le corps légèrement tourné vers le sien, les yeux balayant l'atelier comme s'il évaluait les menaces potentielles. Mick est sorti du bureau, s'essuyant les mains sur un chiffon, et son expression est passée d'un salut professionnel à une évaluation curieuse en voyant leur proximité, la tension entre eux.

— Les pneus Michelin sont prêts, Mick ?, a demandé Garrett, la voix décontractée mais la posture pas du tout.

— Tout est prêt, a confirmé Mick. Il a jeté un coup d'œil à Zara. — Sale affaire, des pneus lacérés. J'ai du mal à croire que quelqu'un à Salt Creek ferait ça.

— Quelqu'un a envoyé un message, a dit Zara d'une voix posée. Pas très subtil.

Mick a secoué la tête.— Les petites villes, hein ? On ne peut pas péter sans que tout le monde sache ce qu'on a mangé au peti t-déjeuner.Il a disparu à l'arrière, les laissant seuls dans l'espace d'accueil de l'atelier.

Zara s'est tournée pour faire face directement à Garrett.— Ce n'est pas une question de procédures, a-t-elle lancé à voix assez basse pour que Mick ne l'entende pas depuis la réserve. La façon dont tu te comportes, ce n'est pas juste de l'inquiétude profes-sionnelle.

Les yeux de Garrett ont accroché les siens, gris-bleu et intenses. Un instant, elle a cru qu'il allait esquiver encore, se retrancher derrière son badge et son grade. Au lieu de ça, son expression a changé.

— Quelqu'un te menace, a-t-il dit, pesant chaque mot. Ce n'est pas quelque chose que je peux prendre à la légère.

L'aveu est resté en suspens entre eux, ce qui restait tu ayant autant de poids que ce qui venait d'être dit. *Tu n'es pas quelqu'un que je peux prendre à la légère.*

— La frontière entre le personnel et le professionnel devient floue, parfois, a-t-il repris, la voix plus basse. Surtout dans une petite ville comme celle-ci.

Zara était très consciente de leur proximité, à peine une longueur de bras. Les néons du garage projetaient des ombres sur son visage, soulignant la tension de sa mâchoire, l'intensité de son regard. Leurs corps s'orientaient l'un vers l'autre comme des aimants qui s'alignent, l'attraction entre eux étant physique et indéniable.

— Et de quel côté de cette ligne on est, là tout de suite ?, a-t-elle demandé, à la fois provocation et invitation.

Avant qu'il ne puisse répondre, le grondement de la dépanneuse qui entrait dans la baie de l'atelier a interrompu l'instant. Garrett a reculé, et son masque professionnel s'est remis en place pendant qu'il se tournait pour saluer le conducteur, même si ses yeux disaient à Zara que cette conversation n'était pas terminée.

Elle l'a regardé parler au conducteur, diriger le placement de sa voiture. Ce qui se passait entre eux compliquait une enquête déjà complexe. Garrett Pennell, le détective qui l'avait mise en garde de ne pas fouiller la mort d'Iris, se montrait désormais farouchement protecteur de sa sécurité. La contradiction n'avait pas de sens, à moins qu'il y ait des couches dans cette affaire — et chez Garrett lui-même — qu'elle n'avait pas encore mises au jour.

Mick est ressorti de l'arrière avec le premier pneu, le faisant rouler jusqu'à la voiture.— Ça va prendre environ une heure, a-t-il dit. Il y a un coin attente par là si vous voulez un café. Ou vous pouvez revenir tout à l'heure.

La main de Garrett s'est posée un instant dans le creux des reins de Zara pendant qu'ils marchaient vers le petit salon pour les clients, le contact chaud à travers sa chemise. — Il va falloir qu'on parle de la suite, a-t-il dit à voix basse. Celui qui a fait ça ne s'arrêtera pas là.

La certitude dans sa voix lui a donné un frisson malgré la chaleur de sa proximité. Ce qu'il ne disait pas, c'était que la menace était réelle, que celui qui avait lacéré ses pneus et laissé ce mot était parfaitement capable de mettre sa promesse à exécution et de la faire « rejoindre » Iris Zhang. La question était de savoir si la détermination de Garrett à la protéger signifiait qu'il savait qui se cachait derrière ces menaces... ou s'il était aussi dans le brouillard qu'elle.

Dans tous les cas, la ligne entre eux avait de nouveau bougé, le personnel et le professionnel se fondant en quelque chose que ni l'un ni l'autre ne pouvait facilement définir ni nier. Et quand ils se sont installés dans la petite salle d'attente, les genoux presque collés dans l'espace exigu, Zara s'est demandé si ce lien la mènerait finalement à la vérité sur Iris, ou s'il deviendrait une complication de plus dans une enquête déjà truffée de mobiles inavoués et de secrets enterrés.

TREIZE

LE GARAGE DE MICK s'éloignait dans le rétroviseur pendant que Garrett ramenait Zara au motel, sans qu'aucun d'eux ne parle. Les pneus neufs avaient été montés rapidement, mais le mot, *ARRÊTE DE CREUSER OU REJOINS-LA*, reposait entre eux comme une troisième présence dans un sachet de scellés en plastique transparent. Dehors, l'orage qui menaçait depuis tout l'après-midi arrivait enfin ; l'air était si lourd d'humidité qu'on avait l'impression de respirer à travers du coton mouillé. Zara regardait par la fenêtre, observant les éclairs qui vacillaient à l'horizon, son reflet fantomatique sur le ciel qui s'assombrissait.

Quand ils sont entrés sur le parking du motel, Garrett a coupé le moteur mais n'a pas bougé pour descendre. Ses doigts tapaient contre le volant, un rythme nerveux en décalage avec son contrôle habituel.

— Tu devrais faire tes bagages, a-t-il dit enfin, la voix un peu râpeuse. Je peux te trouver un hébergement ailleurs. Quelque part de plus sûr.

Zara s'est tournée vers lui.— Je ne fuis pas.

Leurs regards se sont croisés dans la pénombre de l'habitacle, et son expression a changé, la distance professionnelle se fissurant.

Il a détourné les yeux le premier, a hoché la tête une fois, sèchement, comme s'il ne s'était attendu à aucune autre réponse, et a saisi la poignée de porte, manifestement décidé à la voir entrer en sécurité.

Devant la chambre du motel, la main de Zara tremblait légèrement pendant qu'elle introduisait la carte magnétique. Le réverbère projetait de longues ombres sur le béton, l'air était oppressant à l'approche de la pluie. Elle a poussé la porte et a hésité sur le seuil, soudain consciente des implications de ce qu'elle était sur le point de faire.

— Entre, a-t-elle dit, des mots plus lourds de sens que leur simplicité ne le laissait croire.

Garrett l'a suivie à l'intérieur, ses larges épaules ont rempli l'embrasure un bref instant avant qu'il ne passe devant elle. Il est resté maladroitement planté au centre de la petite chambre, trop grand pour l'espace. Même si la clim avait tourné toute l'après-midi, la pièce semblait encore trop chaude.

Zara a posé son sac sur le bureau et s'est retournée pour lui faire face, laissant son langage corporel dire ce qu'elle n'était pas encore prête à formuler. La tension entre eux montait depuis Childers, un courant que ni l'un ni l'autre ne pouvait nier malgré les frontières professionnelles et la méfiance réciproque. Et soudain, elle en a eu assez de lutter contre ça. Peut-être que c'était l'orage qui arrivait, lui rappelant cette nuit à Childers, la passion farouche qui avait éclaté entre eux.

Elle le voulait encore. Là, tout de suite.

Mais au lieu d'avancer vers elle, Garrett a commencé à faire les cent pas, trois pas dans une direction, puis il est revenu sur ses pas. Il s'est passé les mains dans les cheveux, les ébouriffant un peu plus, un geste si peu caractéristique de lui, si agité, que Zara a senti un léger frisson d'alarme.

— Garrett ?

Il a cessé de faire les cent pas, le dos tourné vers elle, les épaules raides sous la chemise d'uniforme bleu clair. Quand il a parlé, sa voix était tendue, comme si on arrachait les mots à quelque chose de profond et de rétif.

— Il faut que je te dise quelque chose.

Zara s'est assise sur le bord du lit, sentant que ce qui allait venir demandait de l'espace, exigeait qu'elle reste immobile face à ses allées et venues.

— J'y étais, a-t-il dit en se retournant pour lui faire face, les yeux hantés. En 2014. J'étais le jeune agent qui a été le premier à répondre à l'appel pour Iris Zhang.

L'aveu est tombé entre eux, premier fil qui se défaisait. Elle est restée silencieuse, le laissant poursuivre, mais ses yeux se sont agrandis. Jusqu'ici, elle n'a vu son nom nulle part dans les dossiers qu'elle a reçus. Sachant que la police du Queensland aimait faire tourner régulièrement ses effectifs — et n'aimait pas que les agents restent trop longtemps sur des postes ruraux où ils pouvaient devenir trop proches de la communauté pour rester vraiment neutres —, elle pensait que Garrett ne pouvait tout simplement pas avoir été ici à l'époque.

— C'est moi qui l'ai trouvée dans le ruisseau. Sa voix s'est brisée sur le mot « trouvée », son calme professionnel se fissurait. Elle était à plat ventre, dans une eau qui me couvrait à peine les bottes. Quinze centimètres, tout au plus. Et il y avait des bleus, des bleus tout frais, sur l'arrière de ses bras. Des marques de doigts. Le genre de traces qu'on n'a que quand quelqu'un vous maintient de force.

Il a recommencé à faire les cent pas, les mots venaient plus vite maintenant, comme si un barrage cédait.— J'ai tout consigné. Les ecchymoses, la profondeur de l'eau, le téléphone manquant, le fait qu'elle n'aurait pas dû se trouver là du tout si elle rentrait du restaurant. Rien n'avait de sens. Rien ne correspondait à une noyade accidentelle.

Zara l'a regardé, ne voyant plus le sergent-détective maître de lui qui l'a mise en garde contre cette enquête, mais un homme qui portait dix ans de culpabilité sur les épaules.

— J'ai apporté ça à Finch. Le détective principal Malcolm Finch. La bouche de Garrett s'est tordue à ce nom. C'était l'officier supérieur sur place à l'époque, le responsable de l'enquête, évidemment. Je lui ai montré mes notes, les photos, j'ai expliqué pourquoi ça ne pouvait pas être un accident. Et lui... il m'a juste regardé, d'un regard que je n'oublierai jamais, comme si j'étais un enfant qui s'était invité dans une conversation d'adultes.

Les épaules de Garrett se sont affaissées pendant qu'il parlait, sa voix a baissé.— Il m'a dit que j'étais nouveau, inexpérimenté, que je voyais des choses qui n'existaient pas. Il a dit que la fille avait clairement glissé, s'était cogné la tête et s'était noyée dans un accident absurde. Quand j'ai insisté au sujet des bleus, il a dit qu'elle avait sans doute dévalé le ravin avant d'atteindre le ruisseau et qu'elle s'était fait des bleus en tombant.

— Mais tu ne l'as pas cru, dit doucement Zara.

— Non. Le mot est tombé, plat, définitif. Mais j'avais vingt-cinq ans, seulement quelques années de service. Et Finch... ben, c'était Finch. Respecté. Bien connecté. Le genre d'officier auquel on apprend aux jeunes flics à se soumettre.

Un éclair a zébré dehors, illuminant un instant son visage en relief brutal, soulignant le pli entre ses sourcils et la ligne crispée de sa bouche.

— Deux mois plus tard, on m'a muté à Cairns. Officiellement, une « opportunité d'évolution de carrière ». Officieusement, on m'a écarté d'une situation où j'avais posé trop de questions. Il a cessé de faire les cent pas et s'est planté devant elle. J'ai essayé de lâcher prise. J'ai essayé de me convaincre que Finch avait peut-être raison, que j'ai été trop zélé, que je voyais des schémas où il n'y en avait pas.

— Mais tu n'as pas pu, dit Zara, reconnaissant chez lui la même obstination à chercher la vérité qui la guidait.

— Non. Ça me restait. À chaque dossier de noyade que je traitais, à chaque rapport sur une jeune victime, je revenais à Iris Zhang. À ce que j'ai vu. À ce que je savais. Il a inspiré d'un souffle haché. J'ai passé les huit dernières années à me bâtir une solide réputation, d'abord à Cairns puis à Brisbane, en gravissant les échelons. Et tout ce temps, je rassemblais aussi des informations sur Finch, sur ce qui s'est passé ici.

Les pièces du puzzle se sont mises en place pour Zara, la motivation mystérieuse du détective devenait enfin claire. — C'est pour ça que tu es revenu à Salt Creek il y a trois ans.

Garrett a hoché la tête, un petit signe dur. — J'ai demandé expressément la mutation. Le grade de détective sergent était une promotion, et Salt Creek devait être un poste tranquille pour m'installer dans mes nouvelles fonctions. Une couverture parfaite pour ce que je faisais vraiment : monter un dossier pour la Crime and Corruption Commission contre Finch et tous ceux qui ont participé à l'étouffement de ce qui est arrivé à Iris.

La pluie a fini par éclater dehors, de grosses gouttes ont martelé la fenêtre, l'averse soudaine répondait à l'intensité de son aveu. Garrett s'est rapproché, sa voix a baissé comme s'il craignait d'être entendu malgré la pièce vide.

— Je rassemble des preuves, lentement. Les anciens dossiers étaient... commodément incomplets. Mes rapports originaux ont tout simplement disparu, et ce n'était pas tout. Des photos manquaient. Des dépositions de témoins ont été modifiées. Il m'a fallu trois ans pour reconstituer ce qui s'est vraiment passé, et il me manque encore des éléments cruciaux. Sa voix s'est enrouée. Et puis tu es arrivée.

Le pouls de Zara s'est accéléré en se rappelant leur nuit à Childers, ses mains sur sa peau, sa bouche sur la sienne, sans savoir qui était l'autre ni ce qui allait suivre.

— Childers, c'était... Il s'est arrêté, cherchant ses mots. Pendant quelques heures, j'ai oublié Iris Zhang. L'affaire qui a englouti un tiers de ma vie. J'étais juste un homme qui rencontrait une femme dans un bar, et c'était...Il a laissé sa phrase en suspens, incapable d'aller au bout.

— Je sais, dit simplement Zara.

Il s'est encore rapproché, assez près pour qu'elle voie la barbe naissante sur sa mâchoire, qu'elle sente le café, la sueur et quelque chose qui n'appartenait qu'à lui.— Quand je t'ai vue au commissariat le premier jour, te présentant comme une journaliste qui enquêtait sur la mort d'Iris, j'ai cru à une mauvaise blague. Que ceux qui sont derrière tout ça se moquaient de moi.

Sa main s'est levée, a failli effleurer son visage avant de retomber.— Et maintenant on te menace. Les mêmes qui ont réussi à enterrer cette affaire depuis onze ans. Je suis terrifié, Zara. Sa voix s'est brisée sur son prénom, l'aveu était à nu. Terrifié que tu sois blessée ou tuée avant que je puisse te protéger, avant qu'on arrive à la vérité. Avant qu'on puisse enfin rendre à Iris et à ses parents la justice qu'ils méritent.

L'emploi de « nous » n'a pas échappé à Zara. Dans son aveu, il a révélé non seulement la vérité sur son implication, mais aussi qu'il reconnaissait qu'ils étaient, malgré tout, du même côté.

La pluie a fouetté les vitres, et la petite pièce a soudain ressemblé à l'œil d'une tempête, un calme fragile cerné par une fureur qui montait. Et dans ce calme, un détective et une journaliste se sont fait face, les secrets révélés, la voie à suivre devenait soudain, crûment, claire.

Zara est restée immobile sur le bord du lit, sa gourde frémissait légèrement entre ses mains. Le plastique a crissé quand ses doigts se sont resserrés, un son sec sur le roulement régulier de la pluie. L'aveu de Garrett a déplacé quelque chose de fondamental entre eux, réorganisant les éléments de cette enquête comme un puzzle qui prenait enfin forme. Au-dessus, le ventilateur de plafond cahotait, son rythme était irrégulier, brassant à peine cet air épaissi par la pluie.

— Tu enquêtes sur cette affaire depuis onze ans, a-t-elle dit enfin, des mots mesurés, comme pour l'éprouver. Seul.

Garrett a hoché la tête, sans la quitter des yeux. Cette révélation lui a retiré quelque chose, il paraissait à la fois épuisé et délesté. Il s'est appuyé contre le mur, comme s'il avait besoin de son soutien maintenant que son secret n'était plus le sien.

Zara a pris une lente inspiration, en pesant ses options. La confiance n'était pas quelque chose qu'elle accordait facilement, surtout à la police, surtout après le désastre Little Girls Lost. Mais Garrett venait de lui confier sa carrière, sa raison d'être, sa mission de dix ans. La balance a basculé.

— J'ai aussi quelque chose à vous dire, a-t-elle dit. Elle a posé la bouteille d'eau avec précaution sur la table de chevet. — Quelque chose que je n'avais pas l'intention de partager avec un policier.

Un intérêt aigu a durci son regard, le détective réapparaissait sous la vulnérabilité d'il y a un instant.

— Le matin avant que je parte pour Brisbane, a-t-elle commencé, en observant de près sa réaction, May Zhang m'a demandé de marcher avec elle jusqu'au ruisseau. Jusqu'à la passerelle où on a retrouvé Iris.

Dehors, un éclair a zébré le ciel, baignant la pièce d'un blanc cru l'espace d'une fraction de seconde avant que l'obscurité ne revienne. Le tonnerre a suivi presque aussitôt, assez proche pour faire vibrer les vitres.

— On a trouvé quelque chose, a poursuivi Zara, la voix stable malgré l'interruption de l'orage. Quelque chose coincé entre les planches du pont, accroché à une poutre en dessous. Quelque chose qui était là depuis onze ans.

La compréhension a passé dans les yeux de Garrett avant même qu'elle ne prononce les mots, mais elle les a dits quand même.

— On a trouvé le téléphone d'Iris.

Garrett s'est détaché du mur et s'est redressé, en alerte tout à coup, ses réflexes de professionnel se heurtant à l'homme qui venait de se mettre à nu.

— May m'a fait promettre de ne pas le donner à la police, a enchaîné Zara rapidement, avant qu'il ne parle. Elle m'a parlé de l'ordinateur portable d'Iris, de la façon dont Finch l'a pris comme pièce à conviction et comment il a disparu comme par hasard. Elle avait peur que la même chose arrive au téléphone.

La mâchoire de Garrett s'est crispée à la mention de Finch, mais il est resté silencieux, la laissant continuer.

— Le téléphone était abîmé : écran fissuré, dégâts d'eau, onze ans de météo du Queensland. Mais j'ai un coloc à Brisbane, Dev. Il fait son doctorat en génie électrique, spécialisé en récupération de données et en investigation numérique. Une pointe de fierté a percé dans sa voix. — Il est brillant. S'il y a bien quelqu'un qui peut récupérer des données sur ce téléphone, c'est lui.

— C'est pour ça que vous êtes allée à Brisbane, a dit Garrett. Pas pour des vêtements.

— Pas seulement pour des vêtements, a corrigé Zara. J'ai bien ramené des chemises propres.

La tentative d'humour a fait un flop dans l'atmosphère électrique, mais son expression s'est un peu détendue.

— Dev pense qu'il pourra peut-être récupérer des données sur la carte microSD, a-t-elle continué. Il y travaille en ce moment. Il a dit que ça prendrait au moins une semaine, peut-être plus.

Garrett a passé une main sur son visage, ses émotions se livraient une bataille visible : l'officier qui devrait exiger que la preuve soit remise immédiatement et l'homme qui a passé dix ans à combattre le système même qu'il représentait.

— S'il y a quoi que ce soit sur ce téléphone, a-t-il fini par dire, quoi que ce soit qui montre avec qui était Iris cette nuit-là…

— Je sais, l'a interrompu Zara. Ça pourrait faire sauter toute l'enquête. May le sait aussi, c'est pour ça qu'elle me l'a confié. Elle l'a regardé droit dans les yeux. — Et maintenant, je vous fais confiance.

Ils se sont regardés à travers la petite chambre, le détective et la journaliste, adversaires par métier mais unis par un même but.

— On a travaillé l'un contre l'autre, a dit Garrett, la voix basse. On a mené le même combat, de côtés opposés.

— Et on n'avançait pas, a reconnu Zara.

L'enseigne au néon VACANCY dehors a clignoté, projetant sur son visage une alternance de rouge et d'ombre, soulignant la détermination de son regard, l'obstination de sa mâchoire qui faisait écho à la sienne.

— Ensemble, pourtant, a-t-il dit, le mot avait la promesse d'une alliance formelle. — Ensemble, on a peut-être une chance.

Aucune poignée de main n'a scellé leur accord, aucun contrat n'a été signé. Juste un regard, chargé et sûr, qui a transformé leur relation d'adversaires réticents en partenaires.

— Quelqu'un sait que vous vous rapprochez, a dit Garrett. Il a désigné la fenêtre, puis sa voiture. — Les menaces vont empirer avant la fin.

— Je sais, a simplement répondu Zara.

Le tonnerre a roulé dehors, plus long cette fois, un grondement qui semblait faire écho à sa propre résolution. La pluie s'intensifiait, des rideaux d'eau dévalaient la vitre, brouillant le monde au-delà.

— Il faut qu'on soit prudents, a dit Garrett. Celui qui a tué Iris a eu onze ans pour effacer ses traces, pour bâtir une vie sur ce mensonge. Il ne lâchera pas facilement.

— Kirsty Cannon, a dit Zara, le nom lui a échappé avant qu'elle ne se ravise. Elle m'a affrontée à l'école aujourd'hui. Elle jouait un rôle... le deuil, l'inquiétude, l'indignation vertueuse. Mais en dessous, du froid. Du calcul.

Garrett a hoché la tête, sans surprise. — La conseillère municipale Cannon est clairement sur ma liste des gens qui cachent quelque chose. Avec son père, Richard, même s'il est mort il y a quelques années. Et bien sûr Finch, même s'il est maintenant retraité à la Gold Coast.

— May a dit que Finch était celui qui a pris l'ordinateur portable d'Iris, lui a rappelé Zara. Ce n'est pas un hasard.

— Non, a approuvé Garrett. Ça ne l'est pas.

Il s'est approché de la fenêtre et a regardé le parking fouetté par la tempête. Son reflet se superposait à l'obscurité au-dehors, son expression se fixait en lignes d'une détermination sombre qui faisait écho à la sienne.

— Et maintenant, qu'est-ce qui se passe ? a demandé Zara, même si elle connaissait déjà la réponse.

— Maintenant, a dit Garrett en se tournant de nouveau vers elle, on fait ce qu'on aurait dû faire dès le début. On met en commun ce qu'on sait. Et on trouve justice pour Iris Zhang.

Un éclair a de nouveau fendu le ciel, suivi aussitôt d'un fracas qui a fait trembler le bâtiment. Dans cette illumination brève, ils se sont fait face à travers la chambre, non plus séparés dans leur quête de vérité, mais alignés, résolus, unis contre tout ce qui avait gardé la vérité sur la mort d'Iris cachée depuis onze ans.

L'orage continuait de faire rage, mais dans cette petite chambre de motel, un partenariat s'est formé, forgé par un but commun et une confiance née de peu, assez solide, peut-être, pour enfin découvrir ce qui était arrivé à la fille du ruisseau.

QUATORZE

LA PLUIE MARTELAIT LE toit du LandCruiser tandis que Garrett se frayait un chemin dans des rues désertes. Des éclairs fourchaient le ciel, illuminant Salt Creek par brefs à-coups. Tant de choses ont changé en une heure : l'aveu de Garrett sur la découverte du corps d'Iris, sa propre révélation à propos du téléphone. Ils n'étaient plus adversaires mais alliés.

— J'ai tout au commissariat, a dit Garrett, la voix à peine audible par-dessus l'orage. Onze ans d'enquête. Des choses qui ne figuraient pas dans le dossier officiel.

Zara a tenté de concilier cette nouvelle version de lui avec l'homme qui, au départ, l'avait mise en garde. — Vous avez travaillé là-dessus seul pendant tout ce temps ?

— Il le fallait, a-t-il répondu. Ses mains se sont resserrées sur le volant en éclaboussant une flaque. — Je n'ai jamais su à qui je pouvais faire confiance.

Elle connaissait intimement cette solitude-là. La solitude de poursuivre la vérité quand les autres préféraient des mensonges rassurants.

Ils sont entrés dans le petit parking derrière le commissariat. Le bâtiment était sombre, à l'exception d'une seule lumière à l'accueil. Garrett a coupé le moteur.

— Prête ? a-t-il demandé, et il y avait dans sa voix quelque chose qui laissait entendre qu'il parlait de plus que de simples pièces à examiner.

Un planton derrière un bureau a hoché la tête à Garrett quand ils sont entrés, en jetant à peine un regard à Zara. Cette acceptation désinvolte suggérait que ce n'était pas inhabituel.

Il l'a conduite dans un couloir étroit jusqu'à un bureau au fond. La plaque indiquait « Det. Sgt. G. Pennell ». Il a ouvert, l'a fait entrer, puis a verrouillé de nouveau derrière eux.

Spartiate mais fonctionnel : un bureau, un ordinateur, deux chaises, un ventilateur qui tournait au plafond. Un grand panneau de liège couvrait un mur, presque vide, hormis des notes officielles et quelques cartes.

Garrett a traversé jusqu'à un classeur métallique dans un coin. Il a sorti une clé. Le meuble paraissait ordinaire, en métal gris, cabossé aux angles. Mais quand il l'a déverrouillé et a tiré le tiroir du bas, Zara s'est rendu compte que c'était autre chose.

Le tiroir était bourré de dossiers, de carnets et de sachets de scellés. Chacun portait une étiquette soignée. Garrett a commencé à les extraire, les empilant sur son bureau.

— Mes notes de terrain originales de 2014, a-t-il dit en posant un carnet relié cuir. — Et des dépositions de témoins qui n'ont jamais été enregistrées officiellement. Des gens qui ont vu des choses qui contredisaient le récit de la noyade.

Il a continué à déballer. Des photos de la scène de crime, des coupures de presse, des cartes avec des zones marquées à l'encre de couleurs différentes, des feuilles de chronologie annotées.

— Tu as tout consigné, a-t-elle dit.

— J'ai dû. Si je voulais un jour monter un dossier assez solide pour la Crime and Corruption Commission.

Ils ont étalé les documents sur le bureau et sur une petite table de réunion. Garrett les a classés par ordre chronologique, créant une chronologie du dernier jour d'Iris et de l'enquête qui a suivi.

— C'est tout ce que le public n'a jamais vu, a-t-il dit à voix basse.
— Tout ce qui a été exclu des rapports officiels.

Le regard de Zara a été attiré par les photos de la scène de crime. Elles montraient Iris, face contre l'eau, dans le ruisseau peu profond. Lorsqu'il est passé à la photo suivante, la respiration de Zara s'est coupée.

Iris à la morgue, allongée sur le côté. De larges ecchymoses marquaient l'arrière de ses bras. Des traces nettes en forme de doigts. Des preuves de violence complètement absentes des photos et du rapport d'autopsie qu'elle a obtenus.

— Ces bleus ne sont mentionnés nulle part dans l'autopsie officielle.

— Pratique, hein ? La voix de Garrett était tendue. — Les notes préliminaires du Dr Robinson les ont décrites en détail. Puis Finch a eu une conversation avec lui et le rapport final omet toute ecchymose incompatible avec une noyade accidentelle. Cette photo n'a jamais figuré dans l'autopsie officielle.

Ils ont tendu la main vers la photo en même temps. Leurs doigts se sont frôlés. Aucun des deux ne s'est écarté tout de suite ; leurs doigts sont restés un instant, puis se sont retirés lentement.

Garrett s'est raclé la gorge. — Il y a autre chose. Des dépositions d'un routard qui travaillait chez Salties à l'époque. Il est sorti pour fumer et a longé jusqu'à l'entrée du parc. Il a dit qu'il avait vu Iris se disputer avec quelqu'un près de la passerelle vers 22 h 15, ce qui colle avec son départ du Golden Horse à 22 h. Sa déposition a été prise mais jamais enregistrée. J'ai interrogé Finch à ce sujet, mais il a soutenu que le routard ne connaissait même pas Iris et ne pouvait pas être sûr que c'était elle. Il a fait une grimace. — À ton avis, combien de filles chinoises y avait-il à Salt Creek à l'époque ? Il ne connaissait peut-être pas le nom d'Iris, mais je suis à peu près sûr qu'il la connaissait de vue.

— Tu as réussi à retrouver le routard, pour lui poser d'autres questions ?

— Malheureusement non. Il était allemand mais n'a pas donné d'adresse là-bas… et il s'appelait Hans Braun. L'équivalent allemand de Jean Dupont.

— Je pourrais peut-être lancer un appel dans le podcast, a réfléchi Zara. — J'ai beaucoup d'abonnés en Allemagne. Je peux dire que je sais que c'est tiré par les cheveux, mais… on sait quel âge il était à l'époque ?

Garrett a fait glisser des papiers. — Oui… 22 ans.

— Ça lui fait 33 ou 34 ans aujourd'hui. Donc je pourrais lancer un appel : si quelqu'un connaît un Hans Braun de cet âge, qu'il lui demande s'il faisait du routard en Australie en 2014 ?

— Ça vaut le coup d'essayer, a acquiescé Garrett. Il lui a adressé un petit sourire en coin. — J'imagine qu'avoir un public mondial peut s'avérer utile, finalement.

— Tu peux me croire, a-t-elle dit, avant de reporter son attention sur les piles de papiers posées sur la table.

Zara avançait dans les documents méthodiquement, en examinant chaque pièce. L'ampleur des éléments était écrasante ; des motifs émergeaient quand on voyait tout ensemble.

— Tu attendais ça, a-t-elle dit en levant les yeux vers lui. — Quelqu'un avec qui partager tout ça. Quelqu'un qui te croirait.

Ses yeux ont croisé les siens, gris-bleu dans la pénombre. — Pas n'importe qui. Quelqu'un qui pourrait donner du sens à tout ça. Quelqu'un qui ne reculerait pas.

Zara s'est replongée dans les pièces. Vers la photo de la peau meurtrie d'Iris, le témoignage étouffé. Quoi qu'il se nouait entre elle et Garrett devenait secondaire face à ceci : la vérité qu'ils étaient en train de reconstituer.

Mais elle ne pouvait pas s'empêcher d'être consciente de sa présence à côté d'elle. De la façon dont leurs corps se mouvaient en synchronie inconsciente. De la manière dont sa main traînait près de la sienne.

Les heures ont filé. Minuit est passé, signalé par la montre de Garrett. Des tasses de café vides se sont accumulées pendant qu'ils parcouraient les pièces. Les yeux de Zara brûlaient, mais son esprit restait vif.

— Regarde ça, a-t-elle dit en tapotant du doigt une autre paire de dépositions. — Le patron du fish and chips a d'abord dit qu'il a vu Kirsty Cannon passer devant sa boutique en direction du ruisseau vers dix heures. Mais après avoir été interrogé par Richard Cannon, il a changé de version et a dit qu'il s'est trompé : ce n'était pas Kirsty du tout.

Garrett s'est penché, son épaule a effleuré la sienne. — Pratique. Il a attrapé un autre dossier. — Richard Cannon présidait le comité de sécurité de la communauté qui supervisait le financement de la police. Du pouvoir et de l'influence.

— Et maintenant, sa fille occupe le même poste, non ? Elle s'est montrée prudente dans ses recherches sur Kirsty Cannon, mais ça n'a pas été difficile à découvrir.

Garrett a feuilleté d'autres documents. — Même si on prouve une manipulation de témoins, c'est procédural, pas une preuve directe de meurtre. Il nous faudrait un mobile, une opportunité et des preuves matérielles liant quelqu'un à la mort d'Iris. La norme légale pour rouvrir une affaire aussi ancienne exige du solide.

Elle appréciait sa franchise. Tant d'agents qu'elle rencontrait se montraient sur la défensive face aux procédures défaillantes. L'ouverture de Garrett la faisait lui faire pleinement confiance.

Ils ont continué à travailler, la nuit s'épaississait autour d'eux. À un moment, la main de Garrett a recouvert la sienne sur un document qu'ils atteignaient tous les deux. Cette fois, aucun des deux ne s'est écarté.

— Zara, a-t-il dit, et la façon dont il a prononcé son prénom l'a fait lever les yeux.

Ses yeux ont accroché les siens, en quête. — C'est compliqué.

— Je sais.

— Tu enquêtes sur une affaire dont je fais partie. Techniquement, je suis une source. Ça franchit une bonne douzaine de lignes professionnelles.

— Je le sais aussi. Elle a retourné sa main, paume contre paume avec la sienne. — Mais je ne suis pas sûre d'en avoir quelque chose à faire, là tout de suite.

— Moi non plus. Il s'est levé en l'entraînant avec lui. — Viens chez moi. On pourra continuer demain, mais ce soir...

— Ce soir, a-t-elle approuvé.

Ils ont rassemblé les documents les plus sensibles et les ont enfermés dans l'armoire à dossiers. Le sergent de permanence a à peine levé les yeux quand ils sont sortis. La main de Garrett s'est posée dans le creux des reins de Zara, un geste à la fois protecteur et possessif.

Le trajet jusqu'à la maison de Garrett a été court, mais chaque seconde paraissait chargée. La pluie poursuivait son assaut régulier, mais à l'intérieur du LandCruiser, une chaleur montait entre eux.

Sa maison était une modeste maison en bois à bardage, dans une rue tranquille. Le genre d'endroit qui disait qu'on privilégiait la fonction à la forme. À l'intérieur, c'était propre sans être clinique. Vécu, mais soigné.

— Bière ? Vin ?, a-t-il demandé en allant vers la cuisine.

— De l'eau, en fait. Elle avait la gorge sèche.

Il a versé deux verres, lui en a tendu un. Ils sont restés debout dans son salon. La gêne du moment les a frappés tous les deux, soudain. Au bureau, entourés de preuves et d'enquête, le lien entre eux paraissait naturel. Ici, dans cet espace domestique, la réalité de ce qu'ils s'apprêtaient à faire sonnait autrement.

— Zara. Il a posé son verre, a pris le sien et l'a posé à côté. — Je ne suis pas d'ordinaire le flic qui enfreint toutes les règles du manuel. Un sourire à peine esquissé a effleuré sa bouche. — Mais nous y voilà.

— Nous y voilà.

Quand leurs lèvres se sont rencontrées, ce n'était pas avec une urgence brûlante, mais avec quelque chose de plus lent. Ses mains ont encadré son visage, la tenant comme quelque chose qui pourrait s'évanouir s'il allait trop vite. Les doigts de Zara ont trouvé les boutons de sa chemise d'uniforme, les défaisant un à un. Elle prenait son temps, comme elle ne l'a pas fait à Childers.

Ils se sont déshabillés lentement l'un l'autre. Chaque vêtement enlevé a été une révélation plutôt qu'un obstacle. Ses doigts ont légèrement tremblé sur l'agrafe de son soutien-gorge, et cette petite vulnérabilité a serré quelque chose dans sa poitrine.

Lorsqu'ils se sont enfin retrouvés face à face, Garrett a repris sa main. Il l'a portée à ses lèvres, y a déposé un baiser sur la paume, le poignet, le creux tendre du coude.

Les draps étaient frais contre son dos. Garrett l'a allongée sur le lit. Son poids l'a suivie. Il l'a enfoncée dans le matelas. Cela semblait un ancrage plutôt qu'une contrainte. Leurs corps se sont alignés, familiers et pourtant entièrement nouveaux.

Ses lèvres ont tracé un chemin de sa bouche à sa gorge, jusqu'à sa clavicule. Elle s'est cambrée sous son toucher, et ses mains ont parcouru les larges plans de son dos. La légère âpreté de sa barbe a effleuré sa paume quand elle a calé sa mâchoire dans sa main. Leurs mouvements se construisaient lentement.

Quand il s'est enfin penché sur elle, leurs corps se sont unis, et Zara s'est retrouvée à croiser son regard. À Childers, ils ont fermé les yeux, emportés par la sensation. Maintenant, ils se regardaient. Ils soutenaient le regard l'un de l'autre pendant qu'ils bougeaient ensemble et ils établissaient un rythme qui parlait d'une entente mutuelle.

Il y avait là une vulnérabilité à laquelle elle ne s'attendait pas. Cette capacité d'être vue, vraiment vue, dans un moment d'une telle ouverture. L'expression de Garrett contenait de l'émerveillement, de la tendresse, et quelque chose de plus profond qu'elle n'était pas prête à nommer. Ses mains ont tracé les contours de son visage. Elle a gravé en elle les lignes au coin de ses yeux et la fermeté butée de sa mâchoire, à présent adoucie.

Ils bougeaient ensemble. Ils ne sacrifiaient jamais le lien à l'aboutissement. Quand la délivrance est enfin venue pour eux deux, ça a été des vagues plutôt que des crêtes tranchantes.

Après, il l'a serrée contre son torse. Un bras a entouré sa taille. Leurs jambes se sont emmêlées sous les draps froissés. Ses doigts traçaient des motifs paresseux le long de sa colonne pendant que leur respiration ralentissait. Leurs cœurs revenaient peu à peu à un rythme normal. Dehors, la pluie tambourinait doucement contre les vitres.

— Reste, a murmuré Garrett contre ses cheveux.

Zara a hoché la tête. Elle sentait déjà le sommeil la tirer.— Je ne vais nulle part.

Son bras s'est resserré autour de sa taille et il l'a attirée plus près. Elle a senti ses lèvres se poser contre sa tempe. Le sommeil la gagnait. La dernière pensée consciente de Zara a été à quel point cela lui semblait différent de toutes les autres intimités qu'elle connaissait. Pas une fuite ni une distraction, mais un point de connexion au milieu du chaos.

Zara s'est réveillée lentement. Pendant un instant, elle était désorientée. Puis les souvenirs sont revenus.

La chambre de Garrett. Le lit de Garrett. Les draps à côté d'elle étaient froissés mais vides, et ils gardaient encore une trace de chaleur. Sa main a dérivé sur l'espace vacant. L'arôme riche d'un café en train de passer lui parvenait.

La chambre paraissait différente à la lumière du jour. Un diplôme encadré de l'académie de police était accroché discrètement sur un mur. La bibliothèque contenait un mélange éclectique de romans policiers, de magazines de pêche et de plusieurs ouvrages sur l'histoire locale du Queensland. Il y avait du soin dans l'agencement, sans rien de maniéré ni de forcé.

Ses vêtements étaient posés bien pliés sur une chaise dans le coin. C'était l'œuvre de Garrett. Elle s'en est rendu compte. Au lieu de les attraper, elle a repéré sa chemise d'uniforme bleu clair sur le sol, là où elle a dû glisser de la chaise. Zara l'a ramassée et elle l'a portée brièvement à son nez. Elle sentait son odeur. Transpiration propre, cologne subtile, légère pointe métallique de son insigne. Elle l'a enfilée. Le tissu lui tombait à mi-cuisse, et les manches pendillaient bien au-delà de ses doigts. Elle les a retroussées deux fois, puis elle est sortie pieds nus de la chambre.

Le couloir s'ouvrait sur un séjour modeste. Mobilier simple, une télévision qui semblait rarement utilisée, une canne à pêche appuyée dans un coin. Par une arcade, elle voyait la cuisine. Garrett se tenait au plan de travail, le dos tourné. Il ne portait qu'un short. La lumière du matin dorait les muscles de ses épaules et de son dos. Il préparait du café. L'ordinaire de la scène l'a frappée comme à la fois confortable et légèrement irréel.

Il a dû l'entendre, car il s'est retourné. L'expression qui a traversé son visage quand il l'a vue porter sa chemise lui a noué l'estomac.

— Bonjour, a-t-elle dit.— Bonjour, a-t-il répondu.

Sa voix était plus rauque que d'habitude, éraillée par le sommeil. Son regard la parcourait, s'attardant sur la façon dont sa chemise tombait sur elle.— Du café ?— S'il te plaît.

Il a versé deux tasses et il les a apportées à la petite table. Elle s'est assise et elle a entouré la céramique chaude de ses mains. Il a pris la place en face d'elle. Pendant un moment, ils se sont contentés de se regarder. Cette chose nouvelle entre eux était encore trop fragile pour être nommée.

— On devrait probablement en parler, a fini par dire Garrett.— Probablement.

Zara a bu une gorgée de café.— C'est compliqué.— C'est le moins qu'on puisse dire, a-t-il dit.

Il s'est passé la main dans les cheveux.— Tu enquêtes sur une affaire dans laquelle je suis impliqué. Techniquement, je suis une source. Si ça se savait…— Ça compromettrait notre crédibilité à tous les deux, a-t-elle conclu. Je sais.— Et pourtant.

Il a tendu la main au-dessus de la table, et ses doigts ont trouvé les siens.— Je ne regrette pas. La nuit dernière. Ce matin. Rien.— Moi non plus.

Elle lui a serré la main.— Mais il faut qu'on soit prudents. Pour nous deux.— D'accord.

Il l'a dévisagée.— Alors on fait quoi ?— On continue à travailler sur l'affaire. On reste pros. On ne laisse pas ça nous distraire de l'essentiel. Mais quand on est seuls…— Quand on est seuls, a-t-il répété, le regard plein de compréhension.

Ils ont fini leur café dans un silence complice. Finalement, Zara s'est levée, à contrecœur. Ils avaient tous les deux du travail.

— Je devrais retourner au motel. Prendre une douche, me changer. Dev va se demander où je suis.Garrett s'est levé aussi.— Prends la journée. De l'affaire, je veux dire. Accorde-toi une pause.— Une pause ?

La notion lui semblait étrangère.— Oui. Tu as pris un seul jour de repos depuis que tu es arrivée ?

Comme elle ne répondait pas, il a continué.— Viens sur le bateau avec moi. Juste pour quelques heures. On pêchera, on échouera sans doute lamentablement, et tu prendras du soleil et de l'air marin. Pas de discussion de l'affaire. Juste... une journée .Zara s'est surprise à sourire.— Ça a l'air parfait, en fait.— Bien.

Il l'a attirée contre lui et il lui a embrassé le front.— Je passe te prendre à neuf heures. Mets quelque chose qui ne craint pas l'eau et le sel.

Le trajet de quinze minutes jusqu'à Salt Creek Heads les a conduits le long d'une route récemment refaite. Elle serpentait à travers une brousse rabougrie avant d'entamer une montée douce. À mesure qu'ils gagnaient de l'altitude, des éclats d'océan bleu apparaissaient entre les arbres. Ils grandissaient jusqu'à s'ouvrir complètement au détour d'un virage. Zara a eu le souffle coupé devant la vue. Une eau azur s'étirait jusqu'à l'horizon, des caps jaillissaient dans la mer, la silhouette lointaine d'îles miroitait dans la chaleur du matin.

— Première fois que tu vois les Heads ?, a demandé Garrett.Il a remarqué sa réaction.— Oui.

Elle fixait le paysage.— Je n'avais pas vraiment de raison de venir jusqu'ici. Maintenant, je regrette.— C'est le meilleur côté de la vie ici, a-t-il dit.

Il a négocié un autre virage avec le LandCruiser.— Les mauvais jours, je monte ici juste pour m'asseoir et regarder l'eau un moment.

Zara comprenait pourquoi. Il y avait dans cette vue quelque chose d'ample. Un rappel de l'espace et des possibles au-delà des limites d'une petite ville et de ses secrets enfouis.

Ils descendaient vers le petit hameau de Salt Creek Heads. Zara a remarqué une activité de construction importante sur les pentes. Plusieurs grandes maisons à divers stades d'achèvement se dressaient sur des emplacements de choix surplombant l'océan. Des architectures de verre et de bois qui semblaient en décalage avec les modestes maisons en planches qui formaient le noyau d'origine.

— Cannon Developments, a dit Garrett.Il a suivi son regard. Son ton restait neutre. Mais Zara a noté le léger durcissement de sa mâchoire.— Richard Cannon a monté une entreprise de construction il y a une quinzaine d'années. Kirsty en a hérité à sa mort.— Ça a l'air cher.— Ça l'est. Aucun habitant d'ici n'y vivra. Ce sont toutes des résidences de vacances haut de gamme ou des Airbnb, bien au-dessus des moyens de quiconque à Salt Creek.

Il a pris un virage et il s'est dirigé vers un petit parking près d'une rampe de mise à l'eau en béton.— Depuis qu'elle a pris la tête du comité d'urbanisme du conseil, Kirsty pousse fort pour plus de développement. Plus de touristes, plus d'argent qui entre.— Et plus de pouvoir pour elle, a murmuré Zara.

Elle remarquait comme les maisons les plus récentes semblaient s'approprier les meilleurs emplacements le long de la falaise. Les vues les plus époustouflantes. Politique locale, intérêt personnel, et peut-être quelque chose de plus sombre. Tout s'entrecroisait d'une manière qu'elle était encore en train de démêler.

Ils sont arrivés sur le parking à côté de la rampe de mise à l'eau. Quelques autres véhicules avec des remorques vides indiquaient qu'ils n'étaient pas les seuls à profiter du temps parfait, même si la rampe, elle, était dégagée. Garrett a reculé la remorque le long de la rampe avec assurance jusqu'à ce que la poupe du bateau entre doucement dans l'eau.

— Tu veux m'aider à la mettre à l'eau ?, a-t-il demandé, en coupant le moteur.

La procédure était plus complexe que ce à quoi Zara s'était attendue. Il fallait détacher les sangles, contrôler le câble du treuil, s'assurer que tout était arrimé à l'intérieur du bateau avant qu'il ne touche l'eau. Garrett la guidait à chaque étape. Ses mains couvraient parfois les siennes pour montrer le bon geste. Ces frôlements anodins semblaient différents, à présent. Ils étaient chargés d'une attention nouvelle après leur nuit ensemble, et pourtant confortables d'une manière à laquelle elle ne s'était pas attendue.

Une fois le bateau à flot, Garrett l'a conduit jusqu'au petit ponton accolé à la rampe et a appelé Zara pour tenir l'amarre pendant qu'il déplaçait le LandCruiser et la remorque jusqu'au parking. Le soleil lui réchauffait les épaules à travers son T-shirt. L'air était chargé d'odeurs d'eau salée et de palétuviers. Autour d'elle, des pélicans se perchaient sur des piliers érodés. De temps à autre, des poissons brisaient la surface dans de petites éclaboussures. Un aigle de mer planait paresseusement au-dessus.

Garrett est revenu et a bondi dans le bateau. Athlétique et gracieux. Puis il a tendu la main pour aider Zara à monter. L'embarcation a roulé légèrement sous ses pieds pendant qu'elle trouvait son équilibre. Sa main sûre, à sa taille, l'a stabilisée.

— Bienvenue à bord, a-t-il dit, en la guidant vers un siège avant d'enrouler l'amarre puis de gagner la petite console. Le moteur a démarré dans un ronron rassurant. — Prête ?

Zara a hoché la tête. L'excitation montait tandis qu'ils s'éloignaient du ponton. L'eau était calme, seulement troublée par de longues houles que la Quintrex franchissait sans peine. Garrett pilotait avec une assurance tranquille. Une main sur la barre, il balayait des yeux les balises du chenal tandis qu'ils gagnaient des eaux plus profondes.

— C'est magnifique, là-dehors, a dit Zara en faisant glisser ses doigts dans le sillage le long du bateau. L'eau était d'une limpidité engageante, laissant voir le fond sableux et, parfois, des poissons fuyants.

— N'aie pas de grandes idées de baignade si près de la côte, a prévenu Garrett en lisant son expression. — Les crocos adorent ces eaux. Un crocodile marin de quatre mètres a été aperçu la semaine dernière.

Zara a retiré sa main aussitôt, ce qui a fait rire Garrett.— Fille de la ville, l'a-t-il taquinée, mais ses mots n'avaient aucune méchanceté, seulement un amusement chaleureux.

Ils ont contourné un petit promontoire surmonté d'un phare dressé fièrement. Une maison frappante a surgi, perchée de façon spectaculaire sur le flanc de la falaise. Moderne et anguleuse, ses parois vitrées reflétaient le soleil du matin comme un phare. Plusieurs balcons s'avançaient au-dessus de l'eau. Un ponton privé s'enfonçait dans une petite anse protégée en contrebas. Même d'ici, elle dégageait richesse et privilège.

— Chez Kirsty, a dit Garrett.

Zara l'a observée, évaluant l'ampleur, l'emplacement de rêve, l'ostentation. — Ça doit valoir des millions. Elle a bien plus à perdre que je ne l'avais imaginé.

Garrett a hoché la tête. Son expression s'est faite un instant grave. — Tout repose sur l'entreprise de son père, ses connexions politiques. Toute son identité est liée au fait d'être l'enfant chérie de Salt Creek. L'héritière de son empire. Il a contemplé la maison encore un instant, puis s'est secoué, comme pour chasser ça. — Mais on avait un pacte, non ? Pas de dossier aujourd'hui.

— D'accord, a acquiescé Zara, même si son esprit de journaliste rangeait déjà ces observations, les rattachant au tableau d'ensemble qu'ils construisaient.

Garrett a fait virer le bateau pour s'écarter du rivage et mettre le cap au large. Le bourdonnement régulier du moteur et le clapot doux contre la coque créaient un rythme apaisant. Plus ils s'éloignaient de la terre, plus Zara sentait le poids de l'enquête se lever provisoirement de ses épaules.

— Alors, a demandé Garrett, son sérieux cédant la place à un sourire qui plissait le coin de ses yeux, quelle est ton expérience en matière de pêche ?

Zara a ri. Le son portait sur l'eau. — Aucune. J'ai grandi dans la banlieue ouest de Brisbane. Le plus près que je me sois jamais approchée de la pêche, c'était de regarder mon cousin attraper des écrevisses dans le ruisseau derrière la maison de ma tante.

— Les écrevisses, ça compte, a répondu-t-il d'un ton grave, même si ses yeux dansaient d'amusement. — Ce sont juste de tout petits poissons avec plein de pattes.

— Je suis à peu près sûre que ce n'est pas scientifiquement exact.

— Tu remets en cause mon expertise en pêche, Mme Langley ?

— Jamais, inspecteur principal. Je suis complètement à ta merci pour tout ce qui est nautique.

Leurs rires se sont mêlés, emportés par la brise, tandis que Garrett les dirigeait vers un point lointain où il promettait que ça mordrait. En observant son profil tandis qu'il balayait l'horizon, détendu et concentré comme elle ne l'avait jamais vu à Salt Creek même, Zara a senti quelque chose d'inattendu s'installer dans sa poitrine. Pas seulement de l'attirance ou l'après-coup d'une intimité physique, mais la reconnaissance de quelque chose de plus rare. La possibilité d'un lien avec quelqu'un qui comprenait son moteur. Sa détermination. Son refus de détourner les yeux des vérités qui dérangent.

Le lendemain, ils devaient reprendre l'enquête. Les données téléphoniques qu'ils espéraient que Dev récupère. Les secrets dangereux de Salt Creek. Mais aujourd'hui, aujourd'hui leur appartenait. Des heures volées sur une eau bleue, sous un ciel sans limites. Une brève parenthèse avant la tempête qui allait sûrement arriver.

QUINZE

LES OMBRES DE L'APRÈS-MIDI s'allongeaient sur le béton quand le LandCruiser est entré sur le parking du motel. La peau de Zara picotait encore agréablement après des heures au soleil, des cristaux de sel séchaient dans les plis de ses mains. La journée sur l'eau avec Garrett a été un répit inattendu, une parenthèse volée de normalité au milieu d'une enquête de plus en plus dangereuse. Elle sentait des muscles dont elle ne se souvenait plus, qui tiraillaient agréablement d'avoir ramené des poissons. Ils ont tout remis à l'eau en riant. Ils ont convenu d'acheter du poisson-frites pour le dîner à la place. Garrett a coupé le moteur. Le charme de leur parenthèse a commencé à se dissoudre, la réalité est revenue avec la légère odeur d'échappement.

— Je ramène le bateau à la maison et je te retrouve chez moi, a dit Garrett, le regard adouci en la regardant. Les rides autour de ses yeux s'étaient atténuées pendant leur journée sur l'eau, son visage paraissait plus détendu que jamais.

— Je prends une douche, je fais mon sac, je prends du poisson-frites et je conduis jusqu'à chez toi, a répondu Zara en défaisant sa ceinture. La décision de rester chez Garrett est venue facilement après la nuit dernière, après les menaces, après tout. La logique et le désir se sont alignés, pour une fois. — Il me suffit de tout mettre dans la voiture et de libérer la chambre. Compte une heure, à peu près.

Il a hoché la tête. Ses doigts ont tambouriné une fois sur le volant. — Ferme la porte à clé derrière toi.

— Toujours. Elle a esquissé un sourire rassurant. — Même si je ne pense pas qu'ils vont entrer par effraction pendant que je suis là.

— J'espère que non.

Leur au revoir a été bref : un effleurement des doigts, un regard partagé. Aucun des deux n'a reconnu à quel point cela paraissait domestique, cet arrangement décontracté de se retrouver chez lui, de partager un espace. Zara est descendue du véhicule. Garrett s'est éloigné. La remorque du bateau oscillait légèrement derrière le LandCruiser.

Elle s'est approchée de la porte de sa chambre, carte-clé en main. Elle pensait déjà à par où commencer son sac, après avoir lavé le sel de sa peau. Elle voyageait léger. Vivre avec une valise était pour elle une seconde nature au fil d'années de terrain en investigation.

La carte-clé a cliqué dans la fente. La serrure s'est désengagée. Zara a poussé la porte.

Tout de suite, quelque chose n'allait pas.

L'air à l'intérieur était différent. Il semblait perturbé, subtilement réarrangé. Ses instincts de journaliste, aiguisés par des années d'environnements hostiles et d'histoires dangereuses, se sont mis en alerte. Son esprit conscient a mis un moment à saisir pourquoi.

Elle s'est arrêtée sur le seuil. Elle avait encore une main sur la poignée. Les rideaux étaient tirés, plongeant la chambre dans un crépuscule artificiel malgré le soleil de l'après-midi au-dehors. Rien ne paraissait immédiatement déplacé. Sa mallette de matériel était posée sur le bureau, à la même place que le matin, couvercle toujours fermé. La porte de la salle de bains était entrouverte exactement au même angle.

Mais l'odeur était différente. Quelque chose de chimique, sous les senteurs habituelles de détergent industriel et de désodorisant. Une bouffée de feutre indélébile, âcre et piquante.

Et le lit. Les draps étaient froissés selon un motif qui ne correspondait pas aux plis qu'elle laissait.

La respiration de Zara s'est coupée quand ses yeux se sont habitués à la pénombre. Des photographies couvraient le lit défait. Des dizaines.

Elle.

En train de marcher le long de la rue principale de Salt Creek.

Debout devant le Golden Horse.

En train de parler à Jane Goulding sur un banc du parc.

Assise dans sa voiture, devant la maison de l'une des anciennes amies d'école d'Iris.

Chaque image a été capturée de loin mais avec une netteté dérangeante, certaines manifestement prises au téléobjectif. La surveillance était professionnelle, méthodique, et cela durait depuis des semaines, à en juger par ses vêtements qui changeaient d'une photo à l'autre.

Mais une chose lui a soulevé le cœur. La dégradation. Plusieurs photos montraient son visage barré d'un marqueur noir épais, des traits violents déchiraient le papier par endroits. Au centre de l'ensemble, clouant au matelas un gros plan de son visage, se trouvait un couteau de cuisine. Ce n'était pas un cran d'arrêt ni un canif, mais un vrai couteau de chef, du genre fait pour couper sérieusement.

La bile lui a remonté dans la gorge. Le message semblait implacablement clair, comme s'ils l'écrivaient avec son propre sang.

Ses mains ont tremblé, mais elle les a maîtrisées par la seule force de sa volonté. Elle s'est forcée à respirer, trois temps à l'inspiration, trois à l'expiration. Elle l'apprenait lors de son premier stage de formation en milieu hostile, des années plus tôt.

La mallette de matériel. Elle s'est dirigée rapidement vers elle. Le couvercle était fermé, mais les verrous… non, ils étaient encore enclenchés. Elle a dépensé une belle somme pour cette mallette. Elle voulait s'assurer que son matériel restait en sécurité quand il n'était pas sur elle. Elle y laissait toujours une balise de suivi GPS aussi. La mallette s'est ouverte dans un déclic satisfaisant et a révélé ses micros coûteux, son enregistreur et ses disques de sauvegarde, intacts. Elle s'est dit que c'était de l'argent bien dépensé.

Une maigre consolation, au moins. Son travail restait à l'abri, même si elle, elle ne l'était pas.

Zara a refermé et reverrouillé la mallette, puis elle s'est redressée et a tiré son téléphone de sa poche. La chambre paraissait soudain plus petite, les murs se refermaient, mais elle refusait de fuir sans ses affaires. Fuir ne faisait que montrer une faiblesse, et celui qui la surveillait s'en nourrissait clairement.

Elle a composé le numéro de Garrett, en gardant sa respiration mesurée pendant que l'appel se connectait. Ses jointures blanchissaient autour du téléphone, seul signe visible de tension qu'elle s'autorisait.

— Je t'ai déjà manqué ?Sa voix gardait la chaleur persistante de leur journée passée ensemble.

— Quelqu'un est encore entré ici.Zara a gardé un ton délibérément posé, professionnel. La stabilité de sa voix l'a surprise elle-même.

Le silence qui a suivi a duré à peine une seconde mais a semblé beaucoup plus long. Quand Garrett a repris la parole, toute chaleur a disparu de sa voix, remplacée par le tranchant du détective.— Merde, j'aurais dû entrer avec toi ! Tu es en sécurité ? Ils sont encore là ?

— Aucun signe de qui que ce soit. Mais il y a des photos.Elle a avalé sa salive.— De moi. Avec un couteau. Pas moi avec un couteau, le couteau a été planté à travers la photo...Elle se rendait confusément compte qu'elle n'était pas très cohérente. Le choc ? Heureusement, Garrett la prenait au sérieux.

— Ne touche à rien. Je fais demi-tour tout de suite.Le moteur a rugi à l'autre bout.— Reste en ligne. Garde la porte verrouillée.

— Ça va, a-t-elle insisté.Ils savaient tous les deux que c'était un mensonge.— Juste... dépêche-toi.

Zara s'est dirigée vers la porte. Elle a jeté le pêne dormant et a fait glisser la chaîne de sécurité. Elle savait que ce n'était qu'une protection symbolique. Elle s'est placée de façon à voir à la fois la porte et le lit profané. Elle refusait de les quitter des yeux.

La pièce paraissait chargée maintenant, comme si l'air lui-même portait de la malveillance. Elle recensait des armes potentielles. La lampe de bureau, assez lourde pour assommer. Le stylo dans sa poche, à enfoncer dans un tissu mou si nécessaire. Même le couteau, même si elle ne voulait pas le toucher au cas où il y aurait des empreintes ; si tout dégénérait, elle l'arracherait du matelas et se défendrait avec. La journaliste en elle observait ces pensées avec un intérêt détaché, en notant la rapidité avec laquelle son esprit passait aux calculs de survie.

Par le téléphone, elle entendait la respiration maîtrisée de Garrett, et un juron de temps à autre pendant qu'il se frayait un chemin dans la circulation. Sa présence, même seulement à l'oreille, la stabilisait.

— Trois minutes, a-t-il dit.

Zara a hoché la tête, même s'il ne pouvait pas la voir.— Je suis là.

En attendant, en guettant un mouvement dans les ombres, elle pensait aux ecchymoses sombres sur les bras d'Iris Zhang, à des marques en forme de doigts laissées par une immersion forcée. À quelqu'un qui protégeait son secret depuis onze ans et qui ferait manifestement tout pour le garder enterré à jamais.

Le crissement des pneus sur le parking a annoncé l'arrivée de Garrett avant qu'il ne puisse ajouter un mot.

Des pas lourds ont martelé le béton dehors, puis trois coups secs ont retenti. Elle s'est avancée vers la porte. Elle a regardé par l'œilleton avant de déverrouiller le pêne dormant et de libérer la chaîne. Garrett a fait irruption. Ses yeux ont accroché les siens d'abord ; un regard rapide, évaluateur, s'est adouci un instant de soulagement, puis s'est durci de nouveau en balayant la chambre. La remorque de bateau était toujours attelée à son LandCruiser. Elle a jeté un coup d'œil par la porte ouverte. Elle l'a vu garé à la hâte en travers de plusieurs places du parking du motel.

— Tu es blessée ? a-t-il demandé, en refermant la porte derrière lui.

Zara a secoué la tête.— Non. Juste...Elle a désigné le lit.

Garrett s'est approché du lit avec précaution, les mains jointes dans le dos pour éviter de contaminer les preuves. Il s'est penché pour examiner les photos sans les toucher. Ses yeux ont passé en revue chaque image méthodiquement. Ils ont retracé le parcours du rôdeur. Il la suivait depuis des semaines.

— Celles-ci ont été prises avec un vrai appareil, a-t-il dit, d'une voix cliniquement détachée.— Téléobjectif. Qualité professio nnelle.Il a contourné le lit et a étudié la disposition sous différents angles.— Le couteau vient d'un ensemble de cuisine standard. Pas cher ; j'en ai déjà vu en vente chez KMart. Probablement acheté par correspondance. Ou alors quelqu'un a conduit jusqu'à Bundaberg pour l'acheter là-bas et tirer les photos en même temps.

Zara l'a regardé travailler, reconnaissante pour sa concentration professionnelle. Cela créait un tampon entre elle et l'espace profané, la menace étalée en tirages brillants 10 × 15.

— Celle-ci, a continué Garrett en montrant une photo où Zara entrait dans le restaurant des Zhang, a été prise hier matin, juste avant qu'on parte pêcher. Et celle-là, a-t-il ajouté en désignant une autre où on la voyait sortir de sa voiture aux petites heures, devant sa maison, vient d'hier soir.

La conclusion s'est imposée entre eux. Celui qui observait savait pour eux. Il savait leur lien personnel grandissant. Il savait qu'elle avait passé la nuit chez lui.

— Donc, ils n'ont pas conduit jusqu'à Bundaberg pour tirer les photos, a-t-il murmuré. — Intéressant. Peu de gens en ville auraient une imprimante capable de sortir cette qualité.

Le regard de Garrett a fini par se poser sur l'image centrale. Le visage de Zara en gros plan, le couteau planté dedans, jusqu'au matelas. Pendant un bref instant, son masque professionnel a glissé et a révélé quelque chose de brut et de furieux dessous. Sa mâchoire s'est serrée si fort qu'un muscle a tressailli sous la peau.

— Ils te suivent en continu, a-t-il dit, la voix plus basse. — Ils documentent tes déplacements. Ils montent un dossier. Ce n'est pas une intimidation au hasard. C'est...Il s'est interrompu, en luttant pour garder le contrôle.— C'est une surveillance préopérationnelle.

Le terme flottait dans l'air, clinique et terrifiant. *Préopérationnelle*. L'étape avant le passage à l'acte. Avant la violence.

Garrett s'est redressé et s'est retourné pour lui faire pleinement face. Le détachement professionnel qu'il maintenait s'est fissuré d'un coup, complètement, comme de la glace sous un poids inattendu. En trois foulées rapides, il l'a rejointe, l'a attirée contre lui, une main calée derrière sa tête, l'autre bras serré autour de sa taille.

— Je deviens fou à essayer de te protéger tout en gardant mes distances, a-t-il avoué, la voix brisée contre ses cheveux. — J'essaie de maintenir une sorte de limite professionnelle alors que tout ce que je veux, c'est te garder en sécurité.

Les mots ont vibré dans la poitrine de Garrett contre sa joue. Zara a senti quelque chose céder en elle. Elle ne se rendait pas compte qu'elle maintenait encore ce mur. Elle a tremblé contre lui, de peur enfin reconnue, de soulagement de ne pas affronter cela seule, et de l'intensité d'être de nouveau tenue par lui après leur journée sur l'eau, passée à garder une distance amicale et prudente.

Ses bras se sont refermés autour de sa taille, ses mains se sont crispées dans le dos de sa chemise. Elle sentait son cœur marteler sous sa joue, elle respirait les traces persistantes d'eau salée sur sa peau mêlées à l'odeur plus âpre d'une sueur teintée de peur. Son corps était solide et chaud, une ancre dans le terrain mouvant de cette enquête.

— Je n'arrête pas de penser à Iris, a-t-elle murmuré contre sa poitrine. Aux bleus sur ses bras. À quelqu'un qui la maintenait sous l'eau. Elle s'est reculée juste assez pour lever les yeux vers lui, maintenant sa voix stable par la force de sa volonté. — Ils vont plus loin, pas vrai ?

Garrett a hoché la tête, sans chercher à la protéger de la vérité. Ses yeux, d'ordinaire froids et maîtrisés, brûlaient d'une intensité qui lui a serré la poitrine. Une main est venue encadrer son visage, son pouce dessinait sa pommette avec une douceur surprenante au regard de la tension qui raidissait le reste de son corps.

— Oui, a-t-il dit simplement. Ils vont plus loin.

À cet instant, en le regardant, Zara s'est rendu compte que toute prétention de professionnalisme ou de bienséance n'existait plus. Il restait quelque chose de ramené à l'essentiel : un homme et une femme côte à côte face au danger, liés par un but commun et un sentiment grandissant que ni l'un ni l'autre n'étaient prêts à nommer.

Sa main tremblait légèrement contre son visage. — Je n'aurais pas dû te laisser seule, a-t-il dit, l'auto-accusation claire dans sa voix. Même pas vingt minutes. Pas après tout ce qui est arrivé. — Tu ne pouvais pas savoir, a répondu Zara en couvrant sa main de la sienne. Et ça va. J'ai eu un choc, mais ça va.

Le regard de Garrett est revenu vers le lit, vers le couteau qui avait été destiné à terroriser, à intimider. Son expression s'est de nouveau durcie, mais autrement qu'avant, non pas d'une distance professionnelle, mais d'une détermination personnelle.

— Tu ne restes pas ici une minute de plus, a-t-il dit, des mots qui ne laissaient ni question ni place au débat. Rien ici ne vaut le risque pour ta sécurité.— Je ne vais pas discuter. Zara a tenté un sourire qui n'a pas vraiment atteint ses yeux. J'ai déjà toutes les images qu'il me faut sur le charme des motels de petite ville.Il ne lui a pas rendu son sourire, et son regard est revenu à son visage avec une intensité qui lui a coupé le souffle.— Il faut que je documente ça, a-t-il dit. Prendre des photos, mettre les preuves sous scellés. Mais je ne te laisse plus seule.

L'enquêteur professionnel a refait surface brièvement, mais transformé à présent : son attachement aux procédures n'était plus en conflit avec ses sentiments personnels ; il en était nourri, affûté à un tranchant dangereux.

— Je vais t'aider, a dit Zara en se détachant à contrecœur de son étreinte, tout en gardant une main sur son bras, comme si aucun d'eux ne voulait rompre complètement le contact. Dis-moi quoi faire.

Ses doigts se sont emmêlés brièvement aux siens, une pression d'assentiment qui ressemblait à une promesse.— D'abord, on documente. Ensuite, on te sort d'ici. Ses yeux ont accroché les siens, stables et sûrs. Et ensuite, on trouve qui a fait ça.

Garrett a photographié méthodiquement les clichés exposés, le couteau, la mise en scène sur le lit. Ses gestes étaient précis, professionnels, même si Zara voyait la tension dans ses épaules, la fureur contenue dans la rigidité maîtrisée de sa posture. Elle se tenait près du bureau, son ordinateur portable déjà rangé, et elle le regardait documenter la scène avec la même rigueur qu'il mettait depuis onze ans dans l'enquête sur la mort d'Iris Zhang. Quand il a enfin relevé la tête, en glissant son téléphone dans sa poche, le regard qu'ils ont échangé a tout dit. Il était temps de partir.

— Je m'occuperai des preuves plus tard, a-t-il dit en sortant un grand sac à scellés du kit d'urgence de son véhicule. Mains gantées, il a glissé le couteau et les photos dans le sac, puis il l'a scellé. — De quoi as-tu besoin ici ?

Ils se sont déplacés dans la petite chambre avec une coordination surprenante, comme s'ils en avaient l'habitude depuis longtemps. Zara a sorti sa valise de l'armoire pendant que Garrett vérifiait la salle de bains pour ses affaires de toilette. Il y avait dans leurs mouvements une efficacité qui contredisait la nouveauté de leur lien.

— Les chargeurs ? a demandé Garrett, parcourant déjà les prises du regard.— Je les ai. Zara pliait des vêtements dans son sac à dos, privilégiant le pratique au soigné. Ses doigts tremblaient légèrement pendant qu'elle rangeait, la retombée d'adrénaline commençait à se faire sentir, mais elle tenait bon avec la même détermination qui la portait dans les zones de guerre et les zones sinistrées.

Garrett s'est approché pour l'aider à plier une chemise à boutons, ses mains ont effleuré les siennes au passage. Le contact a duré un battement de plus que nécessaire, ses doigts étaient chauds contre sa peau encore dorée par le soleil. Leurs regards se sont croisés au-dessus du tissu à demi plié, un courant est passé entre eux. Pas seulement à propos de la menace, ou de l'affaire, mais à propos d'eux, de cet alignement imprévu et inattendu du désir et du but.

— Ton matériel d'enregistrement, lui a rappelé doucement Garrett, rompant l'instant sans briser le lien.

Zara a hoché la tête, et elle est allée récupérer la mallette Pelican sur le bureau. Garrett l'a prise de ses mains, en en jaugeant le poids.— Lourd, a-t-il commenté. Bon matériel ?— Le meilleur que je pouvais me permettre, a-t-elle répondu, tandis qu'elle le regardait le poser soigneusement près de la porte, à côté de son sac à dos. Il y avait dans ce geste, dans le soin qu'il mettait à traiter ses outils professionnels, quelque chose qui l'a touchée à son insu. La reconnaissance de ce qui comptait pour elle, de ce qui la définissait au-delà de cette affaire.

Ils ont continué à se déplacer dans la chambre dans cette danse d'efficacité et d'intimité. Garrett a récupéré ses notes sur le bureau tandis que Zara ramassait les quelques objets personnels sur la table de chevet : un poche usé, le bracelet en argent de sa mère, une petite boîte de pastilles. Sa main était posée dans le creux de son dos pendant qu'ils vérifiaient sous le lit s'ils n'avaient rien fait tomber.

Pendant tout ce temps, Zara restait douloureusement consciente du sac de preuves scellé sur le bureau, et de ce qu'il représentait. Quelqu'un observait chacun de ses gestes, consignait sa routine, attendait le bon moment. Et maintenant, ils sont passés de la surveillance à la menace directe.

— Autre chose ? a demandé Garrett en balayant du regard la chambre à présent vidée. Il s'est montré minutieux, professionnel, mais la tension ne l'a jamais quitté. Sa mâchoire restait crispée, ses yeux allaient sans cesse de Zara à la porte, prédateur aux aguets.Elle a fait non de la tête, a fermé la valise avec une finalité qui semblait dépasser le simple geste.— C'est tout.

Garrett a fait un dernier tour de la pièce, a recontrôlé l'armoire, a jeté un coup d'œil sous le lit. Lorsqu'il s'est redressé, son expression s'est durcie, ses yeux étaient froids d'une colère à peine contenue en regardant le lit défait où se trouvait le couteau. À cet instant, elle voyait l'enquêteur redoutable qui poursuivait depuis onze ans la justice pour une fille qu'il connaissait à peine.

— On y va, a-t-il dit, la voix basse et tendue. Il a pris la mallette Pelican et le sac de scellés d'une main, son sac pour ordinateur de l'autre.

Zara a attrapé sa valise et l'a fait rouler vers la porte. Comme Garrett la tenait ouverte, elle s'est arrêtée sur le seuil et a jeté un dernier regard à la chambre qui était sa base depuis des semaines. L'espace semblait plus petit, contaminé par l'intrusion, par la menace. La sécurité qu'il offrait autrefois n'existait plus.

— Zara ? La voix de Garrett l'a ramenée au présent.— J'arrive. Elle s'est détournée et elle est sortie dans la lumière de fin d'après-midi. La normalité de l'extérieur du motel — l'enseigne délavée, la piscine vide, les voitures éparses — paraissait surréaliste après la violation à l'intérieur.

Garrett a chargé ses affaires dans son LandCruiser, la remorque du bateau toujours attelée, rappel de leur journée sur l'eau qui paraissait désormais incroyablement lointaine. Ses gestes étaient vifs, mais ses yeux balayaient sans cesse le parking, le bureau du motel, la route au loin. À l'affût de menaces, d'observateurs, de quiconque s'attardait un peu trop.

En le regardant, Zara a senti la fatigue la submerger. La combinaison du soleil, de la pêche et de l'adrénaline de la peur l'a laissée vidée. Elle s'est adossée à la porte fermée de sa chambre désormais vide, les yeux clos un instant.

— Ça va ? a demandé Garrett à voix basse.

Elle a ouvert les yeux et elle l'a trouvé en train de la regarder, l'inquiétude se lisait dans les rides autour de ses yeux.— J'encaisse, a-t-elle répondu franchement. — Ça a été une journée d'extrêmes.

Sa main a trouvé la sienne, et leurs doigts se sont entrelacés. — Je sais. On a l'impression que ce qui s'est passé ce matin est arrivé à d'autres personnes.

Cette vérité simple restait suspendue entre eux. Ils étaient d'autres personnes, là-bas sur ce bateau. Plus légers, débarrassés de l'enquête, du danger. À présent, la réalité s'est imposée avec une brutalité limpide.

— Je sais que tu allais amener ta voiture chez moi. Mais je ne pense pas que tu doives la conduire.

Elle l'a regardé en clignant des yeux, cherchant à comprendre. — Je ne suis pas si épuisée. Ta maison n'est pas loin.

— Ce n'est pas ce que je voulais dire. Il a relâché doucement sa main, puis il l'a glissée sous son coude pour la guider vers le côté passager du LandCruiser. — Je voulais dire : je veux que Mick l'examine à fond avant que tu la reprennes.

— Oh. Elle a regardé sa voiture, garée, l'air innocent, sur la place devant la chambre du motel où elle l'a laissée. — Tu veux dire...

— Il peut y avoir un sabotage moins visible que des pneus crevés.

Zara ne s'intéressait guère aux voitures. Oh, elle savait changer une roue et vérifier l'huile, mais au moindre souci, elle emmenait la voiture directement chez le garagiste le plus proche. Elle n'avait pas la moindre idée de ce que, précisément, quelqu'un pouvait avoir fait à sa voiture pour la mettre hors d'usage sans se faire remarquer, mais elle pouvait aisément croire que c'était possible. Des images de conduites de frein sectionnées lui ont traversé l'esprit, et elle a ouvert la porte passager du LandCruiser et elle est montée.

— Appelons Mick dès demain matin.

— Entendu. Garrett lui a serré la main une fois avant de la lâcher, puis il a contourné le véhicule pour s'installer au volant. Quand ils se sont éloignés du motel, Zara l'a regardé s'éloigner dans le rétroviseur latéral. Le poids de ce qui s'est passé aujourd'hui — la joie de leur moment ensemble et la menace qui a suivi — s'est installé entre eux comme quelque chose de tangible.

— Tu sais que ça change tout, a-t-elle dit enfin, en regardant encore le motel rapetisser au loin. — On ne peut plus garder des frontières professionnelles.

Les yeux de Garrett restaient sur la route, mais son expression s'est légèrement adoucie.— Je crois qu'elles se sont évaporées quelque part entre le commissariat et ma chambre, a-t-il répondu, une pointe d'humour sec perçant la tension. — Mais oui. C'est... différent.

— Quelqu'un sait, a poursuivi Zara, mettant des mots sur ce qu'ils avaient tous les deux compris. — Pour nous. On les a eus sur le dos hier soir, ils me surveillaient chez toi.

Ses mains se sont crispées sur le volant.— Je sais.

— Ils essaient de me faire lâcher l'affaire. De nous faire peur tous les deux.

— Oui.

— Ça ne va pas marcher. Elle s'est tournée pour regarder son profil, la détermination inscrite dans chaque ligne de son visage.

Garrett a jeté un bref coup d'œil vers elle, quelque chose est passé sur son expression et ça lui a serré la poitrine.— Non, a-t-il approuvé. — Ça ne va pas.

Il a mis son clignotant et il a quitté la nationale, pour tourner vers ce qui tenait lieu de banlieue à Salt Creek, en direction de sa maison aux espaces épurés et à l'ordre soigneux, à sa promesse de sécurité. Derrière eux, quelque part dans cette ville, un tueur observait et attendait ; il observait et attendait depuis onze ans.

La seule différence, c'était que, maintenant, ni Zara ni Garrett n'affrontaient cette menace seuls.

SEIZE

ILS ONT MANGÉ DU poisson-frites sur la terrasse à l'arrière de chez Garrett, du papier gras étalé entre eux, des bières bien froides qui perlaient dans l'air du soir. Ils parlaient peu. La journée oscillait si violemment entre des extrêmes que la conversation semblait inadaptée. Zara chipotait des morceaux de poisson en beignet et regardait des roussettes traverser le ciel qui s'assombrissait ; son corps était alourdi par le soleil et endolori, son esprit ressassait encore les photos, le couteau, la violation de son espace.

Garrett mangeait d'un geste régulier, machinal, comme toujours quand ses pensées étaient ailleurs. Quand il a terminé, il a froissé le papier en boule, il a pris une longue gorgée de bière et il a dit : — Il faut qu'on arrête de gratter les bords de cette histoire.

Zara l'a regardé.

— Il faut qu'on confronte quelqu'un directement. Quelqu'un qui connaît la vérité et qui pourrait craquer.

Elle pensait la même chose toute l'après-midi ; même sur l'eau, la question tournait sous le calme de façade de leur sortie pêche. Les récits de seconde main et les questions prudemment posées n'allaient pas faire sauter l'affaire. Quelqu'un est passé de la surveillance à la menace directe aujourd'hui. L'enquête devait être à la hauteur de cette escalade.

— Finch, a-t-elle dit.

Garrett a hoché la tête. Il s'est renfoncé dans sa chaise et il a fixé le jardin, où la remorque du bateau reposait, dételée, sur l'herbe, relique de leurs quelques heures à faire semblant que la vie était normale.— Kirsty ne parlera jamais de son plein gré, et je ne suis pas vraiment sûr que quiconque sache quoi que ce soit, mais Finch, lui, sait quelque chose. Je ne pense pas qu'il a été directement impliqué dans le meurtre d'Iris ; je ne l'ai jamais pensé. Mais je pense qu'il a été complice de l'étouffement. Ça fait de lui le maillon faible.

— Il a refusé de me parler quand je l'ai contacté, a rappelé Zara. — Il a prétendu ne pas se souvenir des détails d'une noyade vieille de onze ans.

— À l'époque, tu n'étais qu'une journaliste qu'il pouvait envoyer balader. La bouche de Garrett a tressailli, sombre. — Mais moi, je suis sergent-détective et je demande un service professionnel à un collègue à la retraite. C'est une autre dynamique.

— Tu crois qu'il acceptera de te voir ?

— De nous voir, a corrigé Garrett en attrapant son portable. — Il acceptera de nous voir. Finch est un lâche, mais un lâche pragmatique. Il prendra le rendez-vous ne serait-ce que pour savoir ce qu'on sait.

Elle l'a regardé faire défiler ses contacts, retrouver le numéro qu'il a gardé toutes ces années. Son pouce est resté en suspens un instant au-dessus de l'écran, puis il a appuyé sur Appeler et il a posé le téléphone en haut-parleur entre eux.

Trois sonneries, puis une voix rauque a répondu.— Garrett Pennell. Un peu tard pour un appel amical, non ?

— Bonsoir, Finch. La voix de Garrett a changé, elle a pris cette autorité décontractée qu'elle connaissait chez lui avec d'autres officiers. — Ça faisait un moment que je voulais te voir. Je pensais descendre à la Gold Coast demain ; partant pour une discussion ?

Un silence, lourd.— Une raison particulière à ce soudain intérêt pour un vieil ancien collègue ? Le ton de Finch restait égal, mais Zara a perçu la tension en dessous.

— On pourrait reparler du bon vieux temps. En particulier d'une enquête à Salt Creek, 2014. Iris Zhang. Ça te dit quelque chose ?

Le silence s'est prolongé au point que Zara a craint qu'il ne raccroche. Puis un léger soupir, plus proche de la résignation que de la surprise.

— T'as toujours été un sacré obstiné, a dit Finch. — Toujours ce ressentiment après toutes ces années.

— Pas un ressentiment. De nouveaux éléments sont sortis. Des choses que tu préféreras, je pense, discuter en privé plutôt que les voir sortir par d'autres canaux.

Un autre silence. Zara voyait presque Finch peser ses options, l'esprit de l'ancien flic faisait ses calculs.

— Très bien, a dit Finch. — Demain après-midi. Chez moi à Broadbeach. Trois heures. Il a débité une adresse, que Garrett a notée sur un carnet. — Tu viens seul, ou la journaliste vient aussi ? Celle qui met le feu aux poudres.

Les yeux de Garrett ont croisé ceux de Zara par-dessus la table.— Madame Langley m'accompagnera.

— Je m'en doutais. Finch a soupiré. — Vous faites une sacrée équipe, *d'après ce qu'on me dit*. À demain. La ligne s'est coupée.

Zara a levé un sourcil. — « *D'après ce qu'on me dit.* » Il nous suit de près.

— Quelqu'un à Salt Creek continue de l'alimenter en informations. Garrett a posé son téléphone. — Quoi qu'il en soit, on a notre rendez-vous.

Ils ont débarrassé les papiers de poisson-frites, et la table à manger est devenue leur salle d'opérations : des preuves étalées en piles soigneuses, des photos d'Iris, de Malcolm Finch et de Kirsty Cannon épinglées sur un panneau de liège que Garrett a sorti de la chambre d'amis. Zara s'est placée devant, étudiait les visages ; ses doigts ont effleuré une fois la photo du couteau qui a été planté à travers sa propre image quelques heures plus tôt.

Ils ont passé les quelques heures suivantes à éplucher les preuves, en sélectionnant ce qu'il fallait emporter et quels angles pousser. Garrett a organisé ses notes de terrain originales, les photos des ecchymoses qui n'ont jamais figuré dans les rapports officiels, les dépositions de témoins qui ont été modifiées entre les premiers entretiens et la documentation finale.

— Il faut qu'il se sente acculé mais pas menacé, a dit Garrett. — Finch réagit à la pression calculée, pas à l'agression.

Zara a ajouté ses propres notes au dossier : la récupération du téléphone, les incohérences de la chronologie, les menaces qui s'intensifiaient contre elle. — Et les données du téléphone ? Dev n'a pas encore terminé la récupération ; je lui ai envoyé un texto plus tôt et il a dit qu'il n'était toujours pas sûr de pouvoir en tirer quoi que ce soit.

Garrett a levé les yeux. La lumière de la lampe a accroché l'argent à ses tempes. — Finch ne le sait pas.

Elle a croisé son regard, comprenant.— On bluffe.

— On lui dit qu'on a récupéré le téléphone. On lui dit qu'on a des données sur la carte microSD qui sont en cours d'analyse médico-légale. On laisse son imagination combler les trous. Un homme coupable suppose toujours que tu en sais plus que ce n'est le cas. Il a tapoté du doigt sur la table. — Il comblera de lui-même les blancs.

— Et s'il nous prend au bluff ?

— Il ne le fera pas. Pas si on est assez précis sur ce qu'on sait et assez vagues sur ce qu'on ne sait pas. L'expression de Garrett était dure, sûre. — Finch attend depuis onze ans que quelqu'un vienne frapper. Il entendra ce qu'il craint d'entendre.

Zara a hoché lentement la tête. C'était un pari, mais raisonnable.— Il faudra le répéter. Aligner les détails.

— D'accord.

Ils y ont passé une heure de plus, en façonnant le bluff comme un scénario : ce qu'il fallait présenter comme acquis, où laisser le silence travailler, quand lâcher l'info sur les données du téléphone. Leurs mains se frôlaient à l'occasion quand ils se passaient les documents, chaque contact apportant une petite chaleur au milieu du sérieux de la tâche.

— Et s'il ne cède pas ? a-t-elle demandé.

L'expression de Garrett s'est adoucie un instant.— Il cédera. Ça fait onze ans que Finch porte ça, et c'est un homme qui tient à son confort. L'idée de perdre sa pension, sa réputation, son abonnement au club de golf... Il a secoué la tête. — Il parlera.

Ils se sont affalés dans le lit juste après minuit. Zara écoutait la respiration de Garrett ralentir, tandis que son propre esprit

tournait encore, cherchant les possibles, imaginant ce que demain apporterait.

Le matin est arrivé vite. Garrett était debout avant elle, déjà au
téléphone dans la cuisine. Elle a surpris la fin de sa conversation
en s'avançant pieds nus : « ... quelques jours de congé perso ; je
descends à la Gold Coast aujourd'hui, retour demain. Drinan
a le planning couvert. Ouais. Merci. » Il a raccroché et il l'a
regardée.— Le commissariat, c'est réglé. Le café est en route.

Ils se sont habillés dans un quasi-silence, en enfilant chacun ce
qui tenait de l'armure : Zara, une jupe crayon noire au genou,
une chemise impeccablement repassée, des bottines à talon
raisonnable ; Garrett, un chino net et un polo bleu. Elle a aperçu
leur reflet dans le miroir du couloir pendant qu'ils rassemblaient
les dossiers, et la vision l'a frappée. Ils ressemblaient à des partenaires. À tous les égards.

Garrett est passé par le garage de Mick en quittant la ville. Le
mécano était déjà jusqu'aux coudes dans un moteur de Hilux
quand ils se sont arrêtés ; il s'essuyait les mains sur un chiffon
qui ne faisait que les salir davantage.

— La voiture de Zara est encore au motel, a dit Garrett en
tendant les clés. — Quelqu'un est entré dans sa chambre. Je veux
que tu passes la voiture au peigne fin avant qu'elle la reprenne.
Freins, direction, conduites de carburant, tout.

Mick a haussé les sourcils, mais il n'a pas posé de questions ; il
a juste glissé les clés dans sa poche.— Je la remorquerai ici ce

matin. J'y jetterai un œil cet aprèm si je peux, demain au plus tard.

— Merci, j'apprécie. On revient demain. Garde-la ici jusqu'à ce qu'on la récupère.

Mick a hoché la tête, son regard a brièvement glissé vers Zara avec une pointe qui pouvait ressembler à de l'inquiétude. — Faites attention, vous deux, hein ?

— Toujours, a dit Garrett avec un sourire crispé qui n'a pas atteint ses yeux.

Le trajet jusqu'à la Gold Coast a pris la majeure partie de la journée, près de sept heures tout droit sur la M1. Ils parlaient peu, absorbés par leurs pensées. Ils se sont arrêtés dans une station-service près de l'aéroport pour manger, assis côte à côte à avaler de la restauration rapide que ni l'un ni l'autre ne goûtait vraiment avant de repartir.

— Il a eu la belle vie, a dit Garrett tandis qu'ils entraient sur le territoire de la Gold Coast, les tours miroitant devant eux. — Avantages complets, pension complète. Belle maison dans une résidence sécurisée avec vue sur l'eau. Golf trois fois par semaine. Pendant que les parents d'Iris se réveillent encore chaque matin en sachant que le meurtrier de leur fille n'a jamais été arrêté.

— Comment tu connais sa routine ?

— Je l'ai surveillé de loin, a admis Garrett. — Il me fallait comprendre à quoi il tient. Ce qu'il a à perdre.

Ils ont bifurqué vers la résidence pour retraités, l'entrée encadrée de palmiers taillés au cordeau et d'hibiscus en fleurs. Des pelouses vertes s'étendaient entre des villas d'inspiration méditerranéenne ; des voiturettes de golf étaient garées à côté de voitures de luxe. Confort mérité ou, dans le cas de Finch, acheté avec une vérité enterrée.

La villa de Finch se trouvait près de l'eau, toit en terre cuite et murs blanchis qui luisaient au soleil de l'après-midi. Un petit bateau oscillait à un ponton privé à l'arrière. Garrett s'est garé dans l'allée, mais il n'a pas bougé pour descendre.

— Prête ? Sa main a trouvé la sienne par-dessus la console.

Zara a serré ses doigts une fois, puis elle les a lâchés pour attraper sa sacoche.— Allons lui rafraîchir la mémoire.

Ils se sont tous les deux arrêtés quelques instants pour s'étirer, les muscles raides d'être restés assis toute la journée. Puis ils ont remonté l'allée du jardin ensemble, les épaules presque jointes. Finch a ouvert à la deuxième frappe, emplissant l'encadrement. Il paraissait plus petit que sur ses photographies ; la retraite lui donnait désormais des formes plus souples qu'autrefois. Mais ses yeux étaient vifs, allant de Garrett à Zara avec l'évaluation d'un flic de carrière.

— Eh bien, a dit Finch en se reculant pour les laisser entrer. — Autant s'y mettre tout de suite.

Le salon de Finch était meublé de cuir, tout orienté pour mettre en valeur la vue sur l'eau, avec une vitrine de médailles de service et des photos de petits-enfants souriants. Le ventilateur de plafond brassait la fraîcheur de la climatisation. Zara s'est assise à côté de Garrett sur un canapé en cuir crème, observant Finch jouer les hôtes. Il a proposé des boissons.— Bière ? Vin ? Un peu tôt, mais je ne dirai rien si vous ne dites rien.Son ton jovial laissait entendre que ce n'était qu'une visite de courtoisie. Garrett a refusé. Zara a demandé de l'eau.

Elle étudiait l'homme qui, jadis, a étouffé le meurtre d'une adolescente. La retraite lui a apporté l'embonpoint des parties de golf et des longs déjeuners, mais ses yeux restaient vifs, calculateurs, sous la chaleur bonhomme de grand-père.

Finch est revenu avec un plateau de verres d'eau, la glace qui cliquetait.— Alors, a-t-il dit en s'installant dans un fauteuil qui dominait à la fois la pièce et la vue, vous avez fait sept heures de route pour parler d'une noyade d'il y a onze ans. Ça doit être un sacré podcast, Mme Langley.

— Ce n'est pas seulement pour le podcast, a répondu Zara.

— Non ? Ses sourcils se sont levés. — Quoi, alors ? La justice ?Il a prononcé le mot avec la légère ironie d'un homme qui a passé des décennies à décider quelle version appliquer.

Garrett a ouvert la fermeture éclair de la sacoche, sans se presser.— Il n'est jamais trop tard pour la vérité, Malcolm.

Quelque chose a vacillé sur le visage de Finch à l'emploi du prénom, ce léger basculement de l'ancien supérieur au suspect potentiel. Il l'a masqué d'un geste évasif.— La vérité, c'est que la fille s'est noyée. Accident tragique. Rien de plus.

Sans répondre, Garrett a posé une chemise cartonnée sur la table basse.— Mes notes de terrain originales du 15 octobre 2014. Celles qui ont mystérieusement disparu du dossier.

Il a ouvert la chemise pour révéler des pages photocopiées d'une écriture soignée. Zara les a reconnues depuis leur nuit au poste. C'étaient les notes originales de Garrett sur la scène, détaillant ses observations : profondeur de l'eau. Position du corps. Température. Et les ecchymoses en forme de doigts sur les bras d'Iris.

Finch a à peine jeté un œil aux notes.— Des observations de bleu. Vous étiez vert, trop zélé.

— Le médecin légiste était novice, lui aussi ? Garrett a posé un deuxième dossier à côté du premier. — Le rapport préliminaire du Dr Robinson indiquait que les ecchymoses étaient compatibles avec quelqu'un qui maintenait Iris sous l'eau par-derrière. Ces conclusions ne sont jamais apparues dans l'autopsie finale. Robinson est mort il y a quelques années, malheureusement. Arrêt cardiaque. On ne peut donc pas lui demander.

— C'est pour ça qu'on vous le demande, a dit Zara. Elle observait Finch avec attention. Un muscle a tressailli dans sa mâchoire, à peine perceptible, mais elle décryptait les visages en entretien depuis des années. Il était ébranlé, malgré la mise en scène.

— Vous gardez cette rancœur depuis longtemps, a dit Finch en tendant la main vers son verre d'eau. — Vous feriez bien d'y renoncer avant que ça ne ruine votre carrière.

— C'est une menace ? La voix de Garrett n'a pas bronché.

— Un conseil. De quelqu'un qui est passé par là. Finch a bu, les glaçons cliquetant. — Parfois, les affaires ne se terminent pas comme on le voudrait. Être un bon flic, c'est aussi savoir quand passer à autre chose.

Garrett a continué comme si de rien n'était, en sortant un troisième dossier. Des photos de la scène dans l'eau peu profonde où on a retrouvé Iris. La déposition rétractée du propriétaire du snack de poisson-frites, après que Richard Cannon lui a parlé. Les écarts entre les premières déclarations et le rapport final. À chaque nouvelle pièce, Zara voyait Finch s'éroder : un plissement autour des yeux, une fine pellicule de sueur aux tempes malgré le ventilateur, et ce regard qui revenait sans cesse vers l'eau au lieu des preuves.

— Vous êtes en train de nous monter une sacrée théorie du complot, a dit Finch enfin. — Mais ça reste ça. Une théorie. Rien de concret.

— En fait, a dit Garrett en se calant contre le dossier, un sourire crispé aux lèvres, on a du solide. Le téléphone d'Iris Zhang a été retrouvé la semaine dernière sous la passerelle où elle est morte.

Finch s'est figé, son verre à mi-chemin de ses lèvres.— Quel téléphone ?

— Son téléphone, a dit Zara, en notant comment le sang l'a quitté sous le hâle. — Celui qu'on n'a jamais retrouvé, alors que ses parents ont confirmé qu'elle l'avait toujours sur elle. C'est May Zhang qui l'a retrouvé, d'ailleurs, quand on était à la passerelle toutes les deux. Coincé au sommet d'un pilier de soutien, sous le tablier.

— Il a été en partie protégé des intempéries, a dit Garrett, la voix posée, rodée sans en avoir l'air, et il était dans un état étonnamment bon. La police scientifique a déjà pu récupérer des données partielles sur la carte microSD. Ils travaillent à une récupération complète maintenant ; on devrait tout avoir d'ici quelques jours.

Le bluff a fait mouche. Zara l'a vu percuter, elle a vu le sang quitter complètement le visage de Finch. Il a reposé son verre brutalement sur la table basse ; ses mains tremblaient à vue d'œil.

Le silence s'est imposé, troublé seulement par le ventilateur de plafond et le cri lointain des mouettes venant de l'eau.

— Vous ne comprenez pas la position dans laquelle j'étais, a-t-il fini par dire, la voix à peine audible.

Zara a glissé lentement la main dans sa poche et a lancé l'application d'enregistrement sur son téléphone. Des années d'entretiens lui apprenaient à reconnaître le moment où les défenses cédaient, où l'aveu devenait inévitable. C'était celui-là.

— Expliquez-nous, a-t-elle dit doucement.

Le regard de Finch est retourné vers l'eau, en quête de quelque chose à l'horizon. Quand il a repris, sa voix a changé. Ce n'était plus le flic à la retraite sûr de lui, mais un vieil homme accablé par des secrets trop lourds pour qu'il les porte seul.

— Richard m'a appelé cette nuit-là, a-t-il commencé. — Pas le central, pas le commissariat. Mon portable personnel. Il a dit qu'il y avait eu un accident au ruisseau, impliquant sa fille. Il a inspiré, le souffle tremblant. — J'ai su tout de suite qu'il y avait un problème au moment où il a dit « accident ». Trente ans de service, on développe un sixième sens pour ce genre de choses.

— Qu'est-ce que vous avez trouvé en arrivant ? Le ton de Garrett était neutre, mais Zara voyait la tension dans ses mains, les jointures blanchies contre son genou.

— La fille était déjà morte. Finch s'adressait au sol. — Le visage dans une eau qui me couvrait à peine les bottes. Richard était là, trempé jusqu'aux os, et Kirsty était assise sur la berge, juste... à fixer. Manifestement en état de choc. Pas besoin d'être détective pour comprendre que ce n'était pas un accident.

— Qu'est-ce que vous avez fait ? a demandé Zara, la voix basse, pour l'amener à parler.

Finch l'a regardée directement pour la première fois, l'expression hantée. — Ce que Richard Cannon m'a dit de faire. Ses mains se sont crispées sur ses genoux, les jointures blanchissant. — Et que Dieu me vienne en aide, je l'ai fait.

— Je savais ce que j'avais sous les yeux, a repris Finch quand ils n'ont pas répondu, plus posé maintenant, comme si la brèche faisait retomber la pression. — Une gamine de dix-sept ans, le visage dans quinze centimètres d'eau, des bleus aux bras. Rien de sorcier. Il s'est penché, les coudes sur les genoux, en parlant au tapis. — Richard affirmait que Kirsty et Iris se sont disputées à propos d'un garçon, que ça a dégénéré, Iris est tombée, s'est cogné la tête, s'est noyée. Il a expiré. — Mais les ecchymoses racontaient autre chose. Quelqu'un a maintenu cette fille sous l'eau jusqu'à ce qu'elle ne respire plus.

Zara est restée immobile. Son téléphone enregistrait en silence dans sa poche. À côté d'elle, Garrett restait raide, la respiration mesurée ; seule la crispation de sa main sur son genou le trahissait.

— Vous avez demandé qui l'a tuée ? La voix de Garrett était dangereusement basse.

Finch a secoué la tête.— Pas besoin. Richard était trempé jusqu'aux os, mais c'était Kirsty qui ne pouvait pas regarder le corps. Elle était assise sur la berge, les genoux serrés contre elle, et elle se balançait. Son regard est allé vers les photos de famille sur la cheminée. — Le même âge que ma plus jeune petite-fille a aujourd'hui.

— Donc vous avez supposé que c'était Kirsty, a dit Zara. — Pour quoi ? Le garçon ?

— Oui. Finch a hoché la tête. — Richard disait qu'il y avait des tensions entre les filles à propos de ce garçon, Thorne. Kirsty avait des sentiments pour lui, mais il était avec Iris. Ses lèvres se sont tordues. — Une histoire d'ados qui a viré au drame. Richard était désespéré de faire disparaître tout ça. Il disait que tout l'avenir de sa fille était en jeu.

— Donc vous l'avez aidé à maquiller une noyade accidentelle, a dit Garrett. Voix plate. Aucune question dans ses mots.

— J'ai pris une décision, a dit Finch, comme si la nuance comptait. — Une fille morte contre une famille entière ruinée, plus des dégâts collatéraux dans la moitié de la ville. Richard employait des dizaines de personnes, siégeait à tous les comités locaux, faisait des dons au fonds de la police. Son influence était...

— Épargnez-nous la justification, a coupé Garrett. — Qu'est devenu l'ordinateur portable d'Iris ?

Finch a fermé les yeux un instant.— Richard disait qu'il pouvait y avoir des preuves de vilaines choses que Kirsty avait envoyées à Iris... du cyberharcèlement, je suppose. Il ne voulait pas que ça sorte. Je l'ai pris aux Zhang, je leur ai dit que c'était la procédure, qu'on en avait besoin pour vérifier ses déplacements ce jour-là. Sa voix a baissé. — Je l'ai donné à Richard le soir même. Je n'ai jamais demandé ce qu'il en a fait.

— Et mes rapports ? a insisté Garrett. — Les photos des ecchy-moses ? Les témoignages ?

— Enterrés. Ou modifiés. Richard avait des amis au conseil municipal, au bureau du coroner. Des gens qui lui devaient des services ou avaient besoin de son appui. Il a agité la main vaguement vers les éléments sur la table. — Je n'ai pas tout géré moi-même. Certaines choses ont simplement disparu par les voies officielles.

— Et quand je n'arrêtais pas de poser des questions ? Un muscle a tressailli dans la mâchoire de Garrett.

— J'ai organisé votre mutation à Cairns. Finch l'a regardé dans les yeux. — Pour votre bien, croyez-le ou non. Vous faisiez du bruit à propos de manipulation de preuves, de déclarations in-cohérentes. Une semaine de plus et vous vous seriez retrouvé avec de sérieux ennuis. Ou pire.

— Pire ? a dit Zara. Un frisson glacé l'a parcourue.

Finch l'a regardée.— Richard Cannon n'était pas du genre à laisser traîner quoi que ce soit. La mutation, c'était un geste de bonté.

Le silence a rempli la pièce. Dehors, l'eau brillait, des bateaux dérivaient. L'écart entre la vue idyllique et la vérité qui se déroulait dans le salon de Finch donnait à Zara le vertige.

— Qu'est-ce que j'étais censé faire ? La voix de Finch s'est brisée. La question dépassait leurs personnes, adressée à un juge invisible. — Richard possédait la moitié de la ville. Il avait de quoi tenir tout le monde, moi y compris. J'avais des dettes de jeu ; il les a épongées, sans jamais demander à être remboursé. Un mot de lui et ma pension, ma réputation... Il a regardé autour de la villa. — Une fille morte contre des dizaines de vies ruinées. J'ai fait le calcul.

La crudité de la chose. La facilité avec laquelle il a réduit la vie d'Iris Zhang à un problème de maths, un sacrifice sur l'autel de son propre confort. Zara s'est sentie mal physiquement.

Garrett est resté parfaitement immobile. Quand il a parlé, sa voix était de glace.— Vous venez d'avouer une manipulation de preuves, une obstruction à la justice et une complicité après coup de meurtre. Vous vous en rendez compte ?

Finch a hoché la tête lentement.— Je me suis dit que ça allait finir comme ça quand vous êtes arrivé avec la journaliste.Il a jeté un coup d'œil à Zara.— Vous enregistrez notre conversation, j'imagine ?

Elle ne l'a pas nié. Elle s'est contentée de soutenir son regard.

— L'enregistrement part à la Crime and Corruption Commission (CCC), a dit Garrett. Vous allez recevoir leur visite très bientôt, sans aucun doute.

Zara s'attendait à une protestation, peut-être une rétractation. Au lieu de ça, les épaules de Finch se sont affaissées avec quelque chose qui tenait du soulagement.— J'attends ce jour depuis onze ans, a-t-il dit doucement. Je crois que j'ai toujours su qu'il finirait par arriver.

Cette absence de résistance sonnait creux. Zara a compris que porter la mort d'Iris était, pour Finch, une punition en soi. Pas suffisant, jamais suffisant, mais un poids qu'il semblait maintenant prêt à déposer.

— On en a fini ici, a dit Garrett, en rassemblant les dossiers et en les remettant dans la sacoche.Il s'est levé. Zara s'est levée avec lui.

Finch est resté dans son fauteuil relax, et il paraissait ses soixante-six ans.— Kirsty ne tombera pas facilement, a averti Finch. Elle a bâti toute sa vie sur la protection de son père. Sans ça...Il a secoué la tête.— Soyez prudents. Elle n'est pas stable.

— On sait, a dit Zara.

Ils l'ont laissé là, en train de regarder la vue sur l'eau payée par onze ans de silence. Aucun d'eux n'a parlé pendant qu'ils descendaient l'allée du jardin. Ce n'est qu'une fois arrivés au LandCruiser que Zara a pris la main de Garrett, en entrelaçant ses doigts aux siens.

— Un de moins, a-t-elle dit à voix basse.

Il lui a serré la main, puis l'a lâchée pour déverrouiller le véhicule.— Mais le plus dur est encore à venir.

Alors qu'ils s'éloignaient, Zara a jeté un coup d'œil dans le rétroviseur latéral. Finch se tenait sur sa véranda, une petite silhouette qui rétrécissait à chaque tour de roue. Elle a arrêté l'enregistrement et elle a vérifié qu'il s'était bien enregistré, puis elle a envoyé des sauvegardes sur son compte de stockage en ligne.

— Onze ans, a dit Garrett en bifurquant sur la route principale. En sachant exactement ce qui s'est passé, et il a choisi son confort plutôt que la justice chaque jour.

— Les gens rationalisent l'impardonnable, a répondu Zara. Ils trouvent des façons de vivre avec eux-mêmes.

— Kirsty a eu onze ans pour peaufiner la sienne. Pour se convaincre qu'elle était dans son droit, ou qu'elle était la vraie victime.

Ils ont rejoint l'autoroute vers le nord. La prochaine confrontation n'aurait pas la facilité relative de briser un homme déjà plié sous la culpabilité. Kirsty Cannon a bâti son identité sur le fondement de son secret : conseillère municipale, figure de la communauté, philanthrope. Une vie lisse, construite pour recouvrir la fille qui a maintenu son amie sous l'eau jusqu'à ce que les bulles cessent.

— Elle nous surveille, a dit Zara, en pensant aux photos sur son lit de motel. Elle sait qu'on est sur sa piste.

— Tant mieux, a répondu Garrett. Qu'elle se prépare. Qu'elle s'inquiète. Les animaux acculés font des erreurs.

Zara a appuyé la tête contre le siège et elle a regardé le littoral défiler. Ils avaient l'aveu de Finch, des preuves de l'étouffement de l'affaire, et bientôt, si Dev tenait, de vraies données extraites du téléphone d'Iris pour remplacer le bluff. Les pièces s'assemblaient.

Mais l'avertissement de Finch restait avec elle. Kirsty a tué une fois pour protéger son avenir. Qu'allait-elle faire maintenant, avec tout ce qu'elle a bâti menacé ?

La réponse les attendait devant eux, à Salt Creek.

DIX-SEPT

LE PUB DE NAMBOUR sentait la frite et la moquette usée, le genre d'endroit qui accueillait les ouvriers du bâtiment en rentrant chez eux et les routiers qui coupaient de longs trajets. Zara faisait bouger un morceau de steak sur son assiette, l'appétit émoussé par la route et par l'aveu de Finch, qui pesait encore lourd dans sa poitrine. En face d'elle, Garrett s'attaquait méthodiquement à un schnitzel de poulet, ses yeux dérivant de temps en temps vers le match de cricket sur la télévision au-dessus du bar. Aucun d'eux ne se souciait du score.

Ils se sont arrêtés parce qu'aucun d'eux n'avait l'énergie de conduire les quatre heures restantes jusqu'à Salt Creek. Le motel d'à côté était bon marché et suffisamment propre ; un lit et une douche, tout ce dont ils avaient besoin. Demain, ils finiraient la route, réfléchiraient à la manière d'approcher Kirsty avec l'aveu de Finch en main, décideraient quand impliquer la Crime and Corruption Commission.

— Tu devrais manger, a dit Garrett en désignant son assiette d'un signe de tête.

— Pas faim.Zara a siroté sa limonade. Trop sucrée.— J'arrête pas de penser à ce qu'a dit Finch. Qu'il attendait depuis onze ans que quelqu'un vienne.

— La culpabilité ronge les gens. Même ceux qui croient avoir fait la paix avec elle.

— Il a détruit des preuves. Il a enterré des témoignages. Il t'a écarté quand tu t'es approché trop près.Elle a reposé son verre.— Tout ça pour protéger la fille de Richard Cannon et sa propre retraite.

— Et maintenant il va la perdre.L'expression de Garrett était sombre.— La CCC ne plaisante pas avec les affaires de corruption.

Un groupe d'hommes au bar a éclaté en acclamations quand quelqu'un a pris un guichet. Le bruit a fait sursauter Zara, et elle a détesté que ça lui fasse cet effet. La main de Garrett a traversé la table pour recouvrir la sienne, brièvement.

— On a ce qu'il nous fallait, a-t-il dit. Son aveu nous donne un levier sur Kirsty. Même sans les données du téléphone, on peut...

Le téléphone de Zara a vibré contre la table. Le nom de Dev sur l'écran. Elle l'a attrapé.— Dev ?

— Zara ! Ça fait des jours que j'essaie de craquer ce truc et j'ai enfin...Son excitation crépitait dans le combiné, les mots se bousculant.— La carte microSD. J'ai réussi. J'ai vraiment réussi.

Elle a regardé Garrett. Il s'est figé, sa fourchette à mi-chemin de sa bouche. Il l'a reposée.

— Qu'est-ce que tu as récupéré ? a-t-elle demandé.

— Des mémos vocaux. Des tas. Et des photos, des sauvegardes de SMS, même des fichiers vidéo.Le clavier de Dev cliquetait en arrière-plan.— Je mets tout en ligne sur ton compte de stockage en ligne sécurisé maintenant. Ça devrait être fini dans une vingtaine de minutes.

— Des mémos vocaux ? D'Iris ?

— Ouais, on dirait qu'elle utilisait son téléphone comme un journal. Certains sont étiquetés avec des dates, d'autres n'ont que des horodatages.Plus de frappes.— Je ne les ai pas écoutés, je me suis dit que tu voudrais être la première. Mais il y a clairement de l'audio, et la qualité est plutôt bonne vu les circonstances.

Les yeux de Garrett étaient rivés aux siens à travers la table. Zara a senti les poils de ses bras se hérisser. Ils ont bluffé Finch avec exactement ça, avec la promesse de données récupérées sur la carte microSD. Et maintenant, c'était réel.

— Merci, a-t-elle dit. Dev, c'est... tu n'as pas idée de ce que ça représente.

— Je peux imaginer.Son ton s'est fait plus grave.— Promets-moi juste que tu vas être prudente. Quoi qu'il y ait sur ce téléphone a fait tuer quelqu'un.

— Je te le promets.Le mensonge est venu facilement. La sécurité n'était plus une priorité depuis que quelqu'un a planté un couteau à travers sa photo.

Elle a terminé l'appel. Pendant un moment, aucun d'eux n'a parlé. Le pub continuait autour d'eux, indifférent.

— Il faut y aller, a dit Garrett. Maintenant.

Ils avaient payé au moment de commander. Zara a attrapé son sac et elle l'a suivi dehors, dans la moiteur de la nuit. Le motel était juste à côté, un bâtiment de deux étages avec des escaliers extérieurs et des portes peintes d'un turquoise passé. Leur chambre était au rez-de-chaussée, la sept, la clé était encore dans la poche de Garrett depuis leur enregistrement une heure plus tôt.

À l'intérieur, Zara est allée droit au bureau. Elle a ouvert son ordinateur portable, ses doigts ont couru sur la connexion pendant que Garrett fermait la porte à clé et tirait une chaise à côté d'elle.

Le transfert était encore en cours. Ils ont regardé la barre de progression en silence. La main de Garrett reposait sur son épaule, chaude et solide. Quand le dossier est enfin apparu dans son répertoire, intitulé « Récupération téléphone Iris Zhang », le curseur de Zara a hésité dessus.

— Quoi qu'il y ait là-dedans, a dit Garrett doucement, on est prêts.

Elle n'en était pas sûre. Elle a double-cliqué.

Le dossier s'est ouvert. Des fichiers audio marqués de dates de septembre et octobre 2014. Des photos d'Iris avec des amis, avec ses parents, seule dans sa chambre en train de faire des grimaces à l'appareil. Des journaux de messages texte. Et trois fichiers vidéo, le plus gros intitulé « UQ_Final.mp4 ».

Sa main a glissé vers le dernier fichier vidéo, daté du 15 octobre 2014. Le jour où Iris est morte. Le curseur flottait au-dessus du bouton Lecture.

Garrett a rapproché sa chaise. Ils se sont assis épaule contre épaule, l'écran de l'ordinateur portable était la chose la plus lumineuse de la pièce. Dehors, un semi-remorque grondait sur la route principale.

Zara a cliqué sur Lecture.

De la neige à l'écran, puis un souffle. Puis un jeune visage est apparu à l'écran : Iris Zhang, avec ses lunettes rectangulaires, regardant droit la caméra. Elle était calme. Sa voix était claire.

— Je m'appelle Iris Zhang. On est le quinze octobre 2014, et j'ai besoin de consigner ce que j'ai découvert, parce que si jamais il m'arrive quelque chose, les gens doivent connaître la vérité.

La gorge de Zara s'est serrée. C'était elle. C'était la fille dans le ruisseau, vivante, sérieuse, dix-sept ans, qui s'adressait directement à quiconque trouverait un jour cet enregistrement. À côté d'elle, Garrett ne respirait plus.

— Je suis amie avec Kirsty Cannon depuis la maternelle. Je lui faisais totalement confiance. Alors, quand j'ai remarqué que certains de mes fichiers de projet ont été consultés quand je n'étais pas à la maison, quand ma clé USB n'était plus exactement à sa place habituelle, je me suis dit que je devenais parano. Une pause, un souffle tremblant. — Mais je n'étais pas parano. J'ai vérifié les journaux d'accès de mon ordinateur, ceux que Papa m'a appris à lire. Kirsty a copié tout mon portfolio créatif. Tout ce sur quoi je travaillais pour ma candidature à la QCA.

Zara a attrapé la main de Garrett sur le bureau. Il l'a prise. La voix d'Iris était jeune mais posée, chaque mot choisi. Ce n'était pas de la panique. C'était une fille qui savait qu'elle avait besoin d'une trace.

— Au début, j'ai cru qu'elle voulait peut-être étudier mon approche, voir comment je structurais les choses. On s'était toujours aidées pour nos projets. Nouvelle pause. — Mais j'étais chez elle il y a trois jours, on étudiait à sa table de salle à manger, et elle est allée aux toilettes. Son ordinateur portable était ouvert. Je n'aurais pas dû regarder, je le sais, mais quelque chose m'a poussée à vérifier.

Même en découvrant la trahison, Iris remettait en question ses propres actes.

— Elle avait un dossier intitulé « UQ Portfolio - Final ». À l'intérieur, il y avait mes fichiers. Mon projet vidéo sur l'identité culturelle et l'appartenance. Ma série photographique sur l'expérience migrante dans les régions du Queensland. Mon essai sur la narration visuelle.La voix d'Iris s'est durcie.— Mais elle avait changé les noms, changé certains détails. Elle avait mis sa propre voix off sur la vidéo. Ce n'était pas de la recherche ni de l'inspiration. Elle a volé mon travail et l'a revendiqué comme le sien.Elle a baissé les yeux, puis a regardé de nouveau la caméra. La tristesse a traversé son visage.— Quand je l'ai confrontée, elle a pleuré. Elle a dit qu'elle était désespérée, que son père la tuerait si elle ne rentrait pas dans une bonne université, qu'elle faisait des crises d'angoisse à cause de la candidature. Elle m'a suppliée de ne rien dire. Elle a dit que ce n'était qu'un brouillon, qu'elle allait finir par créer son propre travail.

Un rire amer.

— Mais la date limite est déjà passée. Elle a déjà soumis mon travail en prétendant que c'était le sien. Quand je lui ai dit que je ne pouvais pas laisser passer ça, que j'allais la dénoncer, elle... elle m'a regardée comme si je la trahissais. Comme si c'était moi qui faisais quelque chose de mal.

Iris a continué de parler, en exposant les détails. Elle a fait ses recherches, a découvert que Kirsty postulait au programme de droit de l'UQ pendant qu'elle postulait au programme d'arts créatifs de la QCA. Des facultés différentes, des commissions d'examen différentes. Sans la découverte d'Iris, le plagiat n'aurait peut-être jamais été décelé.

Garrett a parlé le premier. Sa voix était rauque.— Ce n'était pas à propos de Vince Thorne.

Zara a appuyé sur Pause et a fixé l'image figée du visage d'Iris à l'écran. Des semaines d'enquête ; des années, dans le cas de Garrett. Toutes les théories qu'ils ont échafaudées, toutes les suppositions sur la jalousie adolescente et un triangle amoureux. Tout était faux.— On pensait... tout le monde pensait...

— Richard a dit à Finch que c'était à propos d'un garçon. C'est ce que Finch nous a dit hier. Et on l'a cru parce que ça collait. Garrett a retiré sa main et a plaqué ses deux paumes à plat sur le bureau. — Bon sang. On a regardé ça du mauvais côté tout du long.

Ils sont restés un instant en silence. Le poids de leur mauvaise hypothèse, et la prise de conscience que Richard Cannon a vendu cette histoire à Finch parce qu'elle paraissait logique. Un accident tragique causé par une dispute d'ados autour d'un amour, c'était sale mais compréhensible, le genre de tragédie sur laquelle on secoue la tête. La vérité, à savoir que Kirsty a tué sa meilleure amie de sang-froid pour protéger un dossier d'inscription volé, était plus laide et plus difficile à expliquer.

— Ne relance pas tout de suite, a dit Garrett. Regardons les messages. Je veux voir les preuves de ce qu'Iris décrivait.

Zara a ouvert les journaux de textos. Le fil de conversation entre Iris et Kirsty n'a pas été difficile à trouver, mais c'était dur à lire. Une amitié qui se dégradait en supplications désespérées, puis en quelque chose de plus laid.

30 septembre, 22 h 43

Kirsty : *S'il te plaît. Je t'en supplie. Ne me fais pas ça.*

Iris : *Je ne te fais rien. Tu t'es fait ça à toi-même.*

Kirsty : *Tu es en train de ruiner ma vie pour une vidéo stupide.*

Iris : *Ce n'est pas stupide pour moi. C'est mon travail. Mes idées. Ma voix.*

Kirsty : *Personne ne le saura jamais. Les candidatures vont dans des écoles différentes.*

Iris : *Moi, je le saurai. Et toi aussi. Ça compte.*

2 octobre, 2 h 15

Kirsty : *Je n'arrive pas à dormir. Je ne peux pas manger. Tu es en train de me détruire.*

Iris : *Tu peux arranger ça. Retire ta candidature. Crée ton propre travail. Je t'aiderai.*

Kirsty : *Je ne peux pas ! La date limite est déjà passée !*

Iris : *Alors tu aurais dû y penser avant de me voler.*

Kirsty : *JE N'AI PAS VOLÉ. J'AI EMPRUNTÉ TES IDÉES.*

Iris : *Tu as pris mes rushes vidéo. C'est un vol même si tu as posé ta propre voix dessus.*

4 octobre, 18 h 47

Kirsty : *Mon père sait que quelque chose cloche. Il n'arrête pas de poser des questions.*

Iris : *Dis-lui la vérité.*

Kirsty : *Je ne peux pas. Il sera tellement déçu. Il va me prendre pour une ratée.*

Iris : *Tu es une ratée si tu construis ton avenir sur des mensonges.*

Kirsty : *Va te faire voir, Iris. Sérieusement. Va te faire voir.*

Les messages ont continué, le ton de Kirsty oscillant entre suppliante, furieuse et menaçante. Iris restait mesurée, de principe, inébranlable. En les lisant, Zara a compris exactement pourquoi Iris a ressenti le besoin d'enregistrer cette vidéo. Elle savait que ça allait mal tourner.

— Ouvre la vidéo du portfolio, a dit Garrett. Sa voix était tendue.

Zara a cliqué sur « QCA_Final.mp4 » et le lecteur multimédia a rempli l'écran. Les images lui ont été immédiatement familières ; elle les a déjà vues sur le disque dur que Jane Goulding lui a remis.

Mais la voix off n'allait pas.

Au lieu de la voix d'Iris qui explorait les thèmes de l'identité et du lien culturel, Kirsty parlait par-dessus les images. Son intonation était différente, son interprétation se concentrait sur l'assimilation et l'appartenance d'une manière creuse, déconnectée des images elles-mêmes.

— C'est ce que Kirsty a soumis, a dit Zara. Elle a utilisé les images d'Iris mais elle a enregistré sa propre voix off.

— Bon sang. Garrett s'est frotté le visage. — Elle n'a pas seulement volé des idées. Elle a carrément pris l'œuvre et elle a maquillé ça pour faire croire que c'était la sienne.

Ils ont regardé les six minutes en entier. Une belle cinématographie sapée par une narration qui ratait le sens à chaque fois. Kirsty parlait d'intégration là où Iris explorait la dualité, de « rentrer dans le moule » là où l'œuvre célébrait la différence. Le décalage entre les images et les mots était frappant.

Quand ça s'est terminé, Zara est revenue à la vidéo d'Iris.

— J'ai pris ma décision. Je vais signaler le plagiat de Kirsty aux deux universités. J'ai tout essayé. Je lui ai proposé de l'aider à créer un travail original. Je lui ai donné plusieurs chances de retirer elle-même sa candidature. Elle a refusé.Iris a remonté ses lunettes sur son nez.— Je sais que ça va mettre fin à notre amitié. Je sais que ça va créer des problèmes. Le père de Kirsty siège au conseil du comté, et notre restaurant dépend du soutien local. Mais je ne peux pas laisser passer ça. Ce n'est pas seulement mon travail. C'est une question de juste et de faux.

Elle avait l'air jeune, effrayée, et absolument sûre d'elle.

— Ce soir, je vois Kirsty à la passerelle après le boulot. Elle a demandé une dernière chance pour me faire changer d'avis. Je vais la lui donner. Une toute dernière chance de faire ce qu'il faut, elle-même. Un silence. Mais si elle ne le fait pas, je dépose les signalements lundi. Et si quelque chose m'arrive, si cette vidéo est regardée parce que je ne suis pas là pour la faire moi-même, alors il faut que tu saches : ce n'était pas un accident. Il y a des copies de tous ces fichiers sur mon ordinateur portable. Tout est documenté. Kirsty Cannon a volé mon travail, et quand je n'ai pas accepté de la laisser s'en tirer, elle...

Iris s'est tue. Elle a secoué la tête.

— Non. Je deviens parano. Kirsty ne me ferait pas vraiment de mal. On est amies depuis qu'on est petites. Elle est juste terrifiée et désespérée. On va parler, et elle comprendra. Elle verra que faire ce qu'il faut, c'est plus important que...

La vidéo s'est arrêtée en plein milieu d'une phrase.

L'horodatage indiquait le 15 octobre 2014, 17:17. Quelques heures seulement avant que son corps ne soit retrouvé dans le ruisseau.

Personne ne bougeait. À l'écran, le visage d'Iris était figé sur un mot, jeune, plein d'espoir, et complètement à côté de la plaque quant à ce qui allait arriver.

Zara a cliqué sur le dernier échange de textos.

15 octobre, 16 h 32

Kirsty : *On peut se voir ce soir ?*

Iris : *Je ne pense pas que parler encore changera quoi que ce soit. Et je bosse ce soir. Il y a un anniversaire de réservé, Maman a besoin que je fasse le service.*

Kirsty : *S'il te plaît. J'ai besoin que tu comprennes. En face à face. Rejoins-moi à la passerelle quand tu finis le travail ?*

Iris : *D'accord. 22 h.*

Kirsty : *Merci. Je te promets, tu ne le regretteras pas.*

La conversation s'est arrêtée là. Iris a enregistré sa dernière vidéo quelques minutes plus tard et, à onze heures ce soir-là, Iris Zhang était face contre l'eau de Salt Creek, maintenue sous la surface jusqu'à ce qu'elle cesse de respirer, assassinée par l'amie en qui elle avait eu assez confiance pour la retrouver seule dans le noir.

Zara a refermé l'ordinateur portable. L'écran s'est éteint et la pièce s'est rétrécie autour d'eux, seulement la lueur de la lampe de chevet, le ronron de la climatisation, et eux deux, assis au bureau, sans parler.

Elle a pris conscience de la respiration de Garrett. Hachée. Ir-régulière. Elle s'est tournée, elle a vu son visage et elle a vite regardé ailleurs, parce que Garrett Pennell pleurait et que ça semblait être quelque chose qu'elle n'aurait pas dû voir. Pas des larmes muettes et stoïques d'un homme qui joue le chagrin, mais celles, laides et involontaires, avec la mâchoire qui se contractait, les yeux rouges, une main pressée fort contre sa bouche.

C'était la première fois qu'elle le voyait ainsi. Elle se doutait que ça valait pour tout le monde.

Ses propres larmes sont venues alors. Pas joliment. Jamais, d'ailleurs. Brûlantes, qui brouillaient tout, le nez qui coulait, le genre de pleurs qui la faisaient se sentir comme à douze ans. Elle a pleuré pour Iris, qui s'est acharnée à faire ce qu'il fallait et qui en est morte. Pour May et David Zhang, qui ont passé onze ans sans savoir. Pour la fille de la vidéo, si certaine que son amie ne lui ferait pas vraiment de mal, qui enregistrait des preuves au cas où tout en continuant à croire le meilleur de quelqu'un qui ne le méritait pas.

Garrett a émis un son rauque à côté d'elle. Elle a tendu la main vers lui et, au même moment, il a tendu la main vers elle, puis elle s'est retrouvée contre son torse, ses bras se sont refermés autour d'elle et ils n'ont rien dit pendant longtemps. Il n'y avait rien à dire. Ils venaient de regarder une fille de dix-sept ans se convaincre de ne pas avoir peur, et ils savaient comment l'histoire finissait.

Quand Zara s'est finalement reculée, son visage était gonflé et la chemise de Garrett était humide là où elle s'était appuyée. Il avait l'air détruit. Elle, probablement pire.

— Ce n'était pas à cause de Vince Thorne, dit-elle, bêtement, parce que son cerveau revenait à ce qu'il arrivait à traiter. Ça n'a jamais été le garçon.

— Non. La voix de Garrett était cassée. Il s'est raclé la gorge. — C'était pour une candidature à l'université. Un fichu portfolio. Kirsty l'a tuée pour du *plagiat*.

L'ordinaire de tout ça. La petitesse. Pas la passion, pas une rage née d'un chagrin d'amour, mais le calcul désespéré d'une fille qui a triché, qui s'est fait prendre et qui n'a pas pu faire face aux conséquences. Zara s'est dit qu'elle aurait presque préféré le triangle amoureux. Au moins, ça avait la dignité d'un sentiment fort. Là, c'était juste de la lâcheté.

— Iris lui a dit qu'elle l'aiderait à créer un travail original, dit Zara. Elle lui a donné toutes les chances.

Garrett s'est levé et il a marché jusqu'à la fenêtre. Il se tenait là, dos à elle, une main sur l'encadrement, à regarder le parking. Elle lui a laissé le silence. Au bout d'une minute, il a dit, sans se retourner :— J'ai trouvé son corps. J'avais vingt-cinq ans et je l'ai sortie de quinze centimètres d'eau, et j'ai su que quelqu'un l'avait maintenue. Et pendant onze ans, j'ai porté ça, et maintenant je sais que c'était pour une fichue candidature à la fac.

Il s'est retourné. Son visage était dur, le chagrin encore là, mais comprimé en quelque chose de plus utile.— On a tout. Les mémos vocaux. Les textos. La vidéo. Les aveux de Finch. Ça suffit.

— Largement assez. Zara s'est essuyé le visage du revers de la main. — Iris a tout documenté. Elle a monté le dossier elle-même. On n'a eu qu'à le trouver.

— L'ordinateur portable avait tout ça aussi. Richard l'a détruit, je suppose, après que Finch le lui a remis. Ils ont cru qu'ils l'avaient effacée. Quelque chose a changé dans l'expression de Garrett, un éclair de satisfaction farouche. — Mais ils n'ont jamais trouvé son téléphone.

Zara a pensé au téléphone coincé sous la passerelle pendant onze ans, à attendre. À May Zhang qui traversait ce pont chaque semaine, déposait des fleurs, sans savoir que les preuves étaient juste sous ses pieds.

— On fait quoi demain ? a-t-elle demandé, même si elle le savait déjà.

— On remonte. On envoie tout ça à la CCC. Tout : les aveux de Finch, les données du téléphone, mes rapports initiaux. Qu'ils montent le dossier correctement. Il a marqué une pause. — Et ensuite, on parle à Kirsty.

— Avant ou après la CCC ?

— Après. Je veux que ce soit acté officiellement avant qu'elle ait la moindre chance de fuir ou de détruire quoi que ce soit. Il s'est assis au bord du lit, l'air soudain épuisé. — Mais elle doit savoir. Elle doit entendre la voix d'Iris et savoir que c'est fini.

Zara est venue s'asseoir à côté de lui. Leurs épaules se sont touchées. À travers les minces cloisons du motel, elle entendait une télévision dans la chambre d'à côté, quelqu'un qui riait de quelque chose. La vie normale, qui continuait de l'autre côté du mur, tandis qu'ils restaient là avec le poids des derniers mots d'une fille morte.

— On devrait essayer de dormir, dit-elle, en sachant qu'aucun d'eux ne dormirait bien.

Garrett a hoché la tête. Il a pris sa main et l'a gardée dans la sienne, et ils sont restés ainsi encore un moment, sans parler, juste à respirer, laissant l'énormité de ce qu'ils avaient trouvé se déposer en quelque chose qu'ils pouvaient porter.

Le lendemain, ils allaient reprendre la route vers le nord avec la voix d'Iris sur un ordinateur portable entre eux, et la vérité enterrée depuis onze ans allait enfin, enfin voir le jour.

Dix-huit

Le LandCruiser est entré dans le garage de Mick peu après midi. Zara est descendue et elle a retrouvé l'odeur familière d'huile et de métal, le corps raidi par un autre long trajet. Ils sont partis de Nambour tôt, se sont arrêtés pour un mauvais café de station-service à Bundaberg, puis ils ont fait le reste presque en silence.

Mick est sorti de l'atelier. Ses yeux allaient de l'un à l'autre, notant ce que Zara soupçonnait être des signes évidents d'une nuit difficile : des yeux bouffis, des traits tirés, cette fatigue particulière qui vient quand on a pleuré jusqu'à s'épuiser.

— La voiture est clean, a-t-il dit en hochant la tête vers l'endroit où la berline de Zara était garée. J'ai tout repassé deux fois. Freins, direction, conduites de carburant, électricité. Rien de trafiqué.

Un soulagement a desserré quelque chose dans la poitrine de Zara.— Merci. Vraiment.

Mick lui a tendu ses clés, mais son expression est restée sérieuse.— Peu importe dans quoi vous vous êtes fourrés, ça a assez secoué quelqu'un pour forcer des chambres de motel et lacérer des pneus. Ce n'est pas anodin. Son regard s'est posé sur Garrett. — Tu veilles sur elle ?

— Du mieux que je peux, a répondu Garrett.

— Alors fais mieux. Le ton de Mick n'était pas méchant, juste franc. — Salt Creek est une petite ville. Les nouvelles circulent. Les gens remarquent que vous passez du temps ensemble. On dirait que ça ne plaît pas à tout le monde.

Zara a pensé aux photos étalées sur son lit de motel, le couteau enfoncé dans son visage.— On fait attention.

Mick a hoché la tête, sans être convaincu.— D'accord. Bon. La voiture est prête à repartir. Pas de frais. Ne me faites pas le regretter.

Ils ont roulé chacun dans son véhicule jusqu'à la maison de Garrett. La ville avait l'air ordinaire sous le soleil de midi : les gens vaquaient à leurs occupations, la quincaillerie était animée, des gamins étaient à vélo devant la boutique de poisson-frites. Au rond-point près de l'école, un pick-up blanc Cannon Developments tournait au ralenti, un gros type en gilet haute visibilité au volant. Il les a regardés passer. Zara l'a remarqué et a poursuivi sa route.

À l'intérieur de la maison de Garrett, l'air était rassis à force d'être resté clos. Garrett est passé d'une pièce à l'autre en ouvrant les fenêtres, pendant que Zara a débarrassé la table de la salle à manger et a posé son ordinateur portable et sa sacoche.

Ils ont passé l'après-midi à monter le dossier pour la CCC. D'abord la chronologie : de septembre à octobre 2014, chaque date rattachée à une pièce précise. Ensuite, l'étouffement : les actions de Finch, les rapports modifiés, les témoignages étouffés, la mutation de Garrett. Enfin, les données du téléphone récupéré, avec la documentation de Dev sur le processus de récupération. Chaque élément annoté, croisé, étiqueté.

C'était un travail méthodique, peu glamour, et ils parlaient à peine pendant l'essentiel. De temps en temps, l'un lisait quelque chose à voix haute ou brandissait un document pour que l'autre vérifie. Zara a transcrit l'aveu de Finch pendant que Garrett a organisé les pièces matérielles dans des classeurs. Des tasses de café froid s'accumulaient sur la table.

En fin d'après-midi, ils avaient constitué un dossier cohérent. Assez solide pour que la CCC n'ait pas d'autre choix que d'ouvrir une enquête.

Garrett a fixé l'étalage sur la table, la mâchoire crispée.— J'aurais dû faire ça il y a onze ans.

— Tu as essayé. Finch t'a bloqué et t'a fait muter. Et tu n'avais pas le téléphone.

— J'aurais dû essayer davantage.

Zara n'a pas discuté. Ce n'était pas un débat qui avait une réponse utile, et Garrett ne cherchait pas d'assurance. Elle l'a laissé avec ça.

Après un moment, il a expiré et a attrapé son téléphone.— Je vais appeler notre contact à la CCC. Leur dire que nous sommes prêts à déposer.

Pendant qu'il a passé son appel dans la cuisine, Zara a pris sa caméra et son trépied pour aller sur la terrasse à l'arrière. La lumière était bonne ici. Elle a installé le matériel rapidement, a vérifié les niveaux du micro, s'est assise sur une des chaises en plastique et a lancé l'enregistrement.

Elle a fait court.— Une avancée majeure. Des éléments transmis à la QPS et à la CCC. Une enquête en cours dont je ne peux pas parler publiquement. Je vous demande de la patience. Je sais que ce n'est pas le type de mise à jour que vous attendez, mais quand l'histoire sortira dans la presse, vous comprendrez pourquoi je me suis tue.

Elle a failli s'arrêter là. Puis elle a ajouté :— J'ai commis de graves erreurs lors de ma dernière enquête. Certains d'entre vous savent ce qui s'est passé. Je ne referai pas ces erreurs, même si ça me fait perdre des abonnés. La famille d'Iris Zhang et la procédure judiciaire passent avant tout. Le contenu vient après. Je ne peux pas mettre la justice en danger pour faire du divertissement.

Elle a arrêté l'enregistrement, l'a regardé une fois, puis l'a mis en ligne sans montage. Pas de titre racoleur, pas de mise en scène dramatique. Juste une déclaration factuelle.

Garrett la regardait depuis l'embrasure de la porte quand elle s'est retournée.— C'était bien, a-t-il dit.

— C'était nécessaire. Elle a retiré la caméra du trépied. La moitié de mon audience va penser que j'ai vendu mon âme.

— L'autre moitié attendra.

— J'espère. Comment ça s'est passé avec la CCC ?

— Le portail de dépôt est ouvert. Je mets tout en ligne ce soir. Ils vont désigner un enquêteur sous quarante-huit heures. Il s'est adossé au chambranle, les bras croisés. Ce qui veut dire qu'on a une fenêtre serrée avant que ça devienne officiel et que tout doive passer par eux.

— Kirsty.

— Kirsty, a-t-il confirmé. Demain matin. Avant que la CCC ne prenne la main.

Zara a hoché la tête. Puis elle a dit ce qu'elle retenait depuis tout l'après-midi :— Je dois prévenir les Zhang.

L'expression de Garrett a changé. Pas de surprise ; il avait probablement deviné que ça venait.— Zara. Non.

— J'ai promis à May. Je lui ai promis que je lui dirais ce qu'il y avait sur ce téléphone.

— Et tu le feras. Mais c'est une pièce dans ce qui va devenir une enquête pour meurtre. Tu ne peux pas leur montrer le contenu avant que la CCC l'ait.

— Je ne parle pas de tout leur montrer. Je parle de leur dire que des données ont été récupérées et que leur fille va obtenir justice.

— Et si May demande à voir la vidéo ? Les textos ? Tu vas dire non ?

Zara a hésité, parce qu'il avait raison. May demanderait. May insisterait. Et Zara n'était pas sûre de pouvoir regarder la mère d'Iris dans les yeux et lui refuser ça.

— La chaîne de conservation des preuves est déjà fragile, a poursuivi Garrett, la voix mesurée, comme quand il essayait de ne pas sonner comme un flic. Tu as trouvé le téléphone et tu l'as donné à Dev au lieu de la police. Je comprends pourquoi. La documentation de Dev aidera. Mais n'importe quel avocat de la défense va marteler ça. Si on ajoute « montré les preuves à la famille de la victime avant le dépôt officiel », on offre des munitions à l'avocat de Kirsty.

— Je ne vais pas leur montrer les preuves.

— Tu ne pourras peut-être pas t'en empêcher. Pas une fois assise en face de May Zhang quand elle te demandera ce que sa fille a dit.

— J'ai passé douze ans à mener des entretiens avec des familles en deuil. Je sais poser des limites.

— Ce n'est pas un entretien. Tu tiens à ces gens. C'est différent.

Ça l'a piquée parce que c'était vrai. Elle a mangé à leur table, a bu leur thé, a accepté leur confiance. Elle a trouvé ce qu'ils attendaient depuis onze ans.

— C'est justement pour ça que je ne peux pas les laisser dans le noir, a-t-elle dit. On leur a menti, par la police, par le coroner, par leur propre communauté. Si je garde ça pour moi jusqu'à ce que la machine administrative rattrape son retard, je ne vaux pas mieux que Finch.

— Ce n'est pas juste.

— Non, mais c'est comme ça que May le verra.

Le silence entre eux avait du poids. Dehors, un martin-chasseur rieur s'est mis à chanter dans un des eucalyptus, son rire maniaque a rempli le jardin avant de s'interrompre.

— En quoi le fait de garder pour moi une information que les Zhang ont le droit de connaître est différent du fait que Finch a enterré des informations il y a onze ans ? Elle a gardé la voix posée. Tu veux que j'attende, que je fasse confiance au système. Mais le système a trahi Iris. Le système a permis à Richard Cannon d'enterrer ça.

Une crispation lui a traversé le visage. Il est allé à la cuisine, a rempli un verre au robinet, en a bu la moitié avant de parler.— Tu as raison. Le système les a trahis. Sa voix était basse. Et je faisais partie de ce système.

Zara a senti la colère la quitter.— Ce n'est pas ce que je voulais dire.

— Mais c'est vrai. Il a reposé le verre. J'ai trouvé son corps. J'ai consigné les hématomes. J'ai tiré la sonnette d'alarme et on m'a fait taire, puis je me suis laissé muter. Alors peut-être que je ne suis pas bien placé pour te demander de faire confiance au système.

Elle s'est approchée de lui.— Tu essaies de réparer. Ce n'est pas la même chose et tu le sais.

Il a soutenu son regard.— Et si tu leur disais que le téléphone a été retrouvé et que des données ont été récupérées, mais que tu ne *peux pas* partager le contenu avant qu'on dépose ? Accuse-moi, accuse la procédure policière. May comprendrait ça, je pense.

— Une information générale sans détails, tu veux dire ?

— Ils sauraient que leur fille a été assassinée. Ils sauraient que la justice arrive. Mais on ne prendrait pas le risque qu'ils fassent quelque chose qui compromette l'affaire.

C'était le compromis vers lequel elle avait avancé sans s'en rendre compte.— Je peux faire ça. Rien sur le plagiat, rien sur Kirsty en particulier, rien sur Finch.

— Juste que le téléphone a été récupéré. Qu'il contenait des preuves. Qu'on dépose à la CCC et que l'affaire est rouverte. Il a marqué une pause. Et si May insiste pour en savoir plus ?

— Je lui dirai qu'en dire davantage pourrait mettre les poursuites en péril. Que j'ai besoin qu'elle me fasse confiance une fois de plus. Zara s'est entendue négocier, chercher un terrain d'entente comme ils le faisaient depuis Childers. May attend depuis onze ans. Elle attendra un peu plus si ça veut dire obtenir justice.

Garrett a hoché la tête lentement. Sa main est venue se poser sur son épaule, chaude et solide.— Je suis désolé d'avoir donné l'impression que tu ne comprends pas les enjeux.

— Et je suis désolée de t'avoir comparé à Finch.

Ils sont restés comme ça un moment, tandis que la tension se dissipait dans la pièce. Les pièces à conviction couvraient encore la table de la salle à manger derrière eux et n'attendaient plus qu'à être classées.

— Je devrais y aller ce soir, a dit Zara. Le Golden Horse sera encore ouvert. J'irai seule ; ce sera plus facile pour May si c'est juste moi.

— Et moi, il faut que j'aille au poste. Drinan a assuré mes permanences ; je devrais passer, me montrer. Il a ramassé ses clés sur le plan de travail. — Je te dépose et je file au poste. Tu pourras reprendre ta voiture d'ici quand tu auras fini.

— Je conduirai moi-même. Mick a libéré la voiture.

Quelque chose a traversé son visage, peut-être la réticence à la laisser hors de sa vue, mais il a hoché la tête. — Envoie-moi un message quand tu seras rentrée.

— D'accord. J'apporterai du chinois à emporter pour ce soir.

Il l'a embrassée dans l'entrée, bref et ferme, la main sur sa nuque. Puis il est sorti, son badge accroché à la ceinture, glissant de nouveau dans le rôle du sergent-détective Pennell avec la facilité que donne l'habitude. Elle a écouté le LandCruiser s'éloigner et elle est restée un moment dans la maison silencieuse, regardant la table couverte de pièces à conviction, onze ans de vérité enfouie organisés en dossiers bien rangés, prêts pour ceux qui pouvaient enfin agir.

Puis elle a pris ses clés et elle est allée dire à May Zhang que la voix de sa fille a été retrouvée.

Le trajet jusqu'au Golden Horse a pris huit minutes. Zara les a passées à chercher des mots qui ne voulaient pas sortir comme il faut, les mains serrées sur le volant, le soleil de fin d'après-midi qui obliquait à travers le pare-brise et la faisait plisser les yeux. Elle disait déjà des vérités difficiles à des familles en deuil, s'asseyait en face de parents dont les enfants avaient été assassinés, livrait des informations qui changeaient tout pendant que les caméras tournaient. Mais là, c'était différent. May et David Zhang lui ont confié la mémoire de leur fille, l'ont laissée entrer dans leur chagrin quand toute la ville était passée à autre chose. Ce qu'elle s'apprêtait à leur dire allait fissurer onze ans d'incertitude, et elle devait viser juste.

Le parking du restaurant était à moitié plein, le service du soir commençait. À travers la vitrine, elle voyait le décor rouge et or familier, les tables nettes nappées de blanc, un jeune saisonnier qui circulait entre elles avec des menus.

Zara a poussé la porte d'entrée. May était derrière le comptoir, elle prenait une commande au téléphone, mais sa tête s'est relevée aussitôt. Leurs regards se sont croisés et quelque chose est passé entre elles, une reconnaissance peut-être, ou cette façon qu'avait May d'apprendre à lire les mauvaises nouvelles dans la tenue des épaules. Elle a terminé son appel et a posé le combiné.

— Zara.

Ce n'était pas une question, juste un constat. Les mains de May restaient très immobiles sur le comptoir.

— Est-ce qu'il y a un endroit où on pourrait parler ? Toi et David, tous les deux.

May a hoché la tête une fois, et elle est allée vers la porte de la cuisine. — David. Tu peux venir ici ?

Il est arrivé dans l'embrasure de la porte, s'essuyant les mains à son tablier, l'expression déjà fermée. Il a regardé Zara, puis sa femme, et sa mâchoire s'est durcie.

— Le bureau, a dit May doucement.

Le bureau était une petite pièce au fond du restaurant, à peine assez grande pour le bureau, le classeur et trois chaises tassées contre les murs. Ça sentait la sauce soja et le papier, la lumière fluorescente était dure après la chaleur plus douce de la salle. May a fermé la porte derrière eux. Les bruits du restaurant — conversations, couverts, souffle du wok — se sont étouffés.

Zara a attendu qu'ils soient tous les deux assis avant de s'asseoir à son tour. Les mains de David étaient serrées entre ses genoux, son corps légèrement tourné vers May. Elle se tenait très droite, le visage composé mais les yeux se remplissaient déjà.

— Mon ami a réussi à extraire les données du téléphone d'Iris, a dit Zara. Sans préambule. Ils attendaient depuis trop longtemps pour qu'elle perde du temps à tourner autour. — Il y avait beaucoup d'informations dessus. Des messages. Des enregistrements audio. Des vidéos. Des preuves de ce qui s'est passé la nuit où elle est morte.

Le souffle de May s'est coupé. David s'est figé.

— Des preuves, a répété David. Sa voix était plate, mais ses mains s'étaient mises à trembler. — Tu veux dire des éléments incontestables. Que quelqu'un l'a tuée.

— Que quelqu'un avait un mobile très fort pour le faire. Oui.

Le mot est resté dans la petite pièce comme quelque chose de solide. May a émis un son, à mi-chemin entre le sanglot et l'aspiration, et elle a couvert sa bouche de ses deux mains. David a tendu la main vers elle automatiquement, a passé un bras autour de ses épaules, mais ses yeux n'ont pas quitté le visage de Zara.

— Qui, a-t-il dit. Pas une question. Une exigence.

— Je ne peux pas encore vous le dire. Les éléments vont être transmis à la Crime and Corruption Commission ce soir. Il va y avoir une enquête officielle. Une fois que ce sera lancé...

— Qui a tué *ma fille* ? La voix de David s'est brisée. — Vous êtes assise dans mon bureau en train de me dire que vous savez qui a assassiné Iris et vous ne direz pas le nom ?

Zara a soutenu son regard, le laissant voir qu'elle comprenait sa colère, et qu'elle l'accepterait. — Je vous le dis parce que je l'ai promis. Mais si je vous donne un nom maintenant, avant que la procédure démarre, je pourrais compromettre toute l'affaire. J'ai besoin que vous me fassiez confiance. Encore un tout petit peu.

— Combien de temps ? La voix de May était étouffée derrière ses mains.

— Quelques jours tout au plus. C'est une enquête pour meurtre, et la CCC avance vite dès qu'elle a des preuves comme ça.

David s'est levé, sa chaise a raclé le sol. Il s'est dirigé vers le classeur, a posé les deux paumes à plat dessus, leur tournant le dos.

— David, a dit May doucement.

— Je ne peux pas. Il ne s'est pas retourné. — Je ne peux pas entendre ça. Pas encore. Pas comme ça.

May a regardé Zara, les yeux humides mais l'expression ferme. — Il a besoin de temps. Pour se préparer.

— Je comprends.

— Mais moi, je n'ai pas besoin de temps. Les mains de May sont descendues de son visage et se sont posées sur ses genoux. — Quoi qu'il y ait sur ce téléphone, je veux savoir. Je veux voir.

Zara s'y attendait. Elle s'y est préparée, elle a répété cette limite avec Garrett. Mais en regardant le visage de May, onze ans de chagrin qui demandaient la seule chose capable d'y mettre du sens, les mots se sont coincés dans sa gorge.

— Vous verrez, a-t-elle dit enfin. Je vous le promets. Mais pas tout de suite. Les éléments doivent être traités correctement. Chaîne de conservation, vérifications médico-légales, toutes les procédures qui feront tenir le dossier au tribunal. Si je vous montre maintenant...

— Vous pourriez compromettre l'affaire. May a achevé la phrase, la voix lasse. — Je sais. Je comprends la procédure, Zara. J'ai eu onze ans pour apprendre.

— Je suis désolée.

— Ne le soyez pas. May s'est essuyé les yeux du revers de la main. — Vous avez fait ce que personne d'autre ne ferait. Vous nous avez crus quand tout le monde disait de laisser tomber. Elle a avancé les mains par-dessus le bureau, a pris celle de Zara dans les siennes. Ses paumes étaient chaudes, calleuses par des années de cuisine. — Merci. D'avoir tenu votre promesse.

David ne bougeait pas du classeur. Zara voyait son reflet dans la petite vitre, le visage tourné vers le verre.

— Je dois m'occuper de quelque chose demain, a dit Zara prudemment, tenant toujours les mains de May. — Après ça, je reviendrai. Je vous dirai tout ce que je peux. Et quand la CCC donnera son feu vert, vous entendrez la voix d'Iris et vous verrez son visage. Elle a laissé des enregistrements, audio et vidéo. Elle a documenté ce qui lui arrivait.

L'étreinte de May s'est resserrée, ses yeux se sont brièvement fermés. Quand elle les a rouverts, ils étaient clairs. — Elle savait qu'elle était en danger.

— Oui.

— Et elle a essayé de se protéger.

— Elle a tout fait comme il faut, a dit Zara, et elle le pensait. — Elle a été courageuse et maligne, et elle a essayé de faire ce qu'il fallait. Ce qui lui est arrivé n'était pas de sa faute.

Quelque chose dans le visage de May s'est brisé puis s'est recomposé. Elle a hoché la tête une fois, a lâché les mains de Zara et s'est levée. — Je vais préparer votre commande. Qu'est-ce que vous voudriez ?

Le virage était déroutant, ce refuge de May dans le territoire familier de l'hospitalité, mais Zara le comprenait. Certains chagrins étaient trop vastes pour qu'on s'y attarde longtemps.

— Ce que vous avez de bon, a dit Zara. — Pour deux.

— Pour vous et le détective. La bouche de May s'est légèrement incurvée, pas tout à fait un sourire mais presque. — C'est un homme bien. Têtu, mais bien.

— Oui.— Et vous reviendrez demain. Après vous être occupée de ce qui doit l'être.

Il y avait une gravité dans ces mots, un aveu de ce que Zara ne disait pas. May savait. Bien sûr qu'elle savait. Cela faisait onze ans qu'elle regardait la ville se protéger.

— Oui, a confirmé Zara. Je le promets.

May s'est dirigée vers la porte, s'est arrêtée, la main sur la poignée.— Qui que ce soit, a-t-elle dit doucement sans se retourner, j'espère qu'il a peur.

Puis elle est partie, la porte s'est refermée doucement derrière elle. David restait près du classeur, le dos toujours tourné. Zara s'est assise sur la chaise, lui laissant de l'espace.

Après un long moment, il a parlé sans se retourner.— C'est quelqu'un qu'on connaît ?

Zara a hésité, puis a décidé qu'il méritait au moins ça.— Oui.

Ses épaules se sont affaissées, et avec elles s'est éteinte la dernière parcelle d'espoir que ce soit un inconnu, quelqu'un de passage, n'importe qui sauf une personne qui leur avait souri pendant onze ans.— D'accord, a-t-il dit. Juste ça. Puis : — Vous devriez y aller. May va vous préparer à manger.

Zara s'est levée, s'est dirigée vers la porte. Sur le seuil, elle s'est retournée. David s'est enfin détourné du classeur. Son visage était gris, vieilli d'une décennie en quinze minutes.

— Merci, a-t-il dit. De ne pas avoir abandonné. De ne pas avoir laissé notre fille être oubliée.

— Elle n'a jamais été oubliée, a répondu Zara. Pas par vous, pas par May. Et pas par Garrett. Il l'a portée avec lui pendant onze ans.

Quelque chose a changé dans l'expression de David. Pas un adoucissement, exactement, mais une reconnaissance. Il a hoché la tête une fois.

Zara l'a laissé là et a retraversé le restaurant. May était au comptoir, en train de mettre des barquettes dans un sac plastique. Elle le lui a tendu sans croiser le regard de Zara.

— Demain, a répété May.

— Demain, a promis Zara.

DIX-NEUF

L'AIR DU SOIR ÉTAIT plus frais, le soleil était presque couché, le ciel était strié de rose et d'orange. Zara a posé le sac à emporter sur le siège passager, a démarré la voiture et est restée un instant à regarder les fenêtres illuminées du Golden Horse. À l'intérieur, May retournait au travail, David sans doute aussi. Ils servaient des plats, bavardaient avec les clients, fermaient le restaurant, rentraient dans la maison où la chambre de leur fille gardait sans doute encore des traces de la jeune fille qu'était Iris. Et demain, après la confrontation de Kirsty par Zara et Garrett, ils allaient enfin apprendre qui leur a volé ces onze années.

La conversation avec May et David pesait lourd dans sa poitrine. Le dos tourné de David, la force tranquille de May, les onze années d'ignorance qui s'entrouvraient enfin.

Des gouttes de pluie ont frappé le pare-brise quand elle est sortie du parking, ce qui l'a surprise. Elle a tourné la tête et a vu des nuages s'amonceler vers l'ouest, de cette couleur d'ecchymose qui promettait un vrai orage. Le sac à emporter était sur le siège passager, l'odeur d'ail frit en montait, ce qui lui a donné faim pour la première fois depuis ce qui lui semblait être des jours.

Demain, ils allaient confronter Kirsty. Demain, tout allait se briser. Ce soir, elle avait juste besoin de rentrer chez Garrett, de manger et de dormir si elle y arrivait.

Son téléphone s'est allumé sur la console centrale, le vibreur fort dans la voiture silencieuse. Elle a baissé les yeux au prochain stop, a vu le nom de Jane Goulding et s'est arrêtée le long du trottoir devant la quincaillerie. Moteur au ralenti, elle a pris le téléphone.

Zara, j'ai trouvé quelque chose dans mes vieux dossiers d'enseignante que je pense que tu dois voir. C'est à propos d'Iris et d'une autre élève. Peux-tu me retrouver à la passerelle ? Je suis là maintenant. C'est urgent.

Zara l'a lu deux fois. Jane a été fiable tout du long, elle a partagé des souvenirs et des éclairages que personne d'autre n'aurait donnés, ainsi que la vidéo du portfolio d'Iris que Kirsty a plagiée, qui était une preuve cruciale. Si elle disait que c'était urgent, elle le pensait. Mais la passerelle. La nuit. Avec un orage qui arrivait.

Elle a tapé : *Ça peut attendre jusqu'à demain ? Ou je peux venir chez toi ?*

La réponse est arrivée immédiatement. *Je suis déjà là. Viens maintenant s'il te plaît, je ne suis pas sûre d'avoir le courage d'en parler demain.*

Zara a froncé les sourcils devant l'écran. Cette dernière phrase sonnait bizarre. Jane Goulding était bien des choses, mais timide n'en faisait pas partie. Elle avait soixante-dix ans, tout de même, et il s'agissait d'une ancienne élève qui a été assassinée. Peut-être qu'elle portait une culpabilité de ne pas avoir parlé plus tôt.

Elle a envoyé un message à Garrett : *Je fais un rapide détour pour voir Jane Goulding. Elle a trouvé quelque chose à propos d'Iris. J'y vais maintenant.*

Elle a attendu une seconde. Pas de réponse. Il était probablement encore au commissariat.

Elle est repartie sur la route et a tourné vers le parc. Le sac à emporter a glissé sur le siège passager quand elle a pris le virage. La fin du jour s'effaçait du ciel, la pluie tombait maintenant régulièrement, les nuages d'orage s'amassaient plus épais à l'ouest, des éclairs palpitaient par intermittence.

Le parking à l'entrée du parc était vide. Aucune autre voiture. Juste les silhouettes sombres des jeux pour enfants derrière la clôture, le sentier qui descendait vers le ruisseau et la passerelle au-dessus du ravin. Zara s'est garée près de l'entrée du sentier et a coupé le moteur.

Le fait que le parking soit vide ne l'a pas inquiétée. La maisonnette de Jane se trouvait au bord du ravin ; elle ne venait pas en voiture. Elle venait à pied depuis l'autre extrémité du parc.

La pluie tambourinait sur le toit. À travers le pare-brise, elle voyait le sentier disparaître dans des ombres plus épaisses sous les arbres. Les lampadaires du parc étaient censés s'allumer au crépuscule, mais la moitié ne fonctionnait plus, laissant des poches d'obscurité entre ceux qui marchaient.

Son téléphone a vibré. Garrett : *Où exactement ? J'arrive.*

À la passerelle, a-t-elle répondu. *Probablement rien. Je reviens dans vingt minutes.*

Nouveau vibreur, aussitôt. Jane : *Je suis sur la passerelle. Tu me vois ?*

Zara a scruté à travers la pluie. Le sentier descendait en courbe vers le ravin, les eucalyptus denses des deux côtés. Elle ne voyait pas la passerelle d'ici, ne voyait que les premiers mètres de chemin. Elle a écrit : *Je viens d'arriver. Je descends maintenant.*

Elle a attrapé son téléphone et ses clés, a laissé le sac à emporter où il était. Quoi que Jane ait trouvé, c'était plus important que le dîner.

La pluie l'a frappée dès qu'elle a ouvert la portière, plus froide qu'elle ne s'y attendait, poussée par un vent qui se levait. Elle a verrouillé la voiture et s'est dirigée rapidement vers le sentier, les épaules rentrées contre le mauvais temps. Ses bottes ont trouvé le béton, la surface déjà glissante de pluie et de feuilles tombées.

Le sentier descendait dans une obscurité plus épaisse, les lampadaires en état étaient trop espacés pour faire plus que jalonner le chemin par des flaques d'orange sodium. La pluie tombait plus fort maintenant, chassée de côté par un vent qui arrachait des feuilles aux eucalyptus et les faisait ricocher sur le béton. Zara gardait la tête baissée, ses bottes trouvaient de l'accroche sur la surface luisante, une main dans la poche serrant son téléphone, l'autre repoussant ses cheveux mouillés. L'aire de jeux disparaissait derrière elle, avalée par les arbres, le mauvais temps et les derniers restes du jour.

La température baissait pour de bon. Son souffle formait de la buée, se mêlant à la pluie. Sa veste est restée dans la voiture ; elle ne pensait pas en avoir besoin. Douze ans de travail de terrain et elle faisait encore des erreurs d'amatrice quand elle était distraite.

Le sentier tournait à gauche, suivant le relief vers le ruisseau. Elle a dépassé l'entrée du raidillon qu'elle a emprunté le premier jour. À travers les arbres sur sa droite, elle distinguait les formes atténuées des maisons, des fenêtres chaleureuses. Sur sa gauche, le terrain plongeait plus raide, le maquis indigène épais et sombre. Le ravin était là, quelque part en bas, la passerelle l'enjambant. Elle ne la voyait pas encore.

Son téléphone a vibré. Elle s'est arrêtée sous l'un des lampadaires en état pour vérifier, la pluie tambourinant sur ses épaules.

Garrett : *Je pars du commissariat. Où exactement sur la passerelle ?*

Elle a tapé avec des doigts froids : *Je descends par le sentier depuis le grand parking. Cinq minutes, probablement. Jane est déjà là.*

Elle a envoyé, puis a ajouté : *Je la retrouve sur la passerelle, je pense. Je t'écris quand j'ai fini.*

La réponse est arrivée vite : *Fais attention. L'orage empire.*

Zara a glissé le téléphone dans sa poche et a repris sa marche. Prudente. Elle faisait attention. C'était Jane Goulding, une enseignante à la retraite de soixante-dix ans qui vivait dans un cottage surplombant le ruisseau et cultivait des roses primées. Pas vraiment une menace.

Sauf que le parc était vide, et la moitié des lampadaires étaient éteints, et Jane a dit qu'elle ne serait peut-être pas assez courageuse pour partager ce qu'elle avait trouvé si elles attendaient jusqu'à demain. Cette tournure sonnait faux. Jane n'était pas du genre à perdre ses moyens.

Les instincts de journaliste de Zara ont tressailli, les mêmes instincts qui la gardaient en sécurité dans des environnements hostiles, qui lui apprenaient quand pousser et quand battre en retraite. Elle les a ignorés. Elle réfléchissait trop. De la paranoïa provoquée par des effractions, des pneus lacérés et des couteaux plantés dans des photos. Jane allait bien. Ça allait.

Son téléphone a vibré de nouveau. Elle l'a sorti, s'attendant à Garrett. C'était une notification YouTube : *Nouveau commentaire sur votre dernière vidéo.*

Elle a tapoté par réflexe. Le tableau de bord des statistiques s'est chargé : 847 nouveaux abonnés depuis la mise en ligne de cet après-midi. Le nombre de vues augmentait régulièrement. Le graphique de rétention montrait que la plupart des spectateurs regardaient jusqu'au bout.

Les commentaires les plus en vue étaient mitigés :

Enfin un peu d'intégrité après le désastre Little Girls Lost.

Désabonné. Tu fais juste durer pour attirer l'attention.

Merci de privilégier la justice au divertissement.

On dirait que tu n'as rien et que tu fais traîner.

Elle a fait défiler la page avec des doigts froids et mouillés, sans vraiment lire, juste pour prendre la température générale. Mitigés, tendance légèrement positive. Ça aurait pu être pire. Le bouton Diffuser en direct se trouvait en haut de l'écran, il pulsait doucement, comme toujours. Elle a buté sur une irrégularité du sentier, a remis le téléphone dans sa poche. YouTube pouvait attendre.

À travers les arbres, elle a aperçu la passerelle. Bois sombre sur ciel plus sombre, à peine visible dans la lumière déclinante. Pas de signe de Jane pour l'instant, mais l'angle n'était pas bon. Elle verrait mieux une fois plus près.

Un éclair a illuminé l'ouest, éclairant les nuages de l'intérieur. Le tonnerre a suivi quelques secondes plus tard, sourd et grondant. L'orage arrivait pour de bon maintenant. Il faudrait faire vite.

Zara a accéléré le pas, ses bottes éclaboussant les flaques qui se formaient dans les creux du sentier. Sa chemise était trempée, lui collait au dos. De l'eau froide lui coulait dans la nuque. Elle allait ressembler à un rat noyé quand elle rentrerait chez Garrett. Il la ferait sans doute se déshabiller dans la buanderie avant de la laisser tremper le reste de la maison.

Cette pensée lui a apporté une chaleur inattendue. Un souci domestique. Ce genre de petite intimité qui se développait entre eux sans que l'un ni l'autre ne s'en rende vraiment compte. Trois jours plus tôt, elle logeait dans un motel ; maintenant, elle avait des tiroirs dans sa commode et son shampoing dans sa douche.

Le sentier s'est dégagé. La passerelle était là, à une vingtaine de mètres, enjambant le gouffre sombre du ravin. Le ruisseau grondait en dessous, gonflé par la pluie, même si elle savait qu'il baisserait vite une fois l'orage terminé. De l'autre côté, le chemin montait vers les rues résidentielles, où le cottage de Jane dominait tout ça.

Une silhouette se tenait contre la rambarde, découpée sur ce qu'il restait de lumière dans le ciel. Veste à capuche, traits impossibles à distinguer à cette distance.

La main de Zara s'est crispée sur son téléphone dans sa poche. Quelque chose sonnait faux. La façon dont la silhouette se tenait, trop immobile. L'absence totale de quiconque dans le parc.

Elle se faisait des idées, encore. Ça devait être ça. Jane lui a écrit, elle l'attendait sur le pont, comme elle l'a dit. Et puis, pourquoi quelqu'un d'autre serait-il dehors par ce temps ?

Zara a posé le pied sur les planches de bois détrempées. La structure était solide sous ses pas malgré son âge. Ses bottes faisaient des bruits creux sur les lames usées.

— Jane ? Sa voix a porté à travers le vide.

La silhouette s'est retournée.

Pas Jane. Le visage qui s'est tourné vers elle dans la lumière mourante était celui de Kirsty Cannon, les cheveux blonds assombris par la pluie, les traits composés en quelque chose qui aurait pu ressembler à de la compassion si ses yeux n'avaient pas été si plats. Le corps de Zara a réagi avant que son esprit ne rattrape : l'adrénaline a jailli, ses muscles se sont tendus, son poids s'est reporté vers le sentier d'où elle venait.

— Zara. La voix de Kirsty était douce, presque chaude, le ton rodé de la politicienne. — Merci d'être venue. Je sais que ce n'est pas ce à quoi vous vous attendiez.

Les mots sonnaient faux, la manière trop lisse, trop travaillée.

— Où est Jane ?Sa propre voix est sortie plus assurée qu'elle ne se sentait.

— J'ai demandé à Jane de me retrouver ici il y a une heure. Je lui ai dit que je voulais parler d'Iris, prof à ancienne élève, pour me soulager la conscience. La bouche de Kirsty s'est incurvée. — Elle est venue tout de suite. Elle a toujours eu tellement confiance. J'ai pris son téléphone pendant qu'elle parlait. Brody s'est occupé du reste.

— Géré. Le mot lui a paru de travers. — Où est-elle ?

— Tout près. Kirsty a penché la tête, l'eau ruisselait de sa capuche. — On va y venir.

La main de Zara était déjà dans sa poche, ses doigts s'enroulaient autour de son téléphone.— Je m'en vais.

Elle s'est retournée vers le sentier d'où elle venait.

Un homme se tenait à l'extrémité du pont, barrant le retour vers le parking. Grand, massif, une veste sombre et des chaussures de sécurité, les mains ballantes. Il n'était pas là quand elle est montée sur la passerelle. Il devait être caché dans les arbres, à attendre qu'elle passe.

Zara s'est arrêtée. Le pont s'étirait entre eux, Kirsty derrière elle, l'homme devant. Le ravin s'ouvrait de chaque côté, sept mètres de chute vers les rochers et l'eau qui grondait.

— C'est Brody. La voix de Kirsty venait de derrière elle, toujours douce, toujours fausse. — Mon contremaître. Le contremaître de mon père, en vrai, mais le mien maintenant. Il est avec la famille depuis vingt ans. Très loyal. Très compétent.

Brody ne parlait pas. Ne bougeait pas. Se contentait de rester là sous la pluie, le visage impassible, à l'observer avec l'attention patiente de quelqu'un qui savait attendre.

— Il a tellement de compétences. Ouverture de serrures. Mécanique. Et il est plutôt doué avec un appareil photo, a continué Kirsty. Zara a entendu des pas, le bruit creux de bottes sur le bois ; Kirsty se rapprochait. — Les photos dans votre chambre de motel ? C'est lui. Les clichés de surveillance ? Tout Brody. Il est très minutieux.

Zara s'est retournée lentement, en les gardant tous les deux dans son champ de vision. Kirsty était au milieu du pont, à deux mètres, les mains dans les poches de sa veste, l'expression toujours compatissante.

— Les pneus lacérés, c'était lui aussi, a dit Kirsty. Je lui ai demandé de vous mettre mal à l'aise. De vous encourager à quitter Salt Creek. D'abandonner cette enquête qui fait tant de mal à tant de gens. Sa voix a légèrement buté sur « enquête », première fissure dans la performance. — Mais vous n'êtes pas partie. Vous avez insisté. Vous avez continué à creuser.

— Parce qu'Iris a été assassinée.La voix de Zara était stable malgré l'adrénaline qui inondait son corps. La faire parler. Gagner du temps. Garrett savait où elle était. Il viendrait.— Parce que vous avez tué votre meilleure amie et que votre père a étouffé l'affaire.

Quelque chose a traversé le visage de Kirsty.— Ce n'est pas ce qui s'est passé.Sa voix est devenue plate, maîtrisée.

Rodé, a pensé Zara. La version qu'elle se répétait depuis onze ans.

— Mon père a tué Iris. Il était là cette nuit-là parce que je l'ai appelé, paniquée, et quand il est arrivé ils se sont disputés et il l'a attrapée et il l'a maintenue. Son expression s'est crispée. — J'ai essayé de l'arrêter. Je lui hurlais d'arrêter. Mais il était tellement en colère contre Iris d'avoir menacé de révéler le plagiat, tellement en colère contre moi d'avoir été assez stupide pour me faire prendre. Il a maintenu son visage sous l'eau jusqu'à ce qu'elle ne bouge plus. Je l'ai seulement giflée. C'est tout ce que j'ai fait. Une gifle.

Le mensonge était poli, travaillé. Mais Zara s'est assise dans le salon de Finch et a entendu une autre version.

— Ce n'est pas ce que Finch nous a raconté, a dit Zara.

L'assurance de Kirsty s'est fissurée, l'espace d'une seconde.— Finch est un ivrogne et un menteur.

— Finch a décrit son arrivée sur les lieux. Votre père était mouillé, oui. Mais c'est vous qui ne pouviez pas regarder Iris après. C'est vous qui étiez assise sur la berge à vous balancer comme une enfant.

— Finch ne sait pas ce qu'il a vu. Il a été compromis dès le moment où il est arrivé. Mon père le tenait.

— Alors pourquoi votre père était mouillé, Kirsty ? Quinze centimètres d'eau. Il n'avait pas besoin d'être trempé pour maintenir quelqu'un sous quinze centimètres d'eau. Zara a entendu sa propre voix, calme et clinique, l'instinct d'intervieweuse l'emportait sur la peur. — Il s'est mouillé parce qu'il essayait de vous arracher à elle.

— Vous ne savez pas de quoi vous parlez. La voix de Kirsty est montée, la mise en scène soignée se fissurait. — Vous ne savez pas ce que c'était. Elle allait tout ruiner. Tout mon avenir. Pour une candidature à l'université. Pour un travail auquel on a toutes les deux contribué, qui était collaboratif, et dont elle voulait le mérite juste parce qu'elle était égoïste et moralisatrice et... Elle s'est tue. Elle a inspiré. Quand elle a reparlé, la voix de la politicienne était revenue, mais plus ténue. — Ça n'a plus d'importance. Plus rien n'a d'importance.

— Ça a de l'importance pour May et David Zhang.

Kirsty a tressailli à l'évocation des noms.

Zara en a profité. — Qu'est-ce qui s'est vraiment passé, Kirsty ? Vous pouvez me le dire. Ses doigts ont trouvé son téléphone dans sa poche. Elle a cessé de réfléchir. La mémoire musculaire. Schéma de déverrouillage, le pouce traçait la forme familière. L'écran qu'elle ne voyait pas, qu'elle ne pouvait pas regarder. L'appli YouTube restait ouverte ; elle avait juste fourré le téléphone dans sa poche sur le sentier.

Bouton Diffuser en direct. En haut de l'écran, pile au centre. Elle l'a utilisé une douzaine de fois, elle savait exactement où il se trouvait. Mais dans sa poche, sous la pluie, avec les doigts qui tremblaient de froid et d'adrénaline, tout paraissait incertain. Elle a appuyé là où elle espérait que c'était le bon endroit, puis elle a appuyé de nouveau pour confirmer.

Le téléphone a vibré deux fois, à la suite. Soit elle venait de lancer un direct pour ses abonnés, soit elle a ouvert par erreur la vidéo de quelqu'un. Aucun moyen de le savoir sans le sortir.

— Iris méritait de comprendre que parfois on doit se protéger les uns les autres. Pas se détruire. La voix de Kirsty était plate. — Je l'aurais aidée. Je l'aurais soutenue dans sa carrière. Mais elle ne voulait pas écouter. Elle était si butée, tellement convaincue d'avoir raison...

— Vous avez volé son travail, dit Zara en gardant sa voix calme. Nous avons trouvé le téléphone d'Iris. Nous avons la preuve de ce qui vous a motivée, Kirsty, alors pourquoi ne pas me dire ce qui s'est vraiment passé cette nuit-là ?

Le tonnerre a claqué au-dessus de leurs têtes, assez fort pour les faire tressaillir toutes les deux. La pluie s'est intensifiée, tombait en rideau. Un éclair a zébré le ciel, a illuminé le visage de Kirsty d'une lueur blanche et crue, puis les a replongées dans l'obscurité.

— Les accidents arrivent pendant les tempêtes, a dit Kirsty, et sa voix était redevenue douce, apaisante, comme quand on parle à quelqu'un qu'on veut calmer. Des planches mouillées. Une visibilité médiocre. Une journaliste vient sur un pont en pleine tempête, glisse et tombe. Elle s'est rapprochée. — Comme la pauvre Jane.

Le sang de Zara s'est glacé. — Qu'est-ce que vous lui avez fait ?

— Regardez en bas.

Zara a saisi la rambarde et a regardé par-dessus le côté du pont. Un éclair a de nouveau zébré le ciel et, dans la brève lumière blanche, elle a vu le lit du ruisseau en contrebas, l'eau se précipitait sur les rochers, et une forme qui n'avait rien à faire là. Un corps, recroquevillé contre le bas de la paroi du ravin, là où la pente rejoignait l'eau. Des cheveux argentés.

Jane Goulding.

— Brody a été doux, a dit Kirsty derrière elle. Elle a à peine fait un bruit en passant par-dessus.

Les mains de Zara tremblaient. Jane était là-bas dans le noir, sous la pluie, avec le ruisseau qui montait autour d'elle. Elle était peut-être encore en vie, mais Zara ne pouvait rien faire d'ici sans passer devant Kirsty et Brody.

— J'avais besoin de son téléphone, voyez-vous. Kirsty a souri. — Je savais que vous discutiez. Elle m'a tout raconté. Elle était vraiment impressionnée par vous, et je crois que vous l'appréciiez, n'est-ce pas ? Suffisamment pour lui faire confiance quand elle vous a dit de la rejoindre ici.

Kirsty souriait toujours. Le même sourire qu'elle arborait sur les photos de communication du conseil, dans son matériel de campagne, aux collectes de fonds de la communauté. Il n'atteignait jamais ses yeux dans aucune d'elles non plus.

— Brody est très doué pour faire passer les choses pour des accidents. Les journalistes tombent des ponts. Ils se cognent la tête. Ils se noient dans des ruisseaux en crue pendant les tempêtes. Kirsty a fait un pas de plus. — C'est tragique. Mais ça arrive.

Le tonnerre grondait, long et profond. Le pont tremblait sous leurs pieds. La main de Zara était toujours dans sa poche, agrippait le téléphone, en espérant que quelque part, d'une manière ou d'une autre, des gens regardaient. Que ses abonnés entendaient les paroles de Kirsty. Que, si ça tournait mal, il y ait au moins une trace.

Brody a bougé derrière elle. Il a avancé d'un seul pas, patient et inéluctable, réduisant la distance. Il a coincé Zara entre lui et Kirsty.

La respiration de Zara s'accélérait. Son esprit passait en revue des options, toutes les situations hostiles dont elle s'est tirée en parlant. Mais il n'y avait pas d'issue, pas de plan d'extraction. Juste un pont en bois dans une petite ville australienne, et la femme qui a tué une fois, onze ans plus tôt, et qui se montrait clairement prête à recommencer.

Le téléphone dans sa poche diffusait peut-être en direct. Ou il ne faisait peut-être rien du tout.

— Vous avez essayé de pousser Iris du pont ? a dit Zara. — Ses blessures n'étaient pas compatibles avec une chute, pourtant. Elle vous a échappé ?

L'expression de Kirsty a laissé paraître un nouvel éclair de rage. — Elle était plus rapide que moi, a-t-elle dit, d'un ton boudeur d'ado renfrognée. — Je lui ai dit qu'elle devait arrêter. Qu'on ruinerait ses parents. Papa pouvait faire en sorte que le Golden Horse échoue à un contrôle sanitaire et ils seraient fermés, pour toujours. Iris... elle était tellement stupide ! Sa voix est montée jusqu'au cri. — Elle a dit que ça ne me sauverait pas ! Que je n'entrerais jamais dans aucune fac de droit une fois qu'elle m'aurait démasquée comme plagiaire !

— C'est là que vous avez essayé de la pousser, a dit Zara. Elle le voyait dans son esprit, les deux filles qui se disputaient sur le pont. Elles s'empoignaient, peut-être, pendant que Kirsty perdait son sang-froid. Le téléphone d'Iris tombait de sa poche, se coinçait sous les madriers du pont pendant qu'Iris se dégageait et se retournait pour s'enfuir.

— Papa m'attendait sur le parking. La voix de Kirsty était plus basse maintenant. — Il ne lui aurait pas fait de mal, mais elle l'a vu et elle a fait demi-tour, et elle a dévalé le sentier dans le ravin à la place. Je l'ai suivie. Elle aurait pu s'en sortir, mais elle a trébuché sur une pierre dans l'eau et je l'ai rattrapée... Elle s'est interrompue un instant, puis elle a redressé le menton et a regardé Zara droit dans les yeux. — C'était ma meilleure amie, et j'ai maintenu son visage sous l'eau jusqu'à ce qu'elle cesse de bouger. Alors si vous pensez une seconde que je regretterai de vous tuer aussi, vous vous trompez.

Vingt

LE BRUIT DE PAS précipités sur le bois mouillé a déchiré la pluie, et la tête de Zara s'est brusquement tournée vers l'extrémité du pont, côté parking. Puis la voix de Garrett, sèche et autoritaire :
— Police ! Les mains où je peux les voir ! Il se tenait au bout du pont, arme de service sortie et braquée sur Brody, la pluie ruisselait sur son visage, sa posture restait solide malgré les planches glissantes sous ses bottes.

Un soulagement l'a traversée une demi-seconde. Puis un métal froid s'est appuyé contre sa tempe. Elle s'est figée.

— Posez ça, Inspecteur. La voix de Kirsty venait directement derrière son oreille gauche, calme et maîtrisée. Le canon de l'arme a appuyé plus fort contre le crâne de Zara. — Lâchez votre arme ou je lui colle une balle dans le cerveau.

La respiration de Zara s'est arrêtée. Elle sentait la main de Kirsty, stable malgré la pluie, la légère pression d'un doigt sur la détente. Douze ans d'environnements hostiles et d'interviews dangereuses, sans jamais un pistolet pointé sur la tempe. Le métal était plus froid qu'elle ne l'imaginait.

L'arme de Garrett ne tremblait pas. Ses yeux ont croisé ceux de Zara à travers le pont, et elle a vu le calcul qui se faisait derrière. Distance. Angles. Risque.

— Vous ne voulez pas faire ça, Kirsty, a dit Garrett. Sa voix changeait, toujours autoritaire mais plus basse, le ton de quelqu'un qui cherchait à désamorcer. — Vous allez déjà être inculpée pour le meurtre d'Iris.

— De toute façon, c'est la perpétuité qui m'attend. Le souffle de Kirsty était chaud contre la nuque de Zara, sa voix restait étrangement stable. — Qu'est-ce que deux corps de plus ?

Le tonnerre a éclaté au-dessus de leurs têtes, si fort que Zara l'a senti dans sa poitrine. La foudre a suivi aussitôt, éclairant le pont d'un blanc cru. Dans cet éclair, elle a vu le visage de Brody, impassible comme toujours, une main dans sa veste. Elle a vu Garrett, l'eau qui lui coulait du nez, son doigt posé sur le pontet. Elle a vu le ravin de chaque côté, le trou noir où Jane gisait, brisée, en contrebas.

— Lâche ça ! a lancé Kirsty, la voix plus haute. L'arme s'est enfoncée, douloureuse maintenant. — Je la tuerai, Garrett. Ne crois pas que j'hésiterai.

— Je sais que vous le ferez, a répondu Garrett, le ton inchangé. Vous avez déjà tué. Vous êtes douée pour ça. Mais ça ne vous aidera pas maintenant.

Brody a parlé pour la première fois, la voix plate et pragmatique.— On peut faire passer ça pour un tir de la détective. Légitime défense qui a mal tourné. Ça arrive tout le temps.

— Tais-toi, Brody. La main de Kirsty a légèrement tremblé. L'arme a bougé contre la peau de Zara.

Le regard de Garrett a fait un aller-retour vers Brody, puis vers Kirsty.— D'autres policiers arrivent. Tous les agents de la ville. Trois minutes, peut-être moins.

Comme à l'appel, des sirènes ont déchiré la pluie. Lointaines mais de plus en plus proches. À en juger par le bruit, plusieurs véhicules.

— Alors on n'a pas de temps à perdre, a dit Kirsty, la voix soudain glaciale. Pose ton arme, Garrett. Éloigne-toi.

— Hors de question.

— Alors elle meurt.

— En quoi ça vous aidera, Kirsty ? a demandé Garrett, parfaitement calme. Comme s'il n'était pas planté en plein orage, en train de raisonner une sociopathe.

L'esprit de Zara s'emballait. Kirsty était plus grande, debout derrière elle, le canon contre sa tempe. Impossible de se baisser ou de se tordre sans se faire tirer dessus. Brody se trouvait entre Garrett et elles. Le ravin béait des deux côtés. Ils étaient coincés dans une impasse qui allait se terminer par sa mort si rien ne changeait.

Le poids dans sa poche. Son téléphone.

Elle a appuyé sur ce qu'elle pensait être le bouton Lancer le direct, quand Kirsty a commencé à parler. Le téléphone a vibré deux fois. Elle ne savait pas si ça fonctionnait. Elle ne savait pas si quelqu'un regardait.

Les sirènes se rapprochaient.

La main de Zara a bougé lentement, prudemment, vers sa poche. Kirsty ne semblait pas s'en apercevoir, concentrée sur Garrett, sur l'arme dans ses mains, sur les sirènes qui approchaient. Les doigts de Zara ont trouvé le téléphone au toucher. Tiède, légèrement humide. L'écran brillerait si elle avait bien appuyé sur ce bouton.

Elle l'a sorti, le tenant de façon que Kirsty puisse voir par-dessus son épaule. L'écran lui a éclairé le visage d'une lumière bleue et froide.

L'appli YouTube était ouverte. Diffusion en direct en cours. Compteur de spectateurs dans un coin : plus de quarante-trois mille et ça montait. Les commentaires défilaient plus vite qu'elle ne pouvait les lire. Durée de la diffusion : 8 min 47 et ça tournait.

— Vous feriez mieux d'y réfléchir à deux fois, a dit Zara. Sa voix est sortie plus assurée qu'elle ne se sentait. — C'est en direct depuis mon arrivée. Plus de quarante mille spectateurs et ça grimpe. Chaque mot que vous avez dit. Chaque menace que vous avez proférée. Tout est enregistré et diffusé. Son uniquement jusqu'à maintenant, mais ils vont nous voir.

L'arme est restée contre sa tête, mais Kirsty s'est figée. — Vous mentez.

— Regardez l'écran, a dit Zara en inclinant légèrement le téléphone, en espérant que la caméra pointe droit sur le visage de Kirsty. — Quelqu'un qui s'appelle Salties69 vient d'écrire « purée, elle vient d'avouer ». TrueCrimeJenny veut savoir si c'est réel ou mis en scène. BrisbaneMum44 dit qu'elle appelle la police. Elle a marqué une pause. — Même si, à ce stade, c'est sans doute inutile.

La respiration de Kirsty a changé. Plus rapide. Plus superficielle. L'arme tremblait contre la tempe de Zara.

— Éteignez-le, a dit Kirsty.

— Impossible. C'est déjà dehors. Même si je coupe le direct maintenant, quarante mille personnes ont entendu votre aveu. Elles vous ont entendue admettre que vous avez assassiné Iris Zhang et poussé Jane Goulding de ce pont. Elles vous ont entendue menacer de me tuer, a dit Zara, la voix égale. — C'est fini, Kirsty.

La foudre a de nouveau zébré le ciel. Dans cette brève illumination, Zara a vu l'expression de Garrett : du soulagement, et quelque chose qui ressemblait à de la terreur devant ce qu'elle venait de faire.

— Éteignez-le ! La voix de Kirsty s'est brisée. Le vernis de la politicienne s'est envolé, arraché. En dessous, il y avait quelque chose de plus jeune, de plus effrayé. La fille qui a maintenu sa meilleure amie sous l'eau il y a onze ans et qui ne s'est jamais convaincue que ce n'était pas sa faute.

— Même si je coupe le direct, l'archive sera toujours là, a dit Zara. — Probablement déjà téléchargée par des dizaines de personnes. C'est comme ça qu'internet fonctionne. Vous ne pouvez pas revenir en arrière.

Les sirènes étaient toutes proches maintenant. Des lumières bleues et rouges clignotaient à travers les arbres.

— Vous m'avez enregistrée, a dit Kirsty, la voix plate. — Vous avez tout monté.

— Vous m'avez envoyé un texto depuis le téléphone de Jane et vous m'avez attirée ici pour me tuer, a répondu Zara. — J'ai documenté ce qui s'est passé. C'est mon travail.

Le canon s'est écarté de la tête de Zara. Elle a entendu le bruit mouillé du métal qui frappait les lames de bois, l'arme de Kirsty qui a ricoché sur le tablier du pont. Elle a senti la main de Kirsty lâcher son épaule.

— À genoux, a dit aussitôt Garrett, son arme toujours braquée sur Brody. — Les mains sur la tête. Tous les deux.

Kirsty s'est agenouillée lentement, d'un geste mécanique. Elle a levé les mains, les doigts croisés derrière la tête. Brody a fait de même, son expression restait impassible, comme si se faire arrêter n'était qu'une tâche de plus à accomplir.

Garrett s'est avancé, son arme levée, et il a vérifié Brody d'abord.— Les mains dans le dos.Il a passé les menottes aux poignets de Brody, a plongé la main dans sa veste et en est ressorti avec une arme. Puis il a ramassé le pistolet de Kirsty, l'a contrôlé et l'a glissé dans la poche de sa veste.

Les sirènes étaient juste là, plusieurs véhicules entraient sur le parking. Des portières ont claqué. Des voix ont crié. Des faisceaux de lampes torches balayaient la pluie.

Garrett a regardé Zara de l'autre côté du pont.— Ça va ?

Elle a hoché la tête, même si ses mains tremblaient et que ses jambes se dérobaient. Le téléphone était toujours dans sa main, ça diffusait toujours, le compteur de spectateurs explosait. Elle a regardé l'écran, les commentaires qui défilaient. Il y avait déjà des enregistrements d'écran de l'aveu. Plusieurs. La vidéo serait partout demain matin.

— Jane est là-bas, a-t-elle dit, la voix soudain pressée. — Ils l'ont poussée. Elle est blessée.

Le visage de Garrett a changé aussitôt.— Allez-y. J'assure.

Zara a coupé le direct, a remis son téléphone dans sa poche et a couru vers le sentier qui descendait dans le ravin. La descente était raide, traîtresse sous la pluie, par endroits plus une vague indication qu'un véritable chemin. Elle s'agrippait aux branches d'eucalyptus pour se soutenir, l'écorce rêche et mouillée sous ses paumes, ses pieds glissaient sur la litière de feuilles transformée en boue luisante par l'averse. Derrière elle, des voix sur le pont, des échanges radio, le ton de Garrett dirigeait les agents arrivés. Rien de tout cela n'importait. Jane était quelque part ici, peut-être morte dans le ruisseau qui montait, mais peut-être, juste peut-être, encore en vie.

— Jane ! Sa voix a percé la pluie. — Jane, j'arrive !

Le sentier faisait des lacets, plongeait à pic. Zara dévalait, à moitié en courant, à moitié en glissant, se retenant aux troncs pour contrôler sa descente, la boue encroûtait ses bottes. Le grondement de l'eau gagnait en intensité. À travers les arbres, elle apercevait par à-coups le ruisseau en contrebas, sombre et rapide, gonflé par l'orage. Un éclair a illuminé le ravin d'un blanc saccadé, puis l'obscurité est revenue.

Elle est arrivée en bas, là où le sentier rejoignait le lit du ruisseau. L'eau filait, jusqu'aux chevilles ici, plus profonde dans le chenal. En amont, très haut, elle distinguait la silhouette du dessous du pont, et là, contre la paroi du ravin où la pente était la plus raide, une forme claire qui n'avait rien à faire là.

— Jane ! Zara s'est avancée dans l'eau, en haletant sous le froid. L'eau poussait contre ses jambes, plus forte qu'elle n'en avait l'air, essayant de la déséquilibrer. Elle s'est frayé un passage vers la forme, vers les cheveux argentés et la veste pâle recroquevillée contre les rochers.

Jane gisait à moitié sur la berge caillouteuse, à moitié dans l'eau, les jambes tordues à des angles qui ont retourné l'estomac de Zara. Ses yeux étaient ouverts, perdus, et quand Zara l'a rejointe, elle a émis un son, à mi-chemin entre le gémissement et le sanglot.

— Je vous tiens, a dit Zara en se positionnant derrière Jane, en passant ses bras sous les épaules de la femme. — Je vous tiens. Ça va aller.

Le poids de Jane était plus important que Zara ne s'y attendait. Elle a calé ses bottes contre un rocher et a soulevé, dégageant la tête et le haut du corps de Jane de l'eau. Jane a poussé un cri et le cœur de Zara s'est serré.

— Je sais que ça fait mal. Je suis désolée. Mais je dois te maintenir hors de l'eau.

Elle a réajusté sa prise, s'est calée contre la berge, a pris le poids de Jane contre son propre corps. L'eau grondait autour d'elles, plus haute qu'au moment où elle est entrée pour la première fois. La pluie ne s'arrêtait pas.

La respiration de Jane était saccadée, son visage gris même dans l'obscurité. Mais ses yeux se fixaient maintenant, trouvant le visage de Zara.

— Zara, a-t-elle murmuré.

— Je suis là. Les secours arrivent. Reste avec moi.

— Kirsty. La voix de Jane s'est brisée sur le nom. — Je pensais qu'elle voulait parler d'Iris. Qu'elle était prête à passer à autre chose, après toutes ces années. Des larmes se mêlaient à la pluie sur son visage. — Elle m'a poussée. Je croyais que c'était mon amie.

— Je sais. Zara gardait la voix stable, luttant contre le froid qui s'insinuait dans ses os. — Elle a utilisé ton téléphone pour m'envoyer un message. Elle m'a attirée ici de la même façon.

Les yeux de Jane se sont agrandis. — Tu es blessée ?

— Non. Garrett est arrivé à temps. Kirsty et Brody sont tous les deux en garde à vue. Zara a ajusté sa prise alors que le poids de Jane glissait, le courant la tirait. Ses bras commençaient à trembler sous l'effort et le froid. — Ils ne feront plus de mal à personne.

— Mes jambes. La respiration de Jane s'est bloquée. — Je ne sens plus mes pieds.

— N'essaie pas de bouger. Les ambulanciers arrivent. Zara a levé les yeux vers le pont, vers les lumières qui clignotaient à travers les arbres. — Plus très longtemps maintenant.

La main de Jane a trouvé le bras de Zara et s'y est accrochée faiblement. — Tu l'as trouvée ?

Pendant un instant, Zara n'a pas compris. Puis elle s'est rendu compte. — Iris ?

— Sa voix. Tu as dit que tu la cherchais, sa voix. Les mots de Jane arrivaient plus lentement, légèrement empâtés. Le choc s'installait. — Tu l'as trouvée ?

— Oui. Zara a rapproché Jane, a resserré sa prise. — On a récupéré son téléphone. Elle a laissé des enregistrements. Des mémos vocaux, de la vidéo. Elle a tout documenté, tout ce que Kirsty a fait. Son plagiat. Les menaces. Pourquoi elles se sont donné rendez-vous ce soir-là.

— Elle savait. Les yeux de Jane se sont fermés. — Elle savait que Kirsty pourrait lui faire du mal.

— Elle espérait que non. Mais elle s'est quand même préparée. Zara sentait le poids de Jane devenir plus lourd, son corps se ramollir. — Jane ! Reste avec moi. Reste éveillée.

— Fatiguée.

— Je sais. Mais tu dois rester éveillée. Parle-moi d'Iris. Dis-moi comment elle était dans tes cours.

Les paupières de Jane se sont entrouvertes. — Brillante. Le mot est sorti tout doux. — L'étudiante la plus talentueuse que j'ai jamais eue. Elle voyait des choses que les autres rataient. Elle te les faisait voir aussi, à travers son appareil photo. Une pause. — Elle m'a rappelé pourquoi je suis devenue prof.

— Elle t'a rappelé toi, je crois. Zara continuait de parler, la voix stable malgré le froid, malgré ses bras qui brûlaient à force de soutenir le poids de Jane. — C'est ce que tu m'as dit quand on s'est rencontrées pour la première fois. Qu'elle avait de la présence.

— Tu l'as aussi. La main de Jane s'est un peu resserrée sur le bras de Zara. — Cette même façon d'être dans une pièce. De faire écouter les gens.

— Alors tu ferais mieux de m'écouter maintenant. Reste éveillée. Les secours arrivent.

Des voix descendaient d'en haut, quelqu'un criait des consignes. Le faisceau d'une puissante lampe a balayé le ravin, les a repérées, s'est fixé.

— Repérées ! a retenti une voix masculine d'en haut. — Deux personnes dans l'eau. L'une semble blessée.

— Gravement blessée ! a crié Zara. — Jambes cassées, atteinte spinale possible. Il lui faut un plan dur.

— Les ambulanciers descendent maintenant. Tenez bon.

Zara a baissé les yeux vers Jane, vers l'eau qui montait autour d'elles, vers ses propres mains blanches de froid. Elle tenait Jane depuis peut-être trois minutes, mais ça lui paraissait une heure.

Ses épaules hurlaient, ses jambes étaient engourdies, et l'épuisement s'insinuait par vagues.

— On y est presque, a-t-elle murmuré. — Encore un petit peu.

Des faisceaux de lampes ont bondi le long du sentier, accompagnés de voix et du cliquetis du matériel. Deux ambulanciers sont apparus, avançant vite mais prudemment sur la pente traîtresse, portant un plan dur et une trousse médicale. Une troisième personne a suivi avec plus de matériel.

— On la prend en charge, a dit la cheffe des ambulanciers, une femme aux cheveux gris tirés en arrière. Elle est entrée dans l'eau sans hésiter, a traversé le ruisseau pour se poster au-dessus d'elles, évaluant Jane avec une efficacité sûre et rapide. — Vous avez bien fait, en la maintenant immobile et hors de l'eau.

Zara s'est affaissée quand ils ont pris le relais, ses bras sont retombés le long de son corps, soudain inutiles. Ils l'ont incitée à sortir de l'eau, et elle s'est assise sur la berge rocailleuse et a serré les genoux, les regardant poser un collier cervical autour du cou de Jane, préparer le plan dur, coordonner leurs gestes.

— Allez, a dit la secouriste aux cheveux gris, sans dureté, tandis que plusieurs autres personnes dévalaient le talus. — Vous êtes en hypothermie. Montez jusqu'à l'ambulance.

Un des plus jeunes secouristes lui a pris le coude et l'a aidée à se relever. — Allez. Une marche après l'autre.

La remontée était plus dure que la descente. Les jambes de Zara tremblaient à chaque pas, ses muscles étaient à bout d'avoir tenu Jane, de l'eau froide, du contrecoup d'adrénaline qui tombait d'un coup. Le jeune secouriste gardait une main ferme sur son coude, la guidait à l'écart des pire plaques de boue, la laissait s'appuyer sur lui quand ses bottes glissaient. Elle s'accrochait aux branches avec des doigts engourdis, se hissait en s'aidant des racines et des troncs, son souffle venait par à-coups qui n'avaient rien à voir avec l'effort et tout à voir avec un corps qui décidait que c'était fini.

Le chemin s'est fait plus plat. Des gyrophares bleus et rouges clignotaient à travers les arbres. Des voix partout, des radios qui crépitaient, le chaos organisé d'une intervention en plein régime. Zara s'est hissée sur les derniers mètres et est sortie dans la lumière du parking.

Quatre voitures de police, trois ambulances, un camion de pompiers. Le ruban de police se tendait déjà autour de l'entrée de la passerelle. La pluie s'atténuait en une bruine régulière. Des projecteurs portatifs baignaient tout d'une lumière blanche et plate qui lui faisait mal aux yeux.

Elle a regardé vers le pont. Kirsty n'était plus là ; on venait de l'emmener. Une des voitures de police sortait du parking, gyrophares allumés, un visage pâle visible un instant derrière la vitre arrière, puis le véhicule a tourné sur la route et a disparu. On chargeait Brody dans une autre voiture, les mains menottées dans le dos, deux agents le guidaient vers la banquette arrière. Il ne résistait pas. Son expression était aussi vide que sur le pont tout à l'heure.

Garrett se tenait près de l'entrée de la passerelle, à observer le travail des équipes. Quand il a vu Zara, il s'est avancé vers elle.

Le secouriste a lâché son coude. — Je devrais vérifier si vous êtes en hypothermie.

— Dans une minute, a dit Zara.

Garrett l'a rejointe, a enlevé sa veste et la lui a posée sur les épaules. Le tissu était humide mais plus chaud que sa chemise trempée. Elle l'a resserrée contre elle.

— Jane ? a-t-il demandé doucement.

— En vie. Les deux jambes cassées, probablement pire. Mais elle était consciente et elle parlait, a dit Zara. Sa voix est sortie rauque, la gorge à vif d'avoir crié sous la pluie. — Kirsty lui a dit qu'elle voulait parler d'Iris. Se soulager la conscience. Jane lui a fait confiance.

— Kirsty est douée pour gagner la confiance des gens. La mâchoire de Garrett s'est contractée. — Elle a eu beaucoup d'entraînement.

Ils regardaient les secouristes remonter le plan dur sur le sentier. Même de cette distance, Zara voyait le visage de Jane, pâle et tiré, le collier cervical d'un blanc vif contre ses cheveux argent. Les portes de l'ambulance se sont fermées et elle est partie, gyrophares allumés, en direction de l'hôpital.

Une agente s'est approchée de Garrett, une jeune femme aux cheveux tirés. — Monsieur, nous avons sécurisé les lieux. Brody Lygon est en cours de transfert. Kirsty Cannon est déjà au commissariat, elle réclame son avocate.

— Bien. La voix de Garrett est redevenue professionnelle. — Je veux des déclarations de tous les intervenants. Et qu'on fasse venir quelqu'un de la cybercriminalité pour conserver cette diffusion en direct.

— C'est déjà en cours, monsieur. L'intégralité de la diffusion a été archivée. L'agente a jeté un regard à Zara. — Cinquante-huit mille spectateurs au pic. C'est partout sur les réseaux sociaux. Des centaines de milliers regardent la rediffusion en ce moment .Garrett a hoché la tête. — Je serai au commissariat dans l'heure.

L'agent est parti. Garrett s'est tourné vers Zara, et le masque professionnel est tombé.— Tu trembles.

Oui. Tout son corps tremblait, ses dents claquaient.— Je vais bien.

— Tu es en hypothermie. Il a jeté un regard vers la deuxième ambulance. — Tu dois te faire examiner.

— Dans une minute. Elle ne voulait pas encore bouger. — Donne-moi juste une minute.

Il n'a pas discuté. Son bras est passé autour de ses épaules, la ramenant contre lui. Zara s'y est appuyée, son corps décidant que rester debout toute seule demandait trop d'efforts.

Ils sont restés comme ça au bord du parking, la bruine se déposait autour d'eux, les gyrophares peignaient tout de couleurs changeantes. Aucun d'eux ne parlait.

— C'est fini, a dit Zara doucement.

Le bras de Garrett s'est resserré autour d'elle.— May et David sauront enfin.

— Oui. Elle a marqué une pause. — Nous avons tenu nos promesses.

La pluie s'est arrêtée. Au-dessus, les nuages ont commencé à se déchirer, laissant entrevoir des étoiles.

— Allez, a dit Garrett. — On va te faire examiner.

Zara a hoché la tête contre son épaule. Ils ont marché ensemble vers l'ambulance qui attendait, son bras toujours autour d'elle, ses pas vacillants.

Vingt-et-un

Le salon de Garrett semblait à l'étroit avec eux cinq rassemblés là, le canapé en cuir usé et deux fauteuils disposés autour d'une table basse encombrée de notes d'enquête et de son ordinateur portable. Dehors, la nuit était fraîche et claire après deux jours de pluie, mais les rideaux étaient tirés, la pièce n'était éclairée que par une lampe sur pied dans le coin et une plus petite sur la table d'appoint. May et David Zhang étaient assis côte à côte sur le canapé, sans se toucher mais tout proches, les bras de David croisés très serré sur sa poitrine. Vince Thorne occupait l'un des fauteuils, penché en avant comme s'il pouvait filer à tout moment. Zara avait pris l'autre, placé de biais pour voir le visage de chacun. Garrett se tenait près de l'embrasure, ni tout à fait dans la pièce, ni tout à fait hors de celle-ci.

Cinq jours plus tard, les côtes de Zara la faisaient encore souffrir là où elle avait soutenu le poids de Jane contre elles. L'hôpital l'a déclarée hors de danger pour l'hypothermie après une heure sous des couvertures chauffantes et du thé chaud et sucré, mais ils ont insisté pour la garder une nuit en observation.

Jane a été entre la vie et la mort pendant quelques heures, puis elle s'est stabilisée et elle a été opérée ; on lui a consolidé les jambes avec du métal. Elle allait rester à l'hôpital encore quelque temps, jusqu'à ce qu'elle puisse de nouveau s'occuper d'elle-même à la maison. Kirsty et Brody ont été rapidement transférés à Brisbane, parce que les cellules de garde à vue de Salt Creek n'étaient absolument pas adaptées à une détention prolongée. Un magistrat a refusé la mise en liberté sous caution dès l'audience initiale, les jugeant potentiellement dangereux pour le public. Le procès au fond n'aurait lieu que dans plusieurs mois, mais pour l'instant, ils étaient tous les deux derrière les barreaux.

Les médias ont repris l'histoire à partir de son direct ; son téléphone et ceux du commissariat de Salt Creek n'ont pas arrêté de sonner. Mais tout cela n'avait pas d'importance pour l'instant. Ce qui comptait, c'était l'ordinateur portable sur la table basse et le fichier qui attendait d'être ouvert.

— Du thé, a dit Garrett, le mot brisant le silence. — Je vais mettre la bouilloire.

May a acquiescé sans le regarder. Ses mains étaient croisées sur ses genoux, les doigts étroitement entrelacés. Depuis qu'ils sont arrivés, David n'a pas prononcé un mot ; il a simplement suivi May à l'intérieur et s'est assis où elle s'est assise.

Vince s'est déplacé sur son fauteuil, le cuir a crissé. Il a maigri depuis que Zara l'a rencontré au motel, son visage était plus maigre, plus dur. Il portait une chemise grise toute simple et un jean, ses bottes de travail encore lacées serré.

Garrett s'est dirigé vers la cuisine. Zara a entendu l'eau du robinet couler, le clic de la bouilloire qui s'est mise en marche.

Elle a regardé l'ordinateur portable. La vidéo qu'ils allaient regarder s'intitulait simplement : « Iris_Final_Oct15_2014.mp4 ». Onze minutes d'une fille qui n'avait aucune idée que sa meilleure amie était sur le point de la tuer.

La respiration de May s'est bloquée. Zara a jeté un coup d'œil et a vu des larmes qui traçaient déjà des sillons sur son visage, silencieuses et régulières. Elle ne sanglotait pas, elle ne faisait aucun bruit. Elle pleurait simplement comme on pleure quand les larmes attendaient depuis onze ans pour tomber.

La main de David est venue se poser sur le genou de May. La main de May a recouvert la sienne.

Garrett est revenu avec un plateau, quatre mugs de thé et une petite assiette de biscuits que personne ne mangerait. Il l'a posé sur la table basse. May a pris un mug à deux mains, le calant entre ses paumes. David a secoué la tête devant le mug qu'on lui offrait. Vince en a pris un mais n'a pas bu.

Garrett est resté debout près de l'embrasure, les bras croisés.

— Avant de commencer, a-t-il dit calmement, je dois vous expliquer ce que vous allez voir.

May l'a regardé.

— C'est une vidéo qu'Iris a enregistrée le soir du 15 octobre 2014. Le jour où elle est morte. La voix de Garrett était posée. — Elle l'a filmée avec son téléphone, que May et Zara ont retrouvé coincé sous la passerelle il y a deux semaines. La vidéo se trouvait sur une carte microSD qui a résisté à onze ans d'intempéries. Un spécialiste des données très compétent a pu tout en récupérer, et j'ai été autorisé par le parquet à vous montrer cette vidéo en particulier. C'est la pièce la plus importante, et Zara tenait à la regarder avec vous. Nous sommes heureux que vous ayez accepté de venir ce soir.

La main de David s'est resserrée sur le genou de May.

— Dans la vidéo, Iris explique pourquoi elle devait voir Kirsty ce soir-là. Elle parle du plagiat, du fait que Kirsty a volé son dossier de candidature à l'université. Elle raconte qu'elle a essayé de régler ça, qu'elle a donné des chances à Kirsty de faire ce qu'il fallait. Garrett a marqué une pause. — Elle précise aussi qu'elle savait qu'il pourrait y avoir des conséquences. Qu'elle avait peur, mais qu'elle allait rencontrer Kirsty quand même.

Vince a émis un son, à mi-chemin entre un souffle et quelque chose de brisé.

Zara a posé son thé sur la table d'appoint et s'est penchée en avant.— La vidéo dure onze minutes. Iris s'adresse directement à la caméra. Elle est très claire, très précise.Elle a regardé May et David.— C'est difficile à regarder. Mais c'est aussi un cadeau. Elle voulait que les gens sachent la vérité. Elle a tout consigné pour que, même s'il lui arrivait quelque chose, la vérité survive.

— Ma fille, a dit David. C'étaient ses premiers mots depuis leur arrivée. Sa voix était rauque, à peine audible. — Ma fille savait que quelqu'un pourrait lui faire du mal et elle a fait une vidéo.

Personne n'a répondu. Il n'y avait rien à dire.

Garrett s'est approché de l'ordinateur portable, il a ouvert le bon dossier. Le curseur restait en suspens.— Vous êtes prêts ? a-t-il demandé en regardant May et David.

May a hoché la tête. David aussi.

Garrett a jeté un coup d'œil à Vince.— Tu n'es pas obligé de regarder.

Vince a secoué la tête.— J'ai besoin de la voir. Sa voix s'est brisée. Il a avalé difficilement. — J'ai besoin d'être là.

La pièce est retombée dans le silence. Garrett a regardé Zara. Elle a hoché la tête. Il a lancé la lecture.

L'écran s'est rempli du visage d'Iris Zhang. Dix-sept ans, vivante, elle regardait droit l'objectif de ses yeux sombres où, derrière ses lunettes rectangulaires, la peur et la détermination se tenaient à parts égales.

— Je m'appelle Iris Zhang, a-t-elle dit, la voix claire et assurée. — On est le 15 octobre 2014, et je dois consigner ce que j'ai découvert, parce que si quelque chose m'arrive, les gens doivent connaître la vérité.

La respiration de May s'est coupée. La main de David a entièrement recouvert la sienne.

Iris a continué de parler. Jeune, effrayée, et pourtant si sûre de ses principes. Elle expliquait Kirsty, le plagiat, la décision qu'elle a prise de le signaler même si elle savait ce que ça pourrait lui coûter.

Zara regardait les gens dans la pièce plutôt que l'écran. Elle a vu cette vidéo plusieurs fois, déjà. Mais voir May et David entendre la voix de leur fille pour la première fois en onze ans, c'était autre chose.

Le thé refroidissait. Et Iris Zhang, morte depuis onze ans, a enfin pu raconter son histoire.

La voix d'Iris remplissait la petite pièce, claire et déterminée malgré le tremblement en dessous. Elle était assise dans sa chambre sur la vidéo, Zara reconnaissait le mur bleu canard des photos, le coin d'une affiche visible derrière son épaule gauche. Ses lunettes accrochaient la lumière de sa lampe de bureau.

— Je suis amie avec Kirsty Cannon depuis qu'on était à la maternelle ensemble, disait Iris. — Je lui faisais entièrement confiance. Alors quand j'ai remarqué que certains de mes fichiers de projet ont été consultés quand je n'étais pas à la maison, quand ma clé

USB était dans une position différente de celle où je l'ai laissée, je me suis dit que je devenais parano.

May a émis un son, doux et meurtri. Le bras de David est passé autour de ses épaules.

À l'écran, Iris a remonté ses lunettes sur son nez. Le geste était tellement ordinaire, tellement vivant, que Zara a senti sa propre gorge se serrer.

— Mais je n'étais pas parano, a continué Iris. — J'ai vérifié les journaux d'accès de mon ordinateur, ceux que Papa m'a appris à lire. Kirsty a copié l'intégralité de mon dossier artistique. Tout ce sur quoi je travaille pour ma candidature à la QCA.

Iris a raconté qu'elle a retrouvé les fichiers volés sur l'ordinateur portable de Kirsty, la confrontation, les larmes et les excuses de Kirsty. Sa voix restait mesurée, factuelle, mais en dessous, Zara entendait la douleur.

— Elle m'a suppliée de ne rien dire à personne. Elle disait qu'elle était désespérée, que son père la tuerait si elle n'entrait pas dans une bonne université, qu'elle faisait des crises d'angoisse à cause de la candidature. L'expression d'Iris à l'écran était triste, déçue. — Elle disait que ce n'était qu'un brouillon, qu'elle allait créer son propre travail ensuite. Mais la date limite était déjà passée. Elle a déjà soumis mon travail sous son nom.

La vidéo a continué. Iris détaillait le plagiat avec la même minutie qu'elle apportait à ses projets de média. Les différentes facultés de l'université, la faible probabilité d'être découverte, le caractère calculé du vol de Kirsty. Puis les textos, la détresse qui montait dans les messages de Kirsty, les menaces déguisées en supplications.

— « Tu es en train de me détruire », a lu Iris sur son téléphone à l'écran. — « Je ne dors plus. Je ne mange plus. Tu ruines ma vie pour une vidéo stupide. » Elle a regardé la caméra. — Ce n'est pas stupide pour moi. C'est mon travail. Mes idées. Ma voix.

Les larmes de May coulaient plus vite maintenant. David l'a serrée plus près, le menton posé sur le sommet de sa tête, les yeux fermés.

Iris a parlé du père de Kirsty, du pouvoir de Richard Cannon à Salt Creek, du risque pour le restaurant de ses parents. Elle reconnaissait tout cela avec la logique appliquée de quelqu'un qui a envisagé chaque angle. Et puis elle a dit, simplement : — Mais je ne peux pas laisser passer ça. Ce n'est pas seulement mon travail. C'est une question de justice.

— Je vois Kirsty ce soir à la passerelle après mon service, a dit Iris. — Elle a demandé une dernière chance de me faire changer d'avis. Je vais la lui donner. Une ultime chance de faire elle-même ce qu'il faut.

La main de Vince est tombée de sa bouche pour agripper l'accoudoir.

— Si elle ne le fait pas, a continué Iris, je dépose les signalements lundi. À l'UQ, à la QCA, à qui de droit. Et s'il m'arrive quelque chose... Elle s'est interrompue, l'incertitude a traversé son visage pour la première fois. — Si cette vidéo est regardée parce que je ne suis pas là pour faire le signalement moi-même, alors vous devez savoir : ce n'était pas un accident.

Un sanglot de May s'est échappé, étouffé contre la poitrine de David. Sa main est montée pour soutenir l'arrière de sa tête.

— Il y a des copies de tous ces fichiers sur mon ordinateur portable, a dit Iris, la voix de nouveau plus ferme. — Tout est documenté. Le plagiat, les textos, tout. Kirsty Cannon a volé mon travail, et quand je n'ai pas voulu la laisser s'en tirer, elle...

Elle s'est arrêtée. Elle a secoué la tête. Un petit sourire triste.

— Non. Je deviens parano. Kirsty ne me ferait pas vraiment de mal. On est amies depuis qu'on est petites. Elle est juste effrayée et désespérée. Iris a regardé directement la caméra, directement eux à onze ans de distance. — On va parler, et elle va comprendre. Elle verra que faire ce qu'il faut est plus important que...

La vidéo s'est arrêtée. En plein milieu d'une phrase, l'écran est devenu noir, l'horodatage est resté figé à 17:17. Onze minutes et quatre secondes d'une fille qui ne croyait pas que sa meilleure amie lui ferait vraiment du mal, et qui a payé cette erreur de jugement de sa vie.

Le silence dans le salon de Garrett était total. Le ventilateur de refroidissement de l'ordinateur portable ronronnait doucement.

La respiration de May est devenue saccadée. David la tenait, son propre visage mouillé maintenant. Vince pleurait ouvertement, sans chercher à le cacher. La tasse est tombée de ses mains à un moment donné, couchée sur le côté sur la moquette, le thé s'y imprégnait.

Garrett ne bougeait pas de sa place près de la porte. Ses bras restaient croisés mais sa tête était baissée. Quand il a enfin levé les yeux, ils étaient cernés de rouge.

La vision de Zara s'est brouillée. Elle a déjà regardé cette vidéo plusieurs fois. Elle a cru qu'elle était prête. Mais la regarder avec les parents d'Iris, avec le garçon qui l'a aimée, c'était autre chose.

Les sanglots de May étaient le seul bruit. Calmes, déchirants, le chagrin d'une mère qui entend la voix de sa fille morte et qui doit la perdre à nouveau.

L'écran de l'ordinateur portable s'est assombri, la mise en veille automatique s'est enclenchée. La lueur bleue a disparu, ne laissant que la chaude lumière jaune de la lampe sur pied.

May a soulevé la tête de la poitrine de David. Son visage était tacheté, ses yeux gonflés. Elle a regardé l'ordinateur éteint un long moment, puis a balayé la pièce du regard.

— On l'écoute enfin, a dit May. Sa voix était à peine audible, à vif. — Après onze ans. Ma fille est enfin entendue.

Vince s'est levé brusquement. Sa chaise a raclé le sol. — J'ai besoin d'air, a-t-il dit, les mots étranglés. — Je suis désolé, je...

Il n'a pas fini. Il s'est simplement dirigé vers la porte. Garrett s'est écarté pour le laisser passer. La porte d'entrée s'est ouverte et refermée, avec soin, en dépit de sa détresse évidente.

Par la fenêtre, Zara le voyait debout sur le petit perron, le dos tourné à la maison, les épaules voûtées, les mains dans les poches.

David a décroisé les bras. Le geste semblait demander un effort. Ses mains sont tombées sur ses genoux, puis ont remonté pour se frotter le visage. Quand il les a abaissées, il regardait Garrett.

— Onze ans, a dit David. — Tu as porté ça pendant onze ans.

Garrett s'est décalé contre le mur. — Je ne l'ai pas porté assez bien. Si j'avais...

— Tu étais un jeune agent, a-t-il coupé. Ils t'ont fait taire. Ils t'ont muté quand tu n'arrêtais pas de poser des questions. Sa voix était rauque mais posée. — Tu aurais pu laisser tomber. Mais tu ne l'as pas fait.

— Non. Je ne pouvais pas.

May a pris un mouchoir dans la boîte sur la table basse. Elle s'est essuyé les yeux, s'est mouchée. — Je t'en ai voulu au début, a-t-elle dit doucement. — Quand on a appris ta mutation. Je me suis dit que tu as abandonné Iris comme tout le monde.

— Je n'ai jamais abandonné.

— Merci, a dit May. — De ne pas l'avoir oubliée.

Garrett a hoché la tête une fois. Il n'était pas à l'aise avec la gratitude, Zara l'a appris.

Zara s'est levée, les jambes engourdies d'être restée assise. — Vous voulez plus de temps avec la vidéo ? On peut vous laisser seuls pour la revoir.

La main de May a trouvé la sienne à travers la table basse. — Restez, a-t-elle dit. — S'il vous plaît. Je ne peux pas encore être seule avec ça.

— Bien sûr.

Le regard de David a glissé vers Zara. — Et toi. Tu es venue, et tu as insisté quand tout le monde est passé à autre chose.

— May m'a demandé de découvrir ce qui s'est passé. J'ai tenu ma promesse.

— Vous deux, a-t-il dit, la voix brisée un instant. Il s'est éclairci la gorge. — Merci. De nous avoir rendu la voix de notre fille.

Garrett s'est détaché du mur pour venir se placer à côté de la chaise de Zara. Ses doigts ont effleuré son épaule.

La porte d'entrée s'est ouverte discrètement. Vince est revenu à l'intérieur, le visage à présent composé bien que ses yeux soient rouges. Il n'est pas retourné à sa chaise ; il s'est juste adossé au mur près de la porte. Présent mais à l'écart.

— Elle enregistrait tout, a dit Vince. Sa voix était basse, presque pour lui-même. — Même à l'époque. Elle pointait sa caméra sur un truc et on se disait : « Mais elle filme ça pourquoi ? » Une fissure dans le trottoir. Un oiseau sur un fil. Puis elle te montrait le montage et on voyait ce qu'elle voyait. Il a dégluti. — Elle voyait des choses que personne d'autre ne voyait.

Le visage de May s'est défait à ces mots, de nouvelles larmes tombaient. Mais elle acquiesçait. — C'est exactement ça.

La pièce s'est installée dans un autre type de silence. Pas l'apnée d'avant la vidéo ni le lourd chagrin d'après, mais quelque chose qui ressemblait plutôt à une paix épuisée. Le pire était passé. Ils ont vu ce qu'il fallait voir.

May a posé sa tasse de thé sur la table basse.— On pourra avoir une copie ? De la vidéo ?

— Une fois la procédure légale terminée, a dit Garrett. Les preuves doivent rester sous scellés jusqu'après le procès. Mais oui. Je veillerai à ce que vous receviez des copies de tout. Tous les enregistrements d'Iris, les photos, les textos. Tout ce que nous avons récupéré sur son téléphone.

May a hoché la tête.— Je veux réentendre sa voix. Autant de fois que possible.

Le bras de David s'est resserré autour d'elle. Il ne parlait pas, mais son expression disait tout.

La main de Garrett a trouvé celle de Zara, entre eux, ses doigts se sont brièvement emmêlés aux siens. Le contact était chaud, solide.

Il y aurait des avocats, des déclarations officielles et la lente mécanique de la justice. May et David devraient assister à un procès, entendre le meurtre de leur fille décrit avec froideur clinique, affronter Kirsty Cannon de l'autre côté d'une salle d'audience.

Mais ce soir, dans cette petite pièce chaleureuse, les parents d'Iris Zhang ont entendu la voix de leur fille. Ils ont appris la vérité sur sa mort. On leur a rendu, sinon leur fille, du moins la certitude de savoir.

Il faudrait que cela suffise.

VINGT-TROIS

LES MARCHES DU PALAIS de justice de Brisbane étaient de larges dalles de pierre grise, polies par des décennies de pas qui emportaient des verdicts vers le monde. Elle se tenait à trois marches du sommet ; le cadreur professionnel, deux marches plus bas, un type d'expertise louée qu'elle ne pouvait pas s'offrir jusqu'ici.

Six mois se sont écoulés depuis la passerelle. Six mois se sont écoulés depuis l'arrestation de Kirsty Cannon. Et maintenant, ce matin, on a prononcé une peine de vingt-cinq ans dans une salle d'audience où Zara a passé trois semaines d'affilée, à regarder la justice avancer à son rythme glaciaire.

La blouse légère qu'elle a choisie ce matin-là lui paraissait trop fine pour la climatisation qui a balayé le tribunal toute la journée, mais ici, dans le soleil d'août de fin d'après-midi, elle était parfaite. Pantalon tailleur, cheveux tirés en queue de cheval nette, maquillage minimal. Professionnelle sans jouer un rôle. Elle s'en est rendu compte.

Dev se tenait près du bas des marches, hors champ mais assez près pour qu'elle le voie. Il venait chaque jour du procès, assis dans la galerie du public avec son ordinateur portable, à prendre des notes avec l'intensité qu'il avait quand il était pleinement concentré. Maintenant, il lui a fait un signe de pouce levé, un peu maladroit mais sincère.

Le cadreur, Andy, a ajusté quelque chose sur son matériel.— Prêt quand vous voulez.

Zara a acquiescé. Elle a écrit le segment la veille au soir, l'a révisé ce matin, l'a répété deux fois dans sa tête pendant la pause déjeuner. Les mots étaient là. Elle n'avait plus qu'à les dire.

Andy a compté à rebours sur ses doigts. *Trois, deux, un*. Le voyant rouge de sa caméra s'est allumé.

— Ici Zara Langley, en direct de la Cour suprême du Queensland à Brisbane. Sa voix est sortie ferme, avec le phrasé radiophonique qu'elle a reconstruit au fil de mois de travail. — Aujourd'hui, Kirsty Cannon a été condamnée à vingt-cinq ans de prison pour le meurtre d'Iris Zhang, dix-sept ans, en octobre 2014. Ce verdict marque la fin d'une enquête de onze ans sur un décès qui avait été classé accidentel jusqu'à ce que des preuves démontrent le contraire.

Les faits étaient plus simples. Elle pouvait les énoncer sans les ressentir.

— Le procès a duré trois semaines. L'accusation a présenté des éléments médico-légaux, des témoignages, et surtout, des enregistrements réalisés par Iris elle-même le jour de sa mort. Ces enregistrements, récupérés sur le téléphone portable d'Iris onze ans après, ont documenté le plagiat qui a conduit à son meurtre et la décision d'Iris de le dénoncer tout en sachant ce que cela lui coûterait.

Un homme en costume est passé derrière elle, mallette à la main, sans les regarder. La ville continuait. Les bus, la circulation, des gens qui finissaient leur journée de travail. Indifférents aux verdicts.

— La défense de Kirsty Cannon a soutenu que le meurtre n'était pas prémédité, qu'une confrontation avait dégénéré au-delà de son contrôle. Zara a gardé son regard sur la caméra, sur le visage d'Andy juste à côté de l'objectif. — Le jury a rejeté cet argument. Les preuves ont montré une préparation. Une intention. Le leurre qui a attiré Iris sur la passerelle ce soir-là, les mensonges pour dissimuler le crime, les onze années de silence pendant que les parents d'Iris pleuraient une fille qu'on leur a dit avoir noyée par accident.

Elle a marqué une pause. Le script le prévoyait, un temps pour laisser infuser. Mais la pause s'est allongée plus que prévu, parce que le visage d'Iris a refait surface dans son esprit : la fille de cette dernière vidéo, si sûre que son amie ne lui ferait pas vraiment de mal.

Sa voix s'est un peu accrochée quand elle a repris. À peine, un léger hoquet d'une demi-seconde qu'Andy couperait probablement au montage plus tard si elle le lui demandait.

— Iris Zhang était une artiste talentueuse. Une fille aimante. Une jeune femme de principe qui croyait que faire ce qui est juste compte plus que protéger une amitié bâtie sur des mensonges. Zara a senti sa gorge se serrer. Elle a tenu bon. — Elle a documenté son histoire parce qu'elle se doutait qu'elle ne survivrait peut-être pas pour la raconter elle-même. Et grâce à cette documentation, grâce à sa lucidité et à son courage, sa meurtrière a été tenue pour responsable.

Ces mots lui paraissaient insuffisants. Vingt-cinq ans pour une vie.

— Cette affaire n'aurait pas été renvoyée en jugement sans la détermination du Detective Inspector Garrett Pennell, qui a passé onze ans à poursuivre des preuves enterrées par la corruption au sein de la police du Queensland. L'ex-senior sergent Malcolm Finch a été condamné le mois dernier à six ans de prison pour son rôle dans l'étouffement du meurtre d'Iris. Brody Lygon, qui a agi en complice et a participé à la tentative de meurtre de Jane Goulding, a écopé de quinze ans.

Dev s'est rapproché pendant le segment. Elle le voyait dans sa vision périphérique, les mains dans les poches, en train de regarder.

— La famille Zhang m'a chargée de remercier toutes celles et ceux qui ont soutenu l'enquête. Les habitants qui ont apporté des informations. Les experts techniques qui ont récupéré des preuves cruciales. Elle s'est autorisée un léger sourire. — Et les auditeurs de Les Australiens Perdus, qui ont refusé de laisser cette histoire être oubliée.

Le sourire lui semblait étrange. Elle n'avait pas l'habitude de sourire dans ces segments. Mais il était sincère, alors elle l'a gardé.

— C'est le dernier épisode de La Fille du Ruisseau. L'histoire d'Iris a été racontée. Sa famille a la vérité qu'elle a attendue onze ans. Et même si rien ne peut la ramener, même si aucune peine ne peut vraiment compenser ce qui a été pris, il y a la justice. Faillible, imparfaite, arrivée trop tard. Mais la justice tout de même.

Elle est restée immobile un long moment, regardant droit dans la caméra.

— Merci d'avoir écouté. Merci d'avoir tenu à une fille que vous n'avez jamais rencontrée, dans une ville où vous n'irez sans doute jamais. Merci de croire que la vérité compte, même quand elle est enfouie profondément et protégée par des gens qui ont du pouvoir. Sa voix s'est affermie, elle est devenue plus sûre. — Les Australiens Perdus reviendra bientôt avec une nouvelle affaire. D'ici là, ici Zara Langley, je conclus.

Andy a continué de filmer encore quelques secondes, puis il a abaissé la caméra.— C'est bon. Parfait, en une prise.

La tension qui maintenait la colonne de Zara bien droite s'est relâchée d'un coup. Elle a senti sa posture s'affaisser, son souffle sortir dans une longue expiration. Le poids d'avoir porté l'histoire d'Iris pendant six mois, d'avoir assisté au procès, d'avoir regardé le visage de Kirsty quand on a lu le verdict, tout cela s'est allégé juste assez pour qu'elle puisse respirer correctement pour la première fois depuis des semaines.

Dev a gravi les marches d'un bond, grand sourire aux lèvres.— C'était brillant. Tu l'as complètement cloué. Le passage sur la justice, imparfaite mais réelle ? Parfait.

— Merci. Elle a réussi un vrai sourire, cette fois. — Je n'aurais rien pu faire sans toi. Les données du téléphone, c'était tout.

— Ouais, ben... Les joues de Dev ont rosi. — Je les ai juste récupérées. C'est toi qui as su quoi en faire.

Andy était en train de revoir les images sur l'écran de sa caméra. Zara s'est penchée pour regarder par-dessus son épaule. Le cadrage était bon, le palais de justice était visible derrière elle, la lumière accrochait son visage sans la surexposer. Au visionnage, elle paraissait fatiguée, plus âgée que ses trente-deux ans, mais il y avait dans son expression quelque chose de solide qui n'y était pas un an plus tôt.

— C'est bon, a dit Andy. — Je t'enverrai la version montée d'ici demain matin.

— Merci. Zara lui a serré la main. — J'apprécie que tu te sois déplacé pour ça.

— Je n'aurais raté ça pour rien au monde ; j'ai été flatté que tu m'appelles. Ce direct que tu as fait au pont ? Il a sifflé, admiratif. — Tu as un don pour te trouver pile au bon endroit au pire moment.

Zara a ri, surprise de s'entendre rire. — C'est une façon de le dire.

Andy a commencé à remballer son matériel. Dev l'a aidé à enrouler les câbles ; tous les deux travaillaient dans un silence complice.

Zara s'est retournée vers les marches du palais de justice, levant les yeux vers l'imposante façade du bâtiment. Quelque part à l'intérieur, Kirsty Cannon était en train d'être prise en charge, préparée pour le transfert vers l'établissement pénitentiaire où elle allait passer les deux prochaines décennies et demie.

May Zhang est apparue en haut des marches, David à ses côtés ; tous deux avançaient lentement, comme si le verdict leur ajoutait un poids physique. Zara s'est redressée.

Le visage de May était maîtrisé, mais ses yeux étaient cernés de rouge. L'expression de David se lisait plus difficilement, ses traits étaient composés avec une neutralité soigneusement étudiée, mais sa main flottait près du coude de May pendant qu'ils descendaient, prête à la soutenir si besoin.

Au début, May n'a rien dit. Elle a simplement fait un pas et a entouré Zara de ses bras, la serrant dans une étreinte farouche malgré sa petite taille. Zara a senti les épaules de l'aînée trembler et a senti ses propres bras se lever pour rendre la pression.

— Merci, a chuchoté May à son oreille. — D'avoir tenu ta promesse.

La gorge de Zara s'est serrée. Elle s'est contentée de la serrer jusqu'à ce que la poigne de May se desserre et qu'elles se séparent.

David s'est avancé et a tendu la main. Zara l'a prise, s'attendant à une simple poignée, mais la main gauche de David est venue recouvrir la sienne aussi.

— Notre fille, a-t-il dit, la voix rauque. — Tu nous l'as rendue. Pas sa vie, mais sa voix. Il s'est arrêté. — Ça compte. Plus que je ne peux le dire.

— Elle méritait d'être entendue.

David a hoché la tête et a lâché sa main, a repassé son bras autour de sa femme. Tous les deux s'ajustaient comme des pièces polies par des années de contact, l'épaule de May nichée sous le bras de David.

— Vingt-cinq ans, a dit May. Elle en pesait le poids.

— Éligible à une libération conditionnelle après dix-sept ans, a répondu Zara. — Mais vu les circonstances, la dissimulation et la tentative de meurtre sur Jane, la commission de libération ne sera pas indulgente.

— Bien, a dit David. Sec. Définitif.

Un mouvement en haut des marches a attiré l'attention de Zara. Jane Goulding descendait, une main sur la rampe, l'autre agrippant une canne. Sa descente était prudente mais régulière, la légère claudication de sa jambe droite en était le seul rappel visible de la chute. Six mois de kinésithérapie ont fait des merveilles, mais Zara doutait qu'elle retrouve un jour tout à fait la même démarche.

Derrière Jane, un peu à l'écart, se tenait Vince Thorne.

Jane les a rejoints, un peu essoufflée par les marches. Ses cheveux argentés étaient coupés plus courts que dans le souvenir de Zara, sans doute plus faciles à entretenir que son ancien carré chic. Elle portait une chemise en lin ample et un pantalon confortable, des ballerines pratiques. Le genre de tenue qu'on porte quand on a appris à privilégier le fonctionnel au style.

— Zara. La voix de Jane était chaleureuse malgré la fatigue sur son visage. Elle a passé la canne dans la main gauche et a serré le bras de Zara. — Contente de te voir.

— Merci d'être venue. Comment tu te sens ?

— Vieille. La bouche de Jane s'est plissée. — Mais vivante, ce qui a semblé improbable pendant un moment. Ses doigts se sont resserrés brièvement sur le bras de Zara, et dans ce petit geste, Zara a senti tout ce que Jane ne pouvait pas, ou ne voulait pas, dire. La terreur de la chute. L'eau froide. Les heures de chirurgie.

— Têtue, a ajouté Jane. — C'est ce que disent les kinés. Trop têtue pour laisser une chute d'un pont me ralentir.

Pendant qu'elles parlaient, Vince descendait les marches, les mains dans les poches. Il s'est arrêté à quelques pas, sans vraiment se joindre au groupe. Il portait une chemise boutonnée, un chino propre, des bottes cirées. Ses yeux étaient cernés de rouge.

Après un moment, il a avancé d'un pas.— Zara.Il a tendu la main et elle l'a prise. Il l'a gardée plus longtemps qu'une poignée de main ne l'exige.

— Iris te serait reconnaissante, a dit Vince, la voix incertaine. — De ne pas les avoir laissés l'oublier.

— J'aurais aimé le faire plus tôt.

— Tu l'as fait quand tu as pu. Vince a relâché sa main et a regardé par-dessus son épaule, vers le palais de justice. — J'ai passé onze ans à essayer de ne pas trop penser à elle. À essayer d'avancer. Mais elle était toujours là. Il a secoué la tête. — Je suis content que ce soit fini. Content qu'ils ne puissent plus faire semblant.

Il y avait dans l'expression de Vince quelque chose qui ressemblait presque à de la paix, et Zara espérait, pour lui, qu'il pourrait avancer maintenant que la justice avait été rendue. Il avait vingt-neuf ans, encore un jeune homme. Il méritait de trouver quelqu'un à aimer, sans que le fantôme d'Iris plane à jamais au-dessus de lui.

Le petit groupe se tenait en ordre lâche sur les marches. Dev avait fini d'aider Andy et se tenait maintenant près du bas, leur laissant de l'espace. Il a accroché le regard de Zara et a hoché la tête.

— On devrait y aller, a fini par dire May. — Demain, longue route jusqu'à Salt Creek.

— Vous restez ce soir ? a demandé Zara.

— Hôtel pas loin, a répondu David. — On partira tôt, on évitera les embouteillages.

May a regardé Zara, puis Jane, puis Vince. — Merci à vous tous. D'être là aujourd'hui. D'avoir été là pour témoigner. Sa voix s'est brisée. — Iris aurait été contente de savoir qu'autant de personnes se battaient pour elle.

Jane a tendu la main et a serré celle de May. — C'était une étudiante remarquable. Je suis juste désolée de n'avoir pas pu la protéger.

— Aucun de nous n'a pu, a dit May. — Pas de ça.

Les portes du palais de justice se sont ouvertes derrière eux, et Garrett est apparu dans la lumière de fin d'après-midi, portant encore son uniforme de cérémonie. Il a dévalé les marches deux par deux, avec l'énergie contenue de quelqu'un qui était resté assis trop longtemps. Lorsqu'il les a rejoints, son bras a glissé autour des épaules de Zara dans un geste qui était devenu naturel au fil des derniers mois.

May l'a regardé, puis a regardé Zara.— Et maintenant ? Après cette affaire, tu vas enquêter sur quoi ?

Zara a souri.— Il faudra regarder Les Australiens Perdus pour le savoir.

May a ri. Le son était surprenant et sincère. La bouche de David s'est plissée. Même Jane a souri, appuyée sur sa canne.

— On regardera, a dit May.

Ils se sont dit au revoir, brièvement et en silence. May et David ont descendu les marches ensemble, David la guidant vers une voiture qui les attendait. Jane a suivi, sa canne claquant contre la pierre. Arrivée à la voiture, elle s'est arrêtée, a regardé en arrière vers les marches du palais de justice et a levé légèrement sa canne en signe d'au revoir. Zara a levé la main en retour. Puis Jane est montée avec précaution sur la banquette arrière, et la voiture s'est engagée dans la circulation de Brisbane.

Vince est resté un moment de plus, le regard fixé sur le palais de justice, puis il a adressé un bref signe de tête à Zara et a disparu par une rue latérale, absorbé par la foule en quelques instants.

— Bon sujet ? a demandé Garrett.

— Andy le pense. Une seule prise.

— C'est parce que tu es douée dans ton boulot. Sa main a serré son épaule. — Malgré ce que prétendent les commentaires.

Dev a gravi les marches pour les rejoindre.— Les trolls étaient de sortie en force. Hier, quelqu'un l'a traitée de « racoleuse qui court après les ambulances ».

— Charmant, a dit Garrett d'un ton sec.

— On m'a déjà appelée pire. Zara a levé les yeux vers lui. — Ça t'a fait quoi, de regarder le prononcé de la peine depuis le public plutôt que depuis la barre des témoins ?

— Étrange. Un étrange positif. Une satisfaction mêlée à quelque chose de plus compliqué. — Vingt-cinq ans. Ça aurait dû être la perpétuité, vraiment, mais les femmes ne prennent presque jamais ça. Vingt-cinq, il faudra s'en contenter.

— C'est la justice, a dit Zara. — Imparfaite, mais bien réelle.

Dev a regardé son téléphone.— L'Uber arrive.Il a regardé Zara.— T'es ma coloc et mon amie. Et puis tu m'as promis un dîner si on avait le verdict aujourd'hui, alors je ne bouge pas d'ici tant que je n'ai pas récupéré mon dîner.Il a souri.— Il y a un nouveau restaurant coréen hors de prix dans the Valley. J'ai réservé une table pour trois. C'est pour dix-neuf heures. Je t'enverrai l'adresse par texto.

Il a dévalé les marches, son sac d'ordinateur battait contre sa hanche, et il a sauté dans l'Uber qui se garait au bord du trottoir.

Zara et Garrett restaient sur les marches.

— C'est un bon gamin, a dit Garrett.— Il a vingt-quatre ans.— Ça reste un gamin.Le bras de Garrett est retombé de ses épaules et il s'est tourné vers elle.— Comment tu te sens, en vrai ? Pas la voix de l'émission, la vraie réponse.

Zara a réfléchi à la question.

— Fatiguée, a-t-elle dit. Soulagée. Un peu perdue, peut-être. Cette affaire a été mon unique priorité pendant si longtemps. Maintenant que c'est fini, je ne sais plus très bien quoi faire de moi.

— Fais une pause. Dors trois jours d'affilée. Mange autre chose que de la restauration rapide.La bouche de Garrett s'est incurvée.— Passe du temps avec ton absolument-pas-petit ami qui, par hasard, habite dans la même ville maintenant.

— Mon absolument-pas-petit ami, a répété Zara. C'est toujours l'appellation officielle ?— Je suis ouvert à une renégociation.Il lui a pris la main.— Mais plus tard. Quand tu ne seras plus épuisée et que je ne serai pas censé être à une réunion de service dans quarante minutes.

— Detective Inspector Pennell ne peut pas arriver en retard à ses réunions.— Detective Inspector Pennell s'habitue encore au titre.Il lui a serré la main.— Et il préférerait largement rester ici avec toi.

La promotion est tombée il y a trois mois, et le retour à Brisbane a été organisé avec une rapidité surprenante une fois que l'enquête de la CCC l'a blanchi. Il a emménagé dans une location près du centre, un petit appart avec vue sur l'eau qui coûtait plus cher que toute sa maison de Salt Creek. Son bateau se trouvait dans une petite marina en bord de baie ; ils sortaient pêcher au moins une fois par semaine, sans jamais attraper quoi que ce soit de comestible, mais ils appréciaient la paix et la liberté d'être sur l'eau.

Ils en ont tous les deux fini avec Salt Creek.

— Tu devrais y aller, a dit Zara. On se voit ce soir. Dev a fait la réservation pour trois.— Et tu pourras rentrer chez moi après. Ce n'était pas tout à fait une question.— Mon café est meilleur que le tien.— Tu me tentes avec ta machine expresso ?— Ce qui marche.Il l'a attirée contre lui et il a embrassé son front.— Je suis fier de toi. D'être allée jusqu'au bout.— Moi aussi, je suis fière de moi, a dit Zara. Enfin... je crois.— Tu peux l'être.Il l'a lâchée, a reculé.— Va dîner. Fête ça.

Elle l'a regardé trottiner en descendant les marches. Il se déplaçait différemment maintenant, plus léger, se disait-elle. En bas, il s'est retourné et il a levé la main. Elle a répondu d'un signe.

Puis il a disparu, absorbé par le flot du soir de la ville.

Zara est restée encore un instant sur les marches. Son téléphone a vibré et elle y a jeté un œil. Les commentaires défilaient, le mélange habituel. Mais les chiffres étaient bons. *Les Australiens Perdus* était stable, en croissance, viable.

Un autre texto de Dev : *Le chauffeur Uber est perdu, à l'aide*

Elle a souri et a répondu : *T'es un grand garçon, débrouille-toi*

Sa réponse est arrivée aussitôt : *Dure mais juste*

Zara a rangé son téléphone et a jeté un dernier regard aux marches du tribunal, à l'endroit où elle s'est tenue pour filmer son dernier segment. Cette affaire était bouclée. L'histoire d'Iris Zhang a été racontée. La justice, bancale et imparfaite, rendue avec onze ans de retard, a fini par être rendue.

La suite, ce serait une autre affaire, une autre histoire, une autre chance de faire ce travail comme il faut. Pas pour la rédemption, même si ça en faisait partie. Pas pour le contenu, même si sa carrière en dépendait. Mais parce que c'était important. Parce que des voix avaient besoin d'être entendues. Parce que la vérité valait la peine d'être poursuivie, même quand elle était enfouie profondément et protégée par des gens puissants.

Elle a descendu les marches, ses bottes claquaient sur la pierre polie par des décennies de pas. Derrière elle, le tribunal s'élevait, imposant et permanent, la justice rendue en pierre grise. Devant, le soir de Brisbane s'étirait en circulation, en lumières et en ce chaos ordinaire de la vie qui continue.

Zara s'y est avancée, prête pour ce qui viendrait.

DE L'AUTRICE

Caitlyn Lynch est une expatriée britannique qui a épousé un Australien et a émigré dans le Queensland en 2001.

Elle écrit de la romance contemporaine et des romans à suspense romantiques.

La Fille du Ruisseau est son premier thriller ; c'est le tome 1 de la série *Les Australiens Perdus*.

Zara et Garrett reviendront dans le tome 2, *La Fille sur le Yacht*.

Il y a seize ans, Lotte Van Kempen, quatre ans, a disparu du pont d'un yacht de luxe. Officiellement, elle s'est noyée. Mais son corps n'a jamais été retrouvé, ses parents ont quitté le pays, et bien trop de questions n'ont jamais eu de réponse.

La podcasteuse d'investigation Zara Langley sait qu'il ne faut pas s'attacher émotionnellement aux affaires non résolues. Mais quand une jeune femme en difficulté affirme être la petite Lotte disparue, Zara ne peut pas tourner les talons. Chaque indice l'entraîne plus loin : un suspect nerveux qui a tout à perdre, des parents puissants qui ont des secrets à protéger, et une famille déchirée par la culpabilité, l'argent et la trahison.

Alors que Zara cherche la vérité, son enquête se mêle à une opération en cours de la Border Force et mène tout droit dans l'univers sombre de la traite des êtres humains, où les enjeux sont une question de vie ou de mort et où le passé n'est jamais vraiment passé.

Plus Zara creuse, plus la vérité devient dangereuse. La frontière entre victime et témoin se brouille, et Zara doit choisir : dévoiler les secrets les plus sombres d'une famille, ou empêcher que d'autres vies ne soient détruites.

Certaines affaires ne seront jamais élucidées. Certaines vérités refusent de rester enfouies. Et certaines personnes ne lâchent jamais prise.

Autres livres de Caitlyn Lynch

Série Les Australiens Perdus

La Fille du Ruisseau

La Fille sur le Yacht

La Fille dans le Manoir

Série Les Cavalières de Ridgewater

Suivre son Chemin

Franchir les Barrières

À Pleine Foulée

Écrit dans les Étoiles

Noël à Ridgewater

Série Les Rangers du Secours :

Le Sauvetage du Ranger

Le Retour du Ranger

La Mission du Ranger

Le Sang du Ranger

L'ardeur du Ranger (exclusif aux abonnés de la newsletter)

Série Île de l'Amour :

Nouveau Départ au Récif

Le Milliardaire Inattendu

Faux Fiancé et Vraie Romance

À Feu Doux

Combat du Cœur

Amour en Plein Objectif

L'Amour en Pratique

Autre livres:

Amour en Mêlée

Le Galop du Destin : Une Romance Irlandaise

Découvrez toutes les publications de Shenanigans Press sur notre site web !

Ou suivez-nous sur les réseaux sociaux ; nous sommes sur Facebook et Instagram.

Et n'oubliez pas de vous abonner à notre newsletter pour être informé(e) des nouveautés, promotions, concours et bien plus encore !

www.ingramcontent.com/pod-product-compliance
Lightning Source LLC
Chambersburg PA
CBHW030554170726
48283CB00002B/317